Günter Krieger

Rosen für die Kaiserin

Günter Krieger

Rosen für die Kaiserin

Historischer Roman

BRUNNEN
Verlag Giessen · Basel

Besuchen Sie den Autor im Internet:
www.guenter-krieger.de

MIX
Papier aus verantwortungsvollen Quellen
FSC® C006701

www.brunnen-verlag.de
Lektorat: Eva-Maria Busch
Umschlagmotiv: MDR, »Geschichte Mitteldeutschlands«:
Theophanu – Die mächtigste Frau des Abendlandes
Umschlaggestaltung: Sabine Schweda
Satz: Die Feder GmbH, Wetzlar
Druck: CPI – Ebner & Spiegel, Ulm
ISBN 978-3-7655-1125-7

Für Agnieszka,
die Theophanu in *meinem* Leben

Prolog

Ketelwald bei Kleve, Sommer 980

Juttas Vater weinte ohne Unterlass. Leise zwar – eher war es ein Wimmern –, aber Jutta brachte es dennoch um den Schlaf. Gewiss, Mutters Tod hatte auch sie bestürzt. Noch nie war Jutta so traurig gewesen. Aber Mutter ließ sich nicht wieder zum Leben erwecken, indem man Rotz und Wasser heulte, das stand fest. Außer Liebkosungen der noch lebenden Mutter hatte Weinen Jutta noch nie etwas eingebracht. Und selbst damit war es nun vorbei.

Gegen Mitternacht beschloss das sechsjährige Mädchen, den Vater zu trösten. Sie erhob sich von ihrem Strohlager und tappte zielsicher durch das Dunkel, bis sie Vaters Schlafstätte auf der anderen Seite des Raums erreichte.

»Papa«, sagte Jutta leise und kniete sich neben ihn.

Helmprechts Wimmern verstummte abrupt. »Geh wieder schlafen«, forderte er sie auf, um Beherrschung bemüht. Obwohl sie in der Dunkelheit sein Gesicht kaum erkennen konnte, glaubte sie einen Ausdruck von Beschämung darin zu lesen. Vater hatte in ihrem Beisein noch nie geweint. Jutta überhörte seinen Befehl und legte sich neben ihn.

»Mama ist im Himmel«, sagte sie tröstend.

Helmprecht schwieg dazu, machte aber keine weiteren Anstalten, sie fortzuschicken, und ließ sogar zu, dass sie sich an ihn schmiegte.

»Gute Nacht«, sagte Jutta gähnend. Irgendwann weckte das Schreien des Säuglings sie auf. Das erste Licht des frühen Tages fiel durch den Fensterverschlag. Draußen krähte unaufhörlich der Hahn. Jutta ordnete ihre rostroten Haare, so gut sie konnte. Früher hatte das immer die Mutter erledigt.

Der Vater war schon aufgestanden. Unbeholfen stand er neben der Wiege und blickte auf das Kind hinab, das angefangen hatte zu weinen. Jutta fragte sich, ob er böse auf den kleinen Wurm war. Mutter war unmittelbar nach der Entbindung gestorben. Es war keine einfache Geburt gewesen, und die alte Hebamme hatte nichts tun können, um die Blutung zu stillen.

»Sie hat Hunger, nicht wahr?«, sagte Jutta.

Helmprecht nickte nur.

»Was sollen wir tun, Papa?«

Darüber schien auch Helmprecht nachzudenken. Jutta fiel auf, dass er es tunlichst vermied, in die Richtung zu schauen, wo die tote Mutter, zugedeckt mit einem Tuch aus Sackleinen, auf einer Bank lag. Niemand wusste, dass Jutta früher schon einmal einen Toten gesehen hatte. Aus gutem Grund hatte sie es bis heute allen verschwiegen.

»Das Kind braucht eine Amme, die es nährt«, erklärte Helmprecht heiser. »Ohnehin müssen wir ins Dorf gehen, um Pater Roland herbeizurufen. Auf dem Weg werde ich am Forsthaus haltmachen. Beim Förster wohnt eine Amme, weil seine Frau nicht stillen kann. Vielleicht reicht ihre Milch ja auch für deine Schwester.«

Zum ersten Mal seit dem Tod seiner Frau sprach er mehr als einen Satz. Wirich, der Förster, war ein guter Freund und würde ihm seine Hilfe nicht verweigern.

Jutta war froh über die Abwechslung, die der Gang ins Dorf mit sich brachte. Obwohl sie noch so jung war, wusste sie, dass sie keine Bäuerin sein wollte. Aber die Mutter hatte ihr einmal gesagt, dagegen könne man nichts machen, man sei dazu geboren, es sei Gottes Wille. Und überhaupt müsse das Leben hart sein, damit man einst ins Paradies gelangen könne. Wenn das stimmte, dachte Jutta, dann war der Mutter das Himmelreich mehr als gewiss. Dennoch schien dem Mädchen ein Leben als Bäuerin wenig erstrebenswert. Manchmal träumte sie davon, ein junger Edelmann würde eines Tages um sie werben. Auch wenn die Mutter darüber gelacht und gemeint hatte, solche Flausen solle sie sich lieber aus dem Kopf schlagen.

Draußen gedieh der junge Tag. Vögel sangen, im Osten stieg ein praller Sonnenball über die Wipfel der Bäume. Die Hühner scharrten im Dreck. Eigentlich war alles wie immer, als sei gestern nicht das Geringste geschehen. Und doch – Jutta ahnte es – würde jetzt alles anders werden.

Die beiden versorgten die Kuh und das Schwein und machten sich anschließend auf den Weg durch den Wald. Helmprecht presste den in eine Decke gewickelten Säugling an seine Brust. Wiljo, ein zotteliger schwarzer Hund, folgte ihnen mit wedelndem Schwanz. Helmprecht hüllte sich wieder in Schweigen. Wenigstens hörte das Kind bald auf zu schreien.

»Wie geht es nun weiter?«, fragte Jutta den Vater.

Der hob die Schultern und sah geradeaus. »Was weiß ich?«, knurrte er.

»Wer dreht mir jetzt die Zöpfe? Du?«

»Gott behüte. Ich werde wohl wieder heiraten müssen.«

Jutta erschrak. Dieser Gedanke war ihr noch gar nicht gekommen, obwohl es doch naheliegend war, dass Vater eine neue Frau brauchte.

»Und wen?«, fragte sie, ohne sich ihre Bestürzung anmerken zu lassen.

Er antwortete nicht, aber Jutta sah ihm an, dass er darüber nachdachte … und möglicherweise schon eine Wahl getroffen hatte.

»Ich muss mal«, verkündete Jutta und verschwand hinter ein Gebüsch. Plötzlich verspürte sie das Bedürfnis, allein zu sein. An die Aussicht, eine Stiefmutter zu bekommen, musste sie sich erst einmal gewöhnen. An wen der Vater wohl dachte?

»Beeil dich!«, rief Helmprecht ihr nach, ohne stehen zu

blieben. Nur der gute Wiljo verharrte vor dem Gebüsch, um auf sie zu warten.

Jutta hob ihr Kleidchen aus Leinen und hockte sich nieder. Aus den Augenwinkeln sah sie plötzlich eine Bewegung und ahnte bereits, wer dort stand.

»Brun! Was gibt es denn da zu glotzen?«

Ein Junge, vielleicht drei Jahre älter als Jutta, trat hinter einem Baumstamm hervor. Er war ein wenig dicklich, hatte flachsblondes fransiges Haar und ein schiefes Grinsen im Gesicht. Jutta mochte ihn etwa so gut leiden wie Bauchschmerzen. Er lebte auf einem der Nachbarhöfe, nicht allzu weit von ihrer Kate entfernt.

»Ich sehe dir beim Pinkeln zu, kleine Kröte«, erklärte er dreist.

»Verschwinde! Lass mich in Ruhe! Sonst ...«

»Sonst was?«

»... hetz ich dir den Hund auf den Hals. – Wiljo!« Der Hund bellte zweimal kurz.

»Huh! Da wird mir ja angst und bange.«

Jutta erhob sich und sortierte ihre Kleidung. Wütend sah sie den frechen Kerl dabei an. »Du bist widerlich!«

»Und du schuldest mir einen Denar.«

Das sagte er immer, wenn sie sich sahen. Aber niemals gab sie ihm eine Antwort darauf.

»Hab gehört, deine Mutter ist tot«, sagte Brun, ohne dass es sonderlich mitfühlend klang. Offenbar hatte die Nachricht schon die Runde gemacht.

»Was geht dich das an?«, zischte Jutta.

»Ich weiß, wie das ist.«

»Na und?« Sie stapfte davon. »Komm, Wiljo!«

Helmprecht war bereits ein gutes Stück voraus. Jutta sputete sich, um ihn einzuholen. Bruns letzte Worte hallten ihr immer noch durch den Kopf: *Ich weiß, wie das ist!* Richtig, auch er hatte vor zwei oder drei Monaten seinen Vater verloren. Er war beim Holzfällen von einem Eichbaum erschlagen worden. Plötzlich durchfuhr es sie siedend heiß.

»Papa«, keuchte sie aufgeregt, nachdem sie aufgeschlossen hatte. »Wirst du Bruns Mutter heiraten?«

Ihre Frage überraschte ihn sichtlich, aber er schwieg.

»Papa! Ist es so?«

»Stell nicht solche Fragen, Kind. Deine Mutter ist noch nicht einmal begraben.«

»Also stimmt es. Nicht wahr, du hast es vor.«

»Und wenn's so wäre«, brummte Helmprecht. »Was zerbrichst du dir den Kopf darüber?«

»Brun wäre mein Stiefbruder. Igitt!«

»Sei leise, sonst weckst du noch deine Schwester.«

Lieber Gott, ich bitte dich, tu etwas dagegen!, betete Jutta still. Einmal mehr dachte sie an den Edelmann aus ihren Träumen, der sie eines Tages in ein anderes Leben führen würde.

Als das aus Steinen errichtete Forsthaus sich vor ihnen aus dem Grün des Waldes schälte, wunderten sie sich über die Betriebsamkeit, die vor dem Gebäude herrschte. Ein gutes Dutzend Pferde rastete dort, zwei Reisewagen waren zu sehen, Knechte liefen aufgeregt umher oder tränkten die Pferde aus Holzeimern. Außerdem – und das schien Helmprecht sichtlich zu beunruhigen – patrouillierten bewaffnete Ritter in Kettenhemden vor dem Haus.

»Was machen diese Männer, Papa?«, fragte Jutta verwundert.

Helmprecht wusste nicht im Geringsten, was dort vor sich ging, und wunderte sich, die alte Hebamme zu sehen, die noch am Abend zuvor vergeblich um Hroswithas Leben gekämpft hatte. Von einem Trossknecht wurde sie ins Haus geführt.

»Warte hier, bis ich dich rufe«, wies er Jutta an und ging voraus.

Jutta dachte nicht daran, ihm zu gehorchen, zu groß war ihre Neugier. Sie folgte ihm. Einer der bewaffneten Männer trat Helmprecht breitbeinig entgegen. Seine Hand lag auf dem Knauf des Langschwertes, das er an der Seite trug. Er blickte äußerst grimmig drein.

»Verschwinde, Bauer!«

Seine Sprache klang fremd; vermutlich sprachen so die Sachsen. Helmprecht war es gewöhnt, dass Menschen höherer Herkunft so mit ihm redeten. Der Säugling in seinen Armen begann erneut zu wimmern. Nicht nur deshalb war Helmprecht fest entschlossen, sich von dem Ritter nicht einschüchtern zu lassen.

»Ich möchte zum Förster, Herr«, erklärte er mit respektvoll geneigtem Kopf. Aber seine Stimme war klar und fest.

»Das geht heute nicht!«

»Und darf ich fragen, warum?«

»Das siehst du doch. Der Förster hat hohen Besuch, da hat er keine Zeit für dich.«

Inzwischen war Jutta bei ihrem Vater angelangt. Sie merkte, dass er sich mühsam beherrschte.

»Verzeiht, aber es ist von großer Wichtigkeit. Dieser Säugling hier braucht dringend eine Amme, und der Förster …«

»Herrgott noch mal, komm morgen wieder!«

Jutta konnte nicht länger an sich halten. »Hoher Besuch? Wer ist es? Der Kaiser?«

»Hab ich dir nicht befohlen, drüben auf mich zu warten?«, zischte Helmprecht.

Der Ritter zeigte erstmals den Anflug eines Lächelns. »Helles Köpfchen, deine Kleine. Erraten, Mädchen, der Kaiser und die Kaiserin sind hier. Versteht ihr nun, dass ihr da nichts zu suchen habt?«

Jutta blies staunend die Wangen auf, aber Helmprecht fühlte sich auf den Arm genommen.

»Der Kaiser, wie? Gewiss doch. Ist vielleicht auch der Herr Papst bei ihm? Oder der König von Frankreich?«

Der Ritter verlor die Geduld mit ihm. »Was erlaubst du dir? Hör zu, Bauernlümmel, wenn du nicht auf der Stelle das Weite suchst …«

»Wirich!« Helmprecht erblickte seinen Freund, den Förster, der soeben das Haus verließ, und winkte ihm heftig zu. Wirich zögerte kurz, eilte dann herbei, wirkte sehr angespannt.

»Hab das von Hroswitha gehört. Es tut mir ja so leid, mein Freund. Aber im Augenblick …«

»Sind der Kaiser und die Kaiserin wirklich bei dir?«, platzte es aus Jutta heraus.

»Ja, Kleine. Sie sind hier!« Es klang wie der Seufzer eines Mannes, der sich mit allem überfordert fühlt. Was keineswegs typisch für den jungen Förster war.

Vor Staunen bekam Jutta den Mund nicht mehr zu. Helmprecht wurde endlich bewusst, dass man ihn durchaus nicht veralbert hatte.

»Wie … Ich meine, warum … ausgerechnet hier?«

»Die beiden befanden sich mit ihrem Gefolge auf dem Weg nach Nimwegen, aber unterwegs …« Er winkte ab. Schweiß perlte auf seiner Stirn. »Freund, ich erzähl's dir ein anderes Mal. Hab im Augenblick wirklich viel zu tun. Muss mich um all diese Leute kümmern.«

»Siehst du diesen kleinen Wurm hier, Wirich? Verdammt, er hat Hunger, und Hroswitha ist tot, verstehst du?«

»Oh«, machte Wirich nach kurzem Nachdenken.

»Die Amme, die dein Kind nährt – sie hat doch sicher noch Milch übrig, oder? Bitte, Wirich! Was soll ich sonst tun?«

»Der Kerl soll endlich verschwinden!«, meldete der Ritter sich wieder zu Wort. Unter seinem Topfhelm leuchtete ein zornrotes Gesicht.

»Schon gut, Herr. Ich bürge für diesen Mann. Von ihm geht keine Gefahr aus.«

Der Ritter blickte zu seinen Kameraden hinüber, die einen Weinschlauch kreisen ließen. »Na schön. Aber ins Haus darf er trotzdem nicht, verstanden?«

Wirich packte Helmprecht sanft am Arm, führte ihn mit sich fort und gab Jutta einen Wink, ihm zu folgen. Abseits des Hauptgebäudes gab es einen Geräteschuppen.

»Geht da hinein, ich schicke später die Amme zu euch. Verhaltet euch unauffällig, tut mir den Gefallen. Die Herren Ritter sind recht nervös.«

»Danke, Wirich«, sagte Helmprecht erleichtert.

»Ach was. Meine Pflicht als Freund und Christ. Ich werde die Amme jeden Tag zu dir nach Hause schicken. Dein Wurm soll nicht verhungern.«

»Warum sind sie hier?«, fragte Jutta. »Der Kaiser und die Kaiserin.«

»Nun, glaub mir, Kleine, ich war genauso verblüfft wie du, als sie gestern Abend mit ihrem Gefolge hier aufkreuzten.«

»Warum?«, beharrte Jutta, ahnend, dass es einen besonderen Grund für die Anwesenheit des kaiserlichen Paares an diesem abgelegenen Ort geben musste. Der Förster schien um die Neugier des altklugen Kindes zu wissen, es würde nicht lockerlassen, bis es eine halbwegs zufriedenstellende Erklärung gehört hatte. Auch Helmprecht sah ihn fragend an.

»Na ja, was soll's, bald weiß es sowieso jeder. Die Kaiserin ist schwanger, wusstet ihr das? Ausgerechnet auf dem Weg nach Nimwegen hat sie ihre Wehen bekommen.«

»Gütiger Jesus«, flüsterte Helmprecht beklommen; offenbar holten die Erinnerungen an Hroswithas Torturen ihn wieder ein. »Hat sie … hat sie endlich einen Jungen geboren?«

Seit vielen Jahren wartete man im Reich auf die Nachricht von der Geburt eines möglichen Thronfolgers, aber Kaiserin

Theophanu und ihrem Gemahl waren bislang nur drei Töchter geschenkt worden. Was mancher, der der Kaiserin aus der Fremde nicht wohlgesinnt war, mit Häme und Schadenfreude zur Kenntnis nahm.

»Noch hat sie nicht entbunden«, erklärte Wirich, »aber jeden Augenblick kann es so weit sein.«

»Wo ist sie?«, fragte Jutta mit runden Augen.

»Drinnen, umhütet von ihren Zofen, die jeden, der ungefragt hereinkommt, auf der Stelle zerfleischen.«

»Darf ich sie sehen?«

Lächelnd schüttelte Wirich den Kopf. »Das geht auf keinen Fall, Kind. Hast ja gehört, was der Herr Ritter gesagt hat.«

»Ich will nicht, dass es ihr so ergeht wie Mama«, sagte Jutta zu sich selbst, nachdem der Förster verschwunden war. Der Blick, mit dem ihr Vater sie daraufhin maß, hatte beinahe etwas Feindseliges.

»Das liegt wahrlich nicht in der Hand eines törichten Mädchens«, sagte er gepresst.

Die Amme, die wenig später den Schuppen betrat, war eine gedrungene Frau mit rosafarbenem Gesicht und leicht verbissenen Zügen. Wortlos nahm sie Helmprecht den Säugling ab und legte ihn an ihre Brust. Nachdem das Kind gestillt war, wollte sie es dem Vater zurückreichen, aber Helmprecht lag inzwischen schlafend auf einem Haufen Stroh. Seit zwei Tagen hatte er kein Auge zugetan. Die Amme grunzte etwas in sich hinein, wandte sich dann an Jutta. »Hier, nimm die Kleine. Aber lass sie bloß nicht fallen!« Dann verschwand sie.

Das Baby schlummerte und sah jetzt recht zufrieden aus. Zum ersten Mal hielt Jutta die Schwester in ihren Armen. Sie war leichter, als sie gedacht hatte. Jutta fiel ein, dass sie noch keinen Namen hatte, jedenfalls hatte Vater noch keinen erwähnt.

Helmprecht schnarchte. Daheim wartete viel Arbeit, aber

Jutta hielt es für besser, ihn eine Weile schlafen zu lassen. Draußen brütete der Sommer. Die Luft in dem Schuppen war stickig und heiß. Je mehr Jutta darüber nachdachte, umso überwältigender fand sie die Tatsache, dass der Kaiser und die Kaiserin leibhaftig in der Nähe waren. Sie sah zur Tür und fasste einen Entschluss.

Aber das Kind! Ließ sie es hier zurück, würde es bald erneut zu schreien beginnen. Was wiederum den Vater wecken würde. Notgedrungen musste sie also ihre Schwester mitnehmen.

Die Tür knarzte beim Öffnen. Mit einem Blick nach rückwärts überzeugte sich Jutta, dass Helmprecht weiterschlief. Wiljo wollte ihr folgen, aber Jutta ließ ihn zurück. Den Hund konnte sie für ihr Vorhaben nicht gebrauchen.

Draußen blendete sie das Sonnenlicht. Vor dem Haus des Försters standen nach wie vor die Ritter und unterhielten sich. Sie machten einen gelösteren Eindruck als vorhin, manchmal lachten sie vergnügt. Ihre Grimmigkeit war wie verflogen. Langsam trat Jutta näher. Niemand schien sie wahrzunehmen, nur einer der Männer sah sie kurz an, wandte sich aber sogleich wieder seinen Kameraden zu. Ein kleines Mädchen, das einen Säugling trug, stellte keine Gefahr dar.

Die Ritter unterhielten sich auf Sächsisch und waren deshalb nicht leicht zu verstehen. Aber schon bald hatte Jutta begriffen, dass sie über den Knaben sprachen, den Kaiserin Theophanu entbunden hatte; irgendwer nahm außerdem das Wort »Nottaufe« in den Mund. Plötzlich trat ein mittelgroßer Mann aus dem Haus. Sofort verstummten die Ritter, sahen ihn erwartungsvoll an. Ein blonder Bart rahmte sein rötliches, noch junges Gesicht, seine Augen leuchteten wie die eines Knaben, den man reich beschenkt hatte. Über seinen Schultern lag ein purpurner Umhang, in den Händen hielt er einige Weinschläuche.

Jutta stutzte. Das musste Kaiser Otto sein.

»Männer, das Reich hat einen Thronfolger. Lasst uns trinken auf meinen Sohn!«, rief er.

Die Ritter zogen jubelnd ihre Schwerter, um sie in die Höhe zu recken. Lächelnd verteilte der Kaiser die Schläuche. Er selbst nahm ein paar kräftige Züge, sodass der Wein durch seinen Bart rann und auf sein blaues Surkot tropfte. Niemand achtete auf das Mädchen. Die Ritter führten ihren Herrn in den Schatten einer nahen Linde, stimmten einen rauen Gesang an, tranken. Ihr Kaiser schien für sie kein Unnahbarer zu sein.

Die Tür zum Haus stand weit offen und war unbewacht. Jutta zögerte nicht, trat ein. Niemand eilte herbei, um es ihr zu verbieten. Hatte die Sonne sie vorhin geblendet, so musste Jutta sich nun wieder an dämmriges Licht gewöhnen. Sie befand sich in einem Vorraum, zu ihrer Rechten führte eine steile Holzstiege nach oben.

Wo mochte die Kaiserin sein? Vermutlich nicht im Obergeschoss – wie hätte die Hochschwangere dort hinaufgelangen sollen?

Gedämpfte Frauenstimmen hinter einer Tür. Waren das die beflissenen Zofen, von denen Wirich erzählt hatte? Anders als die Männer, sahen sie wohl keinen Grund, ausgelassen und vergnügt zu sein. Vermutlich befand sich das Neugeborene bei ihnen, das nun bestaunt und umhegt wurde. Der künftige König und Kaiser!

Eine weitere Tür stand halb offen. Jutta linste hinein. Auf einem Lager eine schlafende Frau. Erschöpfung zeichnete ihr ebenmäßiges Gesicht, und ihr dunkles, wie Seide glänzendes Haar wallte zu beiden Seiten über das Kissen. Nie zuvor hatte Jutta eine schönere Frau gesehen.

Die Kaiserin!

Niemand war bei ihr. Gewiss hatte man ihr Ruhe verordnet. Juttas Herz klopfte wie verrückt. Sie musste die schöne Frau unbedingt von Nahem sehen, nur mit Gewalt hätte man sie davon abbringen können. Sie schlich ins Gemach und hoffte inständig, dass die Kleine in ihren Armen nicht zu schreien begann. Später hätte Jutta nicht zu sagen vermocht, wie lange sie neben dem Bett gestanden und die Kaiserin betrachtet hatte. Wie war es möglich, dass eine Frau so schön sein konnte? Ob Kaiserinnen besonders hoch in der Gunst des lieben Gottes standen?

Urplötzlich schlug sie die Augen auf. Sie waren hell und rund und blickten Jutta offen an. Jutta wich einen Schritt zurück, doch die Faszination war größer als ihr Schrecken. Also trat sie wieder näher und hielt dem Blick Theophanus stand.

»Bist du ein kleiner Engel?«, fragte die Kaiserin. Ihre Stimme klang müde, doch ihrer Schwäche zum Trotz gelang ihr ein Lächeln.

»Ich heiße Jutta«, entgegnete die Gefragte wie verzaubert.

»Wen … trägst du da in deinen Armen, Jutta?«

Jutta wurde wieder bewusst, dass sie ein Kind hielt. Da ihre Schwester noch keinen Namen hatte, antwortete sie ein wenig hilflos: »Ach, es ist nur ein Säugling.«

»Ist es mein Junge?«

»Nein, ein Mädchen ist's.«

Die Kaiserin stieß einen Seufzer der Erleichterung aus. »So hat sie also doch überlebt? Ach, hab Dank, mein kleiner Engel.«

Jutta schwieg, denn sie wusste nicht, warum die Kaiserin so sprach. Ob sie fieberte?

»Wie heißt Eure Tochter?«, hörte Jutta sich sprechen.

»Sie soll auf den Namen Irene getauft sein.« Mit müden Bewegungen nahm sie eine Spange aus ihrem Haar. »Das soll sie später daran erinnern, wie glücklich ich war, weil Gott sie am Leben ließ …«

Mit zitternder Hand reichte sie Jutta das Schmuckstück, doch das Mädchen schüttelte heftig den Kopf.

»Nein, das … Das geht doch nicht.«

»Bitte, nimm es.«

Die Haarspange war aus mattem Silber gefertigt und ohne jede Verzierung; dennoch war sie das Wertvollste, was Jutta je in den Händen gehalten hatte. Wertvoller sogar als der runde Denar, den sie besaß.

Kaiserin Theophanu schlief wieder ein. Sie besaß lange schwarze Wimpern. Ihre Nase war lang und schmal und edel. Unvorstellbar, fand Jutta, dass es irgendwo auf der Welt eine Frau gab, die es mit ihrer Schönheit aufnehmen konnte. Wie im Traum verließ sie das Försterhaus.

Immer noch feierten der Kaiser und seine Ritter unter der Linde die Geburt des Thronfolgers. Auch Wirich befand sich unter den Männern, die ihm gönnerhaft und gut gelaunt die Schultern klopften, als sei er ihresgleichen. Niemand achtete auf Jutta. Inzwischen war der Säugling ihr sehr schwer geworden. Als sie in den Schuppen zurückkehrte, wachte Helmprecht auf, weil Wiljo das Mädchen zur Begrüßung laut anbellte.

»Warum hast du mich nicht geweckt?«, fragte der Vater vorwurfsvoll.

»Die Kaiserin hat einen Sohn geboren«, erklärte sie ihm bedeutungsvoll.

»Was du nicht sagst.« Er rieb sich die Augen und stand auf. »Eine Kaiserin lässt der Herrgott gern am Leben«, raunte er. »Lieber nimmt er sich die einfachen Leute.«

»Es gibt jetzt einen Thronfolger, Papa.«

»Komm, wir müssen weiter. Gib mir das Kind.«

»Sie heißt Irene.«

Verständnislos sah er sie an. »Irene? Was soll das denn für ein Name sein? Wir werden sie auf den Namen Magda taufen lassen – so hieß eure Großmutter! Und jetzt sei still!«

Erst viel später erfuhr Jutta, dass die Kaiserin Zwillinge geboren hatte. Allerdings war einer der Säuglinge, ein Mädchen, unmittelbar nach der Entbindung gestorben.

Theophanu schlug die Augen auf. Der Schmerz in ihrem Schoß hatte ein wenig nachgelassen. Neben der Bettstatt saß lächelnd Eunice, ihre Lieblingszofe. Eunices kleiner Sohn Luitger saß auf den Knien der Mutter und betrachtete die ruhende Kaiserin mit den runden Augen eines von Forscherdrang erfüllten Kindes.

»Bring mir meine Zwillinge, Eunice«, hauchte die Kaiserin der Zofe in griechischer Sprache zu.

Über Eunices Gesicht huschte ein Schatten. »Der Junge schläft, Herrin. Es geht ihm gut, seid unbesorgt. Auch Ihr solltet noch ruhen, denn Ihr habt Fieber.«

»Das Mädchen …«

»Grämt Euch nicht länger. Es erhielt die Nottaufe und darf bereits Gottes Antlitz schauen.«

»Nein, sie lebt! Irene – ich habe sie selbst gesehen.«

Eunice schüttelte seufzend den Kopf und strich ihrer Herrin zärtlich durchs Haar. »Es war sicher nur ein Fiebertraum, Herrin. Schlaft!« Auch der kleine Luitger streckte schmachtend seine Händchen aus, um Theophanus Haare zu berühren.

Ein Traum? Theophanu verspürte ernüchternde Leere. Niemals würde Eunice sie belügen. Die Dienerin war bei ihr, seit sie vor acht Jahren übers große Meer gekommen war. Beinahe war sie ihr eine Schwester.

Nur ein Traum. Gern hätte sie ein paar Tränen vergossen. Aber das durfte sie nicht. Ein altes Versprechen, das sie sich selbst gegeben hatte, hinderte sie daran. Sie fuhr tastend durch ihre Haare. Die Spange, sie war fort! Ein schwaches Lächeln umspielte Theophanus Mund, bevor der Schlaf erneut über sie kam.

Erster Teil
972–974

Die Fremde

I

Rom, April 972, kurz vor dem Osterfest,
im kaiserlichen Palast zu St. Peter

Der Bote aus Benevent, der der Delegation aus Konstantinopel voraneilte, wurde unverzüglich zum Kaiser vorgelassen. Auch Adelheid, die Kaiserin, sowie der junge Thronfolger waren zugegen, als der verschwitzte Mann, ein junger Mönch aus dem Gefolge des Erzbischofs Gero von Köln, in den Saal geführt wurde. Er verbeugte sich tief vor den Hoheiten und setzte an zu der üblichen Litanei der Ehrerbietungen, aber Kaiser Otto, der große Sieger vom Lechfeld, winkte ungeduldig ab. Ihn interessierte einzig und allein die Frage, ob dem Erzbischof Erfolg bei seiner Mission beschieden gewesen war. Also beeilte der Bote sich, zu versichern, die Braut des Thronfolgers befinde sich bereits auf dem Landweg nach Rom.

Eine Braut aus Byzanz! Das war die Nachricht, auf die alle gewartet hatten. Gero, der gute alte Gero, hatte geschafft, was keinem vor ihm gelungen war. Byzanz erkannte Ottos Kaisertum an, indem es zuließ, dass die beiden Herrscherhäuser verwandtschaftlich verbunden wurden. Die Zeiten, wo der Ostkaiser sich als einziger legitimer Nachfolger der römischen Cäsaren gesehen hatte, schienen endgültig vorbei. Otto, den viele bereits den Großen nannten, war dem Basileus ebenbürtig. Er warf seiner Gemahlin einen erlösten Blick zu. Hatten sie jetzt nicht alles erreicht, was es zu erreichen gab?

Doch Adelheid blinzelte skeptisch. »Und jetzt berichtet, was Ihr uns bislang beharrlich verschwiegen habt«, forderte sie den Boten scharfsinnig auf. »Wer ist die Braut?«

»Ihr Name ist Theophanu«, erklärte der Bote nicht ohne Verlegenheit. »Sie ist eine Nichte des Basileus.«

»Eine Nichte?« Adelheids Augen schossen Blitze auf den Ärmsten ab, als habe er etwas Unanständiges gesagt. Sie wandte sich zu ihrem Gemahl. »Da seht Ihr, was Ihr Byzanz wert seid!«

Des alten Kaisers Hochstimmung war durch die letzten Worte des Boten deutlich getrübt worden. Nachdenklich spitzte er den Mund und strich sich durch den Bart.

»Die Nichte eines Thronräubers, ha!« Die Kaiserin schüttelte empört den Kopf. »Hatten wir den Erzbischof nicht ausgesendet, damit er uns eine Purpurgeborene bringt? War nicht von Anna, der Tochter des verstorbenen Kaisers Romanos, die Rede gewesen? Was erlaubt sich dieser Johannes Tzimiskes? Wieso hat Gero sich auf diesen Handel eingelassen?«

»Ich bin sicher«, versuchte Kaiser Otto sie zu besänftigen, »der Erzbischof hatte gute Gründe dafür, Teuerste.«

»Byzanz verhöhnt uns«, fuhr Adelheid unbeirrt fort. »Man sendet uns eine nicht gewünschte Jungfrau.«

»Und dennoch ist sie eine Verwandte des Kaisers.«

»Wir sollten sie unverzüglich wieder nach Hause schicken, diese Theophanu.«

Der Kaiser sah hinüber zu seinem Sohn. Mit hochrotem Kopf stand der siebzehnjährige Otto im Hintergrund. Bislang hatte er zu allem geschwiegen. Sein unruhiger Blick richtete sich mal auf seine Füße, dann auf den übermächtigen Vater, dann wieder auf den Überbringer der Neuigkeiten.

»Erzählt uns von der Prinzessin!«, forderte der alte Kaiser den Boten auf.

»Sie ist hochgebildet und äußerst begabt, mein Kaiser. Das Lateinische beherrscht sie fließend, und auch unsere Sprache hat sie während der Reise vorzüglich zu sprechen gelernt.«

»Ist sie hübsch?«

Die Frage schien den Boten zu überraschen, denn er räusperte sich. »Ob sie …?«

»Ziert Euch nicht. Ihr habt meine Frage verstanden, oder etwa nicht?«

Der Bote holte tief Luft. »Nie zuvor sah ich ein Mädchen von solcher Schönheit.« Rasch fügte er hinzu: »Und die Brautschätze, die sie aus ihrer Heimat mitbringt, sind von unermesslichem Wert.«

Abermals blickte der Kaiser seinen Sohn an. »Nun, was meinst du, Junge?«

Das Gesicht des jüngeren Otto leuchtete immer noch. Zaghaft setzte er zu einer Antwort an, doch bevor er sprechen konnte, verkündete sein Vater die Entscheidung, die er offenbar längst gefällt hatte.

»Prinzessin Theophanu wird eine Bereicherung für Unser Geschlecht sein.«

»Ihr beabsichtigt nicht, sie wieder heimwärts zu schicken?«, fragte Kaiserin Adelheid, die sichtlich um Fassung rang.

»Warum sollten wir das tun? Sie ist eine byzantinische Prinzessin. Unser Haus wird verbunden sein mit dem Blut der Romäer. War das nicht unsere Absicht? Die Hochzeit kann stattfinden – gleich nach der Osterwoche.«

Kurze Zeit später jagte ein Trupp kaiserlicher Panzerreiter über die alte Via Appia, um der Prinzessin entgegenzureiten und sie wohlbehalten in die Ewige Stadt zu geleiten.

Rom war in den Augen der vierzehnjährigen Prinzessin Theophanu ein Ort aus Dreck, Trümmern und verblichener Herrlichkeit. Die Ruinen, kolossal, aber kalt, die sich allerorten aus dem Staub der Jahrhunderte hoben, erschütterten sie im Stillen. Büsche und Sträucher wuchsen aus altersmorschen Mauern. Bezeichnete man Konstantinopel als das zweite Rom, so war Theophanu froh, nicht im ersten Rom geboren und aufgewachsen zu sein. Die Behauptungen ihrer Lehrer waren nicht übertrieben gewesen: Rom führte längst ein Schattendasein auf dieser Erde; auch die Anwesenheit der anmaßenden Päpste konnte an dieser Tatsache nichts ändern. Mochte die Stadt für die Franken aus dem Norden auch immer noch imponierend und prächtig sein, für jemanden aus Konstantinopel glich sie einem gigantischen Steinbruch, einem Spottbild ihrer selbst.

Während der Reisewagen, begleitet von des Kaisers Eskorte, sich rumpelnd durch die Gassen pflügte, St. Peter entgegen, spähte Theophanu aus dem Fenster, um die Menschen zu betrachten, die am Wegesrand standen und den prachtvollen Zug bestaunten. Die Prinzessin trug eine goldbestickte Haube, langes dunkles Haar wallte über ihre Schultern.

»Sehen sie nicht aus wie Bauern?«, raunte sie Eunice zu. Die Dienerin, ein paar Jahre älter als ihre Herrin, kicherte in ihre Hand hinein.

»Es *sind* Bauern, Herrin. Seht Ihr nicht die Schweine an jeder Ecke?«

»Hm! Sogar die Schweine sehen in Konstantinopel vornehmer aus.«

»Und all diese Mücken! Heiliger Pantaleon! Sie scheinen sich hier besonders wohlzufühlen. Ich hoffe nur, dass es im Norden von Kaiser Ottos Reich weniger von diesen Biestern gibt.«

»Wenn ich Kaiserin bin, werde ich sie verbannen. Was hältst du davon?«

»Viel. Außerdem könntet Ihr anordnen, dass jeder Römer und jeder Barbar sich täglich zu waschen hat. Und zwar von Kopf bis Fuß.«

Nun kicherten sie beide. Die ungezwungene Ausgelassenheit nach der langen tristen Reise tat gut. Erzbischof Gero von Köln aber, der den beiden jungen Frauen gegenübersaß, runzelte die Stirn. »Ihr solltet nicht abfällig über die Römer sprechen, Prinzessin! Sie beherrschten einst die Welt. Und vergesst nicht das Blut der Märtyrer, das in dieser Stadt geflossen ist. Es ist heiliger Boden, auf dem Ihr Euch befindet.«

Manchmal vergaß Theophanu, dass Gero des Griechischen mächtig war.

»Gewiss. Verzeiht mir, Herr Bischof.« Sie klang nicht sonderlich zerknirscht, aber es lag ihr nichts daran, Gero zu verärgern. Sie mochte den alten weißbärtigen Mann. In den vergangenen Wochen war er ihr ein großväterlicher Mentor gewesen. Während der langen Schiffsreise hatte er ihr mit viel Geduld die Sprache ihres neuen Volkes beigebracht und von Sitten und Bräuchen berichtet, an die sie sich nur langsam gewöhnen würde.

Geros Ernsthaftigkeit riss sie zurück in die Wirklichkeit. Den Gedanken, dass sie in Kürze ihrem Bräutigam entgegentreten würde, hatte sie so weit wie möglich in den Hintergrund gedrängt. Das Leben, das sie gekannt hatte, war Vergangenheit. Sie war eine Fremde in einem fremden Reich, und auch Eunices Gegenwart war ihr plötzlich nur ein schwacher Trost. Jetzt spürte sie ihr Herz klopfen. Fortan schwieg sie zu dem, was da draußen an ihr vorüberglitt. Einmal winkte sie einem Mädchen zu, das einen Blick auf sie erhaschte und vor lauter Staunen den Mund nicht zubekam.

Sie überquerten eine Tiberbrücke. Theophanu sah in die trüben Fluten des Flusses und dachte wehmütig an die blauen Wasser des Bosporus, über die ein frischer Wind strich und kräuselnde Wellen formte. Der alte Erzbischof schien zu wissen, was ihr durch den Kopf ging. »Du musst keine Angst haben, Theophanu«, sagte er leise zu ihr. Zum ersten Mal sprach er sie nicht als Prinzessin an, aber Theophanu störte es nicht.

»Ihr denkt, ich habe Angst?« Es gelang ihr nicht, ihrer Stimme einen amüsierten Beiklang zu verleihen.

»Auch eine Löwin hat manchmal Angst«, erwiderte Gero flüsternd. »Und du *bist* eine Löwin, meine Tochter, deine

Augen verraten es mir. Du wirst allen Widrigkeiten trotzen. Gott wird dir dabei helfen, dafür bete ich. Denn ich weiß, dass du Gott gefällst.«

»Wie könnt Ihr da so sicher sein?« Die Huldigung aus dem Mund des ehrwürdigen Erzbischofs beschämte Theophanu. Statt einer Antwort verzog er den Mund zu einem Lächeln.

»Bitte erzählt mir von meinem künftigen Gemahl«, bat sie ihn, da er offenbar nicht näher auf seine kryptischen Behauptungen eingehen wollte.

»Habt Ihr mir diese Frage in den vergangenen Wochen nicht schon hundert Mal gestellt, Prinzessin?«

»Möglich, doch Eure Antworten gaben mir stets Mut und Hoffnung.«

Er lächelte immer noch. »Ich übertrieb nicht, als ich Euch den jungen Otto als einen Menschen beschrieb, der Eurer würdig ist. Aber Ihr werdet ihn gleich selbst kennenlernen, Prinzessin, deshalb werde ich mich nicht wiederholen. Seht es mir nach.«

Theophanu seufzte leise. Eunice zwinkerte ihr verschwörerisch zu. Einer der Reiter ließ sich zurückfallen und spähte ins Innere des Wagens. »Wir nähern uns St. Peter, Eure Exzellenz«, informierte er den Erzbischof.

Gero nickte und wandte sich erneut an Theophanu: »Meine Aufgabe ist nun erfüllt, Prinzessin.«

Beinahe trieben seine Worte, die so sehr nach Abschied schmeckten, ihr Tränen in die Augen. Als der Wagen kurz darauf zum Stehen kam, wusste Theophanu, dass ihr neues Leben begann. Sie warf sich Gero in die Arme.

»Schon gut, kleine Löwin«, flüsterte er ihr ins Ohr. »Denk immer an meine Worte und vertraue auf Gott. Sieh nur, dein künftiger Gemahl ist erschienen, um dich zu empfangen.«

Theophanu nickte tapfer.

Der junge Kaiser überragte sie allenfalls um einen halben Kopf. Sein Gesicht war jungenhaft und dennoch ernst, ein zarter blonder Bart bedeckte seine Wangen. Die Hand, die er ihr reichte, um ihr beim Aussteigen behilflich zu sein, fühlte sich weich an, aber nicht kraftlos. Theophanu versuchte in seinen Augen zu erkennen, was er bei ihrem Anblick empfand, doch es stand keine Antwort darin geschrieben. Sie begriff, dass auch sie selbst nichts fühlte außer der Aufgeregtheit des Neuen. Es fuhr kein Blitz in ihr Herz, als sie den Mann erblickte, mit dem sie schon bald vermählt werden sollte. Aber sie empfand das nicht als Enttäuschung. Die Sonne, die wohltuend wärmend am römischen Himmel stand, verbat ihr, sich um Dinge zu sorgen, die längst beschlossen waren.

»Ich hoffe, du hattest eine angenehme Reise!«

Der junge Kaiser sprach langsam und ruhig; er besaß eine glockenhelle Stimme. Theophanu war überrascht über seinen vertraulichen Ton, empfand ihn aber nicht als störend. Otto schien es wirklich zu interessieren, ob sie eine gute Reise gehabt hatte. Er verzichtete auf die umständlichen Regeln der Etikette. Sie sah ihm tief in die Augen und spürte, wie sehr er sich mühte, ihrem Blick nicht schüchtern auszuweichen.

»Ein paar Wochen zur See können sehr beschwerlich sein«, erklärte sie ihm mit erhobenen Brauen. »Und nach ein paar Tagen im Reisewagen spürt man jeden einzelnen Knochen. Aber sonst war die Reise gut, vielen Dank.«

Offenbar hatte er nicht damit gerechnet, dass sie seine Sprache so gut heherrschte, denn sein Mund blieb offen stehen, ohne dass er etwas zu erwidern wusste. Theophanu fragte sich, ob sie nicht zu forsch gewesen sei; auch für Otto war dies eine Begegnung, über deren möglichen Verlauf er sicherlich viel nachgedacht hatte. Doch mit einem Mal zeigte sich ein verschmitztes Lächeln auf seinen Lippen.

»Oh, ich glaube, ich kann es dir nachfühlen«, behauptete er.

»Nach ein paar Tagen auf dem Pferd fühle ich mich ähnlich malträtiert.«

»Und ich weiß genau, welcher Körperteil dir nach dem Ritt besonders schmerzt!«

Otto warf den Kopf in den Nacken und begann laut zu lachen. So überrascht war Theophanu über seine Reaktion, dass sie ihn regelrecht anstarrte. Dann lachte auch sie, denn Ottos unerwarteter Anfall von Fröhlichkeit wirkte ansteckend. Eunice, die inzwischen hinter sie getreten war und sich verhalten räusperte, brachte sie wieder zur Besinnung. Theophanu rief sich in Erinnerung, dass sie nicht unbeobachtet waren. Vor dem Palast, nur wenige Schritte entfernt, stand das Kaiserpaar – kein Zweifel, bei den beiden bekrönten Gestalten handelte es sich um Ottos Vater und seine Gemahlin Adelheid. Sie waren umgeben von einer beträchtlichen Gefolgschaft aus Rittern, Dienern und Geistlichen.

»Vermutlich musst du mich nun meinen künftigen Schwiegereltern vorstellen«, flüsterte Theophanu, von neuer Nervosität erfüllt. Auf der Stelle wurde Otto ernst.

»Oh, gewiss. Bitte!« Er bot ihr seinen Arm dar.

Es fiel ihr nicht schwer, würdevoll an seiner Seite zu schreiten, schon im frühesten Kindesalter hatte man ihr das beigebracht. Bei den Wartenden angelangt, neigte sie mit klopfendem Herzen den Kopf vor dem Kaiser und der Kaiserin, achtete aber darauf, dass es nicht wie eine Verbeugung wirkte.

Kaiser Otto der Große erwiderte ihre Geste. Er war größer und kräftiger als sein Sohn. Ein grauer, sorgsam gestutzter Bart verlieh ihm Hoheit. Seine sanften Augen musterten Theophanu freundlich. Trotz seiner Körperfülle wirkte er eher unscheinbar, doch Theophanu vergaß es nicht einen Moment lang: Allein der Tatkraft dieses Mannes war es zu verdanken, dass die räuberischen Horden der heidnischen Ungarn keine Gefahr mehr für die christliche Welt darstellten. In einer großen Schlacht hatte Otto sie einst vernichtend geschlagen.

»Wie ich sehe, hat der Bote des guten Gero nicht übertrieben. Seid willkommen, Prinzessin Theophanu!«

»Habt Dank für den freundlichen Empfang.«

»Wir fühlen uns geehrt, dass Ihr unserer Einladung gefolgt seid.«

Als ob sie je eine Wahl gehabt hätte! Aber Ottos Stimme war so sanft wie sein Blick, und Theophanu wusste in diesem Augenblick, dass sie sich bestens mit ihrem Schwiegervater verstehen würde. Bei Adelheid hatte sie jedoch ihre Zweifel. Zur Begrüßung hatte die Kaiserin ihr nur kurz zugenickt, ihre Miene blieb unbewegt, fast kühl.

Adelheid war deutlich jünger als ihr Gemahl und von unverkennbarer Schönheit. Theophanu wusste, dass ein abenteuerliches Leben hinter ihr lag, und war deshalb sehr gespannt auf die erste Begegnung mit ihr gewesen. In Byzanz hielt man sich in der Bewunderung westlicher Herrschergestalten traditionell zurück, doch Adelheids Schicksal war selbst den Ammen und somit den Kindern bekannt. Für die kleine Theophanu war Adelheid eine Heldin gewesen. Diese Heldin ihrer Kindheit stand nun leibhaftig und würdevoll vor ihr und sah sie aus schmalen Augen an. Endlich verzog sich ihr Mund zu einem halben Lächeln.

»Ihr seid ein wenig bleich, Prinzessin. Ich hoffe, die Reise war nicht allzu anstrengend.«

Nichts im Klang ihrer Stimme gab etwas preis von dem, was sie beim Anblick ihrer künftigen Schwiegertochter empfinden mochte. Theophanu ahnte, es würde nicht einfach sein, sich Adelheids Vertrauen und Zuneigung zu erwerben. Noch bevor sie etwas erwidern konnte, fuhr die Kaiserin fort: »Bis zur Hochzeit werde ich mich Eurer annehmen. Es wird Euch an nichts mangeln.«

»Habt Dank für Eure Güte, kaiserliche Hoheit!«

Adelheid gab einigen Dienerinnen, die etwas abseits auf Anweisungen warteten, einen Wink. »Man wird Euch nun in meine Gemächer führen, Prinzessin. Auch werden meine Zofen sich um Euer Gepäck kümmern. Sicherlich braucht Ihr etwas Ruhe.«

Theophanu nickte fügsam, obwohl sie alles andere als müde war und am liebsten auf der Stelle einen Streifzug durch jene Stadt unternommen hätte, in der einst die Geschicke der Welt entschieden wurden. Sie tauschte einen kurzen Blick mit Eunice, die ergeben näher trat.

»Ihr werdet der Dienste Eurer Zofe vorerst nicht bedürfen, Prinzessin«, verkündete Kaiserin Adelheid leise, aber nachdrücklich. »In meinen Gemächern steht mein Gesinde Euch zur Verfügung.«

Theophanu verbarg nicht ihren Missmut über diese Worte. »Um Vergebung, kaiserliche Hoheit. Aber meine Dienerin möchte ich keinesfalls missen.«

Es folgte ein kurzes Schweigen, das Kaiser Otto beendete, indem er herzhaft zu lachen begann. »Recht hat sie, die junge Prinzessin. Hat sie hier nicht schon Fremde genug um sich? Teuerste Gemahlin, um Himmels willen, lasst ihr doch ihre Dienerin.«

»Wie Ihr wünscht«, erwiderte Adelheid mit dünner Stimme.

Bevor man Theophanu in den Palast führte, warf sie einen letzten Blick zurück, winkte noch einmal dem alten Gero zu. Ihrem künftigen Gemahl, der neben seinem Vater wie verloren wirkte und ihr verträumt hinterherblickte, schenkte sie ein Lächeln.

»Ich hasse dieses Land, Herrin. Sehnt auch Ihr Euch nach Konstantinopel zurück?«, raunte Eunice ihr seufzend zu.

»Sei unbesorgt«, tröstete Theophanu ihre Dienerin. »Es ist Gottes Wille, dass wir hier sind.«

2

Adelheid war von burgundischem Adel. Ihre Kindheit hatte sie auf der Burg Saint-Maurice im Rhonetal verbracht. Nach dem Tod des Vaters, des Burgunderkönigs Rudolf, heiratete ihre Mutter Berta notgedrungen den streitbaren Hugo von Vienne, König der Lombardei, der sich auf diese Weise zugleich die Herrschaft in Burgund sichern wollte. Die sechsjährige Adelheid gelangte somit nach Pavia und wurde mit Hugos achtjährigem Sohn Lothar verlobt; zehn Jahre später wurde die Ehe vollzogen.

Die Zahl der Gegner Hugos war nicht gering, der mächtigste darunter hieß Berengar von Ivrea. Berengar machte ihm die Königskrone bald streitig; resigniert zog der ohnmächtige Hugo sich in ein Kloster zurück. Sein Sohn Lothar, Adelheids Gemahl, gelangte auf den Thron, doch Berengar blieb der eigentliche Machthaber. Wobei dieser wiederum, wie man munkelte, unter dem unheilvollen Einfluss seiner nicht minder machthungrigen Gemahlin Willa stand. Als Lothar zwanzigjährig starb, blieb es nicht aus, dass Berengar und Willa des Giftmordes verdächtigt wurden. Mit nur achtzehn Jahren war Adelheid zur Witwe geworden.

Berengar, der seine Stunde gekommen sah, trug ihr die Hand seines Sohnes Adalbert an. Aber Adelheid lehnte ab. Die Verweigerung der jungen Frau war mutig. Vor allem aber war sie gefährlich, denn Adelheid blieb zunächst auf sich allein gestellt. Berengar handelte rasch, ließ sich wider alles Recht von den Großen zum König wählen. Adelheid wurde nicht nur enteignet und ihrer Kleinodien beraubt, sondern alsbald auch verhaftet, von Berengar und Willa eigenhändig misshandelt und auf der Burg Garda in Como in den Kerker geworfen. Nur ein Pater und eine Dienerin durften bei ihr bleiben.

Trotz strenger Bewachung gelang es Adelheid, Kontakt zur Außenwelt aufzunehmen. Bischof Adalhard von Reggio, ein erklärter Gegner Berengars und Willas, versprach ihr Hilfe. Als Adelheid eines Tages aus dem Fensterloch ihres Verlieses schaute, erblickte sie im Burghof einen Knecht, der mit Holzscheiten das Wort »Grabet« auslegte. War dies das Zeichen ihrer Retter, auf das sie so lange gewartet hatte?

Die Gefangenen begannen, den hart gestampften Lehmboden ihres Verlieses aufzugraben. Wochen vergingen, fast wollten sie schon entmutigt aufgeben. Dann aber stießen sie auf eine kleine Grotte, die in einen Gang mündete. Ein längst vergessener Geheimgang, von dessen Existenz zumindest einer ihrer Gönner gewusst haben musste. Ein Weg, der in die Freiheit führte.

Bei Nacht und Nebel entkamen sie ihrem Gefängnis. Als ihre Flucht anderentags bemerkt wurde, befanden sie sich im Schutz der Wälder. Verfolger machten sich auf den Weg, um ihrer habhaft zu werden. Mehrmals entkamen Adelheid und ihre Begleiter den Häschern nur knapp. Sie lebten von Feldfrüchten und den milden Gaben barmherziger Menschen. In den Sümpfen des Mincio waren sie für eine Weile vor Nachstellung sicher, nicht aber vor den krankheitsbringenden Mücken. Als endlich Rettung nahte – der Pater war vorausgeeilt, um den Helfern die geglückte Flucht zu melden –, da war der Körper der Königinwitwe zerschunden und ohne Kraft. Der Bischof von Reggia gewährte ihr und ihren Begleitern Schutz auf der Veste Canossa, wo sie vor Berengars Zugriff vorläufig sicher waren. Adelheid erholte sich allmählich. Ihre Odyssee war bald in aller Munde. Mitleid über ihr bedauernswertes Schicksal, vor allem aber Bewunderung ob ihrer Tapferkeit wurden ihr zuteil; Berengar und Willa aber weckten für ihre Niedertracht nicht nur die Abscheu ihrer Feinde.

Alles sollte sich für Adelheid zum Guten wenden. Bald zog

der deutsche König Otto mit einem starken Heer über den Brennerpass. Berengar floh aus Pavia. Ohne einen Schwertstreich zog Otto in die Stadt ein, um sich von den Großen als König der Langobarden huldigen zu lassen. Otto aber wusste nur zu gut, dass Adelheid nach wie vor die rechtmäßige Königin war. Ihr in der Not beizustehen, war einer seiner Gründe gewesen, nach Italien zu ziehen – standen sich ihre Häuser doch seit jeher recht nahe. Er sandte seinen Bruder nach Canossa, um Adelheid nach Pavia zu holen.

Der König – seit fünf Jahren Witwer – entbrannte bei Adelheids Anblick in Liebe. Ohnehin hatte er beabsichtigt, um ihre Hand anzuhalten, denn nur auf diese Weise konnte er sich die Langobardenkrone legitim aufs Haupt setzen. Nachdem er Adelheid gesehen hatte, so erzählte man später, hätte er auch um sie gefreit, wäre sie die Tochter eines Schafhirten gewesen.

Zu Pavia fand kurz darauf die Hochzeit statt.

Adelheids abenteuerliches Leben – was davon war Legende, was Wahrheit? Seit Langem brannte Theophanu darauf, es zu erfahren. War die Geschichte der Kaiserin nur eine maßlose Übertreibung, ein Ammenmärchen? Waren die Fügungen nicht zu schön und zu fantastisch, um wirklich wahr sein zu können? Wie hatten die Gefangenen es anstellen können, unbemerkt von ihren Wächtern einen Gang in die Freiheit zu graben? Auf welche Weise hatten sie die ausgehobene Erde beseitigt? Wie war es ihnen immer wieder gelungen, ihren Verfolgern zu entkommen? Und was mochte Adelheid empfunden haben, als ihr königlicher Beschützer, der große Sieger vom Lechfeld, um ihre Hand anhielt?

Theophanu hoffte, ihre künftige Schwiegermutter bald selbst befragen zu können. Vielleicht würde dies das Eis zwischen ihnen brechen, denn nach wie vor begegnete die Kaiserin ihr mit kühler Distanz.

Das Osterfest wurde mit großer Festlichkeit begangen. In der Peterskirche zelebrierte der Papst eine prunkvolle Messe, die Theophanu nicht unbeeindruckt ließ, wenngleich die Liturgie der Römer sie mitunter fremd und merkwürdig anmutete.

Ihren Bräutigam bekam Theophanu nur in der Kirche zu Gesicht. Offenbar wurde Wert darauf gelegt, dass sie einander bis zur Hochzeit, die für den Sonntag darauf anberaumt war, nicht begegneten. Es blieb Theophanu aber nicht verborgen, dass der junge Otto ihr manch heimlichen Blick zuwarf. Dann schenkte sie ihm ein Lächeln, hoffend, dass niemand sonst es bemerkte.

Am Vorabend der Hochzeit ergab sich für Theophanu die Gelegenheit, ungestört mit Adelheid zu sprechen. Bislang waren stets Hofdamen in ihrer Nähe gewesen, doch nun hatte die Kaiserin sie alle weggeschickt. Allein mit Adelheid im Gemach, fasste Theophanu sich ein Herz. Die Kaiserin betrachtete gedankenvoll den auf einer Kommode ausgebreiteten Brautschmuck. Leise trat Theophanu an sie heran.

»Wisst Ihr eigentlich, dass die Ammen in Konstantinopel den Kindern von Euren Heldentaten erzählen?«

Theophanu ahnte, dass ihre Frage in Adelheids Ohren albern klingen mochte, und sie wünschte sich, sie hätte die ihr immer noch fremde Sprache besser beherrscht, damit ihre Worte nicht wie törichtes Geplapper klangen. Nichts im Verhalten der Kaiserin deutete zunächst darauf hin, dass sie Theophanus Frage wahrgenommen hatte. Prüfend glitten ihre Finger über den seidenen Stoff eines Schleiers.

»Die Ammen in Konstantinopel wissen nichts von mir«, erklärte sie schließlich leidenschaftslos.

Theophanu gab nicht auf. »Es ist furchtbar, seinen Feinden hilflos ausgeliefert zu sein.«

Adelheid schwieg.

»Eure Tapferkeit verdient mehr als nur Bewunderung«, fuhr Theophanu fort.

Die Kaiserin atmete einmal tief; dann sah sie Theophanu offen an. »Tapferkeit? Ich erinnere mich nur an abgrundtiefe Verzweiflung, Prinzessin. Ihr müsst mir nicht schmeicheln, daran liegt mir nichts.«

»Verzeiht mir, ich wollte nur ...«

»Ihr seid nicht die Braut, die ich mir für meinen Sohn gewünscht habe, das sollt Ihr wissen. Aber nun seid Ihr hier und die Vermählung ist beschlossen. Auch Ihr werdet morgen Kaiserin sein. Wir werden zum Wohl des Reiches miteinander auskommen müssen, doch dazu bedarf es keiner gegenseitigen Zuneigung. Unsere Pflichten sind zahlreich und aufreibend; verschwenden wir unsere Kräfte also nicht an Nutzlosigkeiten. – Welchen Schleier würdet Ihr bevorzugen? Diesen hier oder jenen dort?«

Erst am späten Abend, als Theophanu schlaflos im Bett lag, kamen ihr Tränen. Zuerst einige wenige, dann mehr, und schließlich schluchzte sie so hemmungslos, dass Eunice besorgt herbeieilte. Aber Theophanu schickte sie fort.

»Schon gut, mach dir keine Gedanken, Eunice.«

»War es die Kaiserin, die Euch so mit Traurigkeit erfüllt hat?«, fragte die Dienerin grimmig.

»Leg dich wieder hin!«

»Nein. Ich möchte Euch trösten und Eure Hand halten.«

»Kein Trost. Lass mich noch ein Weilchen weinen, ich will es so. Denn es wird das letzte Mal sein, dass ich weine. Von morgen an wird niemals mehr ein Mensch mich weinen sehen.«

Eunice starrte ihre Herrin stirnrunzelnd an. Trotz der Tränen stand der Prinzessin feste Entschlossenheit ins Gesicht geschrieben.

»Eines Tages werdet Ihr eine viel größere Heldin sein als

sie, Herrin«, sagte Eunice, bevor sie folgsam zu ihrem Lager zurückkehrte.

Der folgende Tag erschien Theophanu in ihren späteren Erinnerungen stets wie ein unwirklicher Traum. Die Petersbasilika war zum Bersten gefüllt mit Menschen. Licht flutete aus den oberen Fenstern der Schiffe ins Innere des blumengeschmückten Kirchenhauses, das einst von Kaiser Konstantin über dem Grab des Apostels Petrus errichtet worden war. Für die Römer stellte es den Mittelpunkt der Christenheit dar.

Otto, ihr Schwiegervater, hatte sie vor dem Kirchenportal in Empfang genommen und hineingeführt. Papst Johannes, ein niemals lächelnder alter Mann, salbte sie zunächst in einer feierlichen Zeremonie zur Kaiserin. Als Theophanu die kalte Krone auf ihrem Kopf spürte, dachte sie an ihre Eltern im fernen Konstantinopel, die sie niemals wiedersehen würde. Ein Knabenchor begann zu singen. Nun konnte die Trauung mit dem jungen Otto zelebriert werden. Bis dahin hatte der Bräutigam, ebenso wie das elterliche Kaiserpaar, das Geschehen von der Apsis aus verfolgt. Als er neben ihr kniete und der Papst seinen Segen über die Brautleute sprach, bat Theophanu Gott im Stillen um Kraft, denn Schwindel drohte sie heimzusuchen: Nun war sie Kaiserin und Ehefrau. Man würde von ihr erwarten, viele Kinder auf die Welt zu bringen, um den Fortbestand der Dynastie zu sichern. Der Gedanke daran war ihr alles andere als behaglich.

Nach der Trauung reichte Otto seiner jungen Frau eine Urkunde. Wie in Trance nahm Theophanu sie entgegen. Der Hochgesang der Versammelten ließ die Kirche fast erbeben.

»Ich werde dir immer zur Seite stehen«, raunte Otto ihr zu, als wisse er um ihre Ängste. Er nahm ihre Hand und drückte sie zärtlich. Seine Worte und seine Geste machten sie glücklich, aber das wurde ihr erst viel später bewusst.

»Immer?«, hörte sie sich fragen.

»Immer!«, beteuerte er.

»Auch wenn es gegen deine Mutter gehen sollte?«

»Selbst dann!«

Hinterher, beim Festbankett, verlas ein Geistlicher, der kaum mehr als dreißig Jahre zählte, die Heiratsurkunde, die im Namen des Bräutigams für seine Braut ausgestellt worden war. Aufmerksam lauschten und staunten die Versammelten. Zunächst war von Gottes Schöpfungsordnung die Rede, dass Eheleute fortwährend ein Leib seien und die Schließung des Ehebundes durch Gottes Urheberschaft geschehen müsse. Es folgte die Beteuerung des Bräutigams, die byzantinische Prinzessin als seine Ehefrau anzunehmen und ihr die Teilhaberschaft am Reich zu gewähren. Dann die schier endlose Aufzählung der Besitztümer, die sie erhalten und über die sie im immerwährenden Recht verfügen sollte …

Theophanu dämmerte es allmählich, wie vermögend sie war. Die vorausgegangenen Verhandlungen über solcherlei Dinge hatten sie nicht sonderlich interessiert. Das Wort Christi fiel ihr ein: Eher geht ein Kamel durch ein Nadelöhr, als dass ein Reicher in den Himmel kommt! Ein Gefühl der Beschämung überkam sie. Wie viele Augenpaare sie wohl anstarrten? Lieber Gott, betete sie leise, ich will viel Gutes tun.

Der Verleser der Urkunde kam zum Ende: »Ich, der Kanzler Willigis, habe anstelle des Erzkaplans die Richtigkeit festgestellt!«, verkündete er feierlich. Beifall brandete auf.

»Willigis ist ein guter Freund«, sagte Otto zu seiner Braut. »Auf ihn können wir uns jederzeit verlassen. Er wird uns immer eine Stütze sein.«

Theophanu dachte an die Intrigen am byzantinischen Hof, wo keiner dem anderen traute, und sie betrachtete den gelobten Kanzler aufmerksam. Er hatte mit angenehmer Stimme gesprochen, und überhaupt schien der junge Geistliche von ruhigem Wesen zu sein. Allein seine Augen verrieten, dass er keinesfalls ein willenloses Werkzeug war und dass es unklug wäre, ihn als ein solches zu betrachten. Ja, dieser Mann beeindruckte sie. Er würde in ihrem Leben gewiss noch eine große Rolle spielen. Ihre Blicke trafen sich, und Willigis neigte ergeben sein Haupt vor der frisch gekürten Kaiserin.

Schwül legte der Abend sich über die Ewige Stadt. Bis tief in die Nacht währte das Fest. Endlich wurde Theophanu in ihr Gemach geführt. Es war beschlossen worden, dass das junge Paar um des Segens für die Ehe willen für drei Tage getrennt sein sollte. Theophanu war froh über diese westliche Sitte zu Ehren des frommen Tobias. Der Gedanke an die Hochzeitsnacht machte ihr Angst. Auch Eunice gelang es nicht, ihr diese zu nehmen.

Am Abend des dritten Tages erschien Kaiserin Adelheid in ihrem Gemach. »Seid Ihr bereit?«, fragte sie die Schwiegertochter ernst.

Theophanu nickte und unterdrückte den Impuls, Eunice einen hilfesuchenden Blick zuzuwerfen.

»So folgt mir!«, sagte Adelheid.

»Denkt an meinen Rat«, flüsterte Eunice, was Theophanu nun doch ein Lächeln entlockte. Eunice hatte ihr empfohlen, sich beim Beischlaf einen milden Frühlingsabend in Konstantinopel vorzustellen. In den Gärten des Palastes hatten sie in der Vergangenheit manche Stunde in einer behaglichen Rotunde verbracht, wo Theophanu ihre ungezählten Puppen einkleidete. »Eines Tages werde ich richtige Kinder kleiden«, hatte die junge Prinzessin stets verkündet.

Das Paradies ihrer Jugend, es war verloren.

Eunice folgte den beiden Kaiserinnen. Sie betraten einen Saal, wo vor einem festlich bereiteten Bett ein halbes Dutzend Leute wartete. Theophanu erkannte darunter ihren Schwiegervater, den Kanzler Willigis und ihren Gemahl, der sich gleichfalls sichtlich unwohl fühlte.

»Du kannst deine Herrin jetzt entkleiden!«, sagte Adelheid zu Eunice. Theophanu musste ihr die Worte übersetzen, denn Eunice lernte die neue Sprache nur mühsam. Die Männer wandten den Frauen diskret den Rücken zu, während Eunice sich an die Arbeit machte. Adelheid reichte ihnen ein Nachtgewand aus blütenweißem Stoff. Als Theophanu schließlich umgekleidet war, führte die Schwiegermutter sie höchstselbst zum Brautbett, wo der junge Otto auf sie wartete. Adelheid hob die fein bestickte Decke und ließ Theophanu zu ihm ins Bett steigen.

Die Männer hatten sich inzwischen wieder umgewandt. Einer von ihren – ein Notar, wie Theophanu vermutete – verkündete laut: »Ich stelle fest, dass die Ehe hiermit symbolisch vollzogen ist!« Jedoch machte niemand Anstalten, den Saal zu verlassen. Theophanu wusste, dass der öffentliche Beischlaf bei den Franken durchaus üblich war. Was für eine barbarische, entwürdigende Sitte!

Zu ihrer Überraschung sagte der junge Otto zu den Anwesenden: »Habt Dank für Euer Kommen. Von nun an kommen meine kaiserliche Gemahlin und ich auch ohne Zuschauer zurecht.«

Alle verließen kommentarlos den Saal. Eunice schenkte ihrer Herrin ein letztes, aufmunterndes Lächeln. Dann war es plötzlich still. Theophanu lag auf dem Rücken und harrte reglos der Dinge, die nun kommen mochten. Plötzlich begann Otto leise zu kichern, gleich einem Kind, das einen albernen Streich ausgeheckt hat.

»Was hast du?«, fragte Theophanu und blickte scheu zu ihm hinüber.

»Zum ersten Mal in meinem Leben haben meine Eltern mir gerade gehorcht«, erklärte er amüsiert.

Theophanu spürte, wie ihre Anspannung sich, wenn auch nur langsam, zu lösen begann. »Das ist nun mal deine kaiserliche Autorität!« Sie brachte sogar ein Augenzwinkern zustande.

Otto schüttelte den Kopf. »Wohl kaum. Es ist die Prüderie meiner Eltern. Sie würden wahrscheinlich im Erdboden versinken, wenn sie dabei zusehen müssten, wie ... na, du weißt schon.«

Sie drehte sich zu ihm, legte zögerlich ihre Hand auf seine Brust. »Und was geschieht jetzt?«, fragte sie hilflos und neugierig zugleich.

»Tja, auch für mich ist dies etwas Neues.«

»Im Ernst?«

»Würde ich denn eine Kaiserin belügen?«

»Oh, das würde dir schlecht bekommen.«

»Siehst du? Deshalb sage ich dir immer die Wahrheit.«

Er nahm ihre Hand, führte sie zu seinen Lippen, küsste jeden ihrer Finger.

»Der Anfang gefällt mir jedenfalls nicht schlecht«, sagte sie flüsternd.

3

Noch drei Monate blieben die beiden Kaiserpaare in Italien, und Theophanu bekam eine Ahnung, was es hieß, immerzu unterwegs zu sein. Das Reich besaß, anders als Ostrom, keine Hauptstadt, und die Herrschenden reisten von Pfalz zu Pfalz, um Präsenz zu zeigen und Hof zu halten. Was Theophanu anfangs noch wie ein Abenteuer erschienen war, entpuppte sich bald als Tortur. Die Enge des Reisewagens, die holprigen Wege, die unbarmherzige Sonne Italiens machten sie krank. Sie fieberte und musste in Mailand drei Tage das Bett hüten. Otto wachte an ihrem Krankenlager, hielt ihre Hand.

»Du wirst dich daran gewöhnen«, tröstete er sie.

»Gewiss«, erwiderte sie mit heiserer Stimme.

Einmal hörte sie im Fieberschlaf, wie man in ihrer Gegenwart über sie sprach. Offenbar war ihre Schwiegermutter Adelheid zugegen, die sich mit einem Arzt unterhielt.

»Wie soll das bloß weitergehen, wenn sie schon jetzt ständig kränkelt?«, fragte Adelheid besorgt. »Wie soll sie Kinder auf die Welt bringen? Es wird sie umbringen. Ohnehin ist sie von zierlicher Gestalt.«

»Macht Euch keine Sorgen! Ich bin eine Löwin!«, flüsterte Theophanu.

»Was hat sie gesagt?«

»Sie spricht im Fieber«, antwortete der Arzt.

Nachdem sie wieder zu Kräften gekommen war, zog man weiter. Es sei nötig, das Alpengebirge noch vor dem Wintereinbruch zu überqueren, erklärte ihr der Schwiegervater, der nie einen Hehl daraus machte, wie sehr er sie in sein Herz geschlossen hatte. Und bald bahnte sich ein mächtiger Wurm aus Wagen und Reitern den Weg über die engen Bergpässe. Mitte August erreichten sie Sankt Gallen und hielten Einkehr im dortigen Kloster.

Sankt Gallen war ein wahrer Hort des Geistes und der Gelehrtheit, wie Theophanu erfreut feststellte. Die Mönche pflegten die griechische Sprache, und Theophanu fühlte sich vom ersten Moment an sehr wohl. Immer wieder erlebte sie, dass sie eine einnehmende Wirkung auf die Menschen zu haben schien. In Konstantinopel war sie nur die unmündige Verwandte des Basileus gewesen; hier empfing man sie als die Kaiserin aus einem fremden alten Reich, das für die hiesigen Menschen so geheimnisvoll und magisch war. Der Abt, ein kluger und hochbelesener Mann von angenehmem Wesen, suchte manchmal verstohlen ihre Nähe, um mit ihr gelehrte Gespräche in griechischer Sprache zu führen.

Theophanu genoss die Hochachtung, ja die Bewunderung, die man ihr entgegenbrachte. Aber es entging ihr nicht, wie Adelheid dies mit Missfallen zur Kenntnis nahm. Deshalb beschloss sie, sich vorläufig in Zurückhaltung und Bescheidenheit zu üben, um Adelheid keine Angriffsfläche zu bieten. Gleichwohl würde sie es nicht zu ihrer Lebensaufgabe machen, ihrer Schwiegermutter gefällig zu sein, sagte sie sich, schließlich war sie nun selbst Kaiserin.

Eine weitere Erfahrung, die sie während des Aufenthaltes in Sankt Gallen machte, war der erstaunliche Wissensdurst ihres Gemahls. Es war ihr auch vorher nicht entgangen, dass er ein selbst für byzantinische Maßstäbe hohes Maß an Bildung besaß. Doch dass er sich stundenlang in die Klosterbibliothek zurückzog, um dort in den Handschriften zu lesen, war eine Überraschung. Manchmal leistete Theophanu ihm Gesellschaft und betrachtete den Lesenden heimlich.

Seit vier Monaten waren sie Mann und Frau, und Theophanu mochte es, in seiner Nähe zu sein. Otto war stets liebevoll und zuvorkommend. Im Ehebett war er stets darauf bedacht, ihr nicht wehzutun – was konnte sie mehr von ihrem Gemahl erwarten? Gewiss, er wirkte oft grüblerisch und in sich versunken, doch manchmal zeigte er sich auch vergnügt und fröhlich und verstand es, sie zum Lachen zu bringen. Einmal – sie hatten in Ravenna Quartier bezogen – war er mit seinem Vater und einigen Rittern für ein paar Tage fortgeritten. Bei seiner Rückkehr war sie ihm mit ungestümer Freude in die Arme gefallen, sodass selbst Eunice sich gewundert hatte.

Auch den Tag vor der Abreise aus Sankt Gallen verbrachte

der junge Otto in der Bibliothek – war es doch die letzte Gelegenheit, in dem umfangreichen Bücherschatz der Mönche zu stöbern. Theophanu fand ihn über die Schriften des Augustinus gebeugt und setzte sich zu ihm.

»Es muss äußerst faszinierend sein, was du da liest.«

»Den Bösen ist es ein Glück, Völker zu unterwerfen«, sagte er langsam, ohne den Blick von den Seiten des ledergebundenen Buches abzuwenden. »Für die Guten jedoch ist es ein Zwang. Denn schlimmer wäre es, wenn die Ungerechten über die Gerechten herrschen als umgekehrt.«

»Der gerechte Krieg!«

»Glaubst du, dass Gott einen Krieg gutheißen kann?«

»Eine seltsame Frage aus dem Mund eines Mannes, der sich täglich im Schwertkampf übt.«

»Von einem Kaiser wird erwartet, dass er heldenhaft zu kämpfen versteht. Aber du hast nicht auf meine Frage geantwortet, Theophanu.«

»Augustinus hat recht. Manchmal müssen Kriege geführt werden, um größeres Leid zu verhindern. Deshalb glaube ich, dass Gott einen Krieg gutheißen kann. Denk an deinen Vater! Hätte er die mordenden Ungarn gewähren lassen sollen? Nein, er stellte sie zum Kampf. Und besiegte sie. Gott wollte es so, davon bin ich überzeugt.«

Otto sah sie an und schmunzelte. »Du weißt viel über unser Reich, das ihr Byzantiner mit Spott überschüttet.«

»Ich bin die Kaiserin dieses Reiches, Otto.«

»O ja, das bist du.« Er rieb sich die Augen, denn das Lesen hatte ihn ermüdet. »So viele Bücher! Ich wünschte, wir könnten hier überwintern, dann würde ich sie alle lesen.«

»Warum leihst du dir nicht einige Bücher aus?«

Er hob die Brauen. »Der Abt würde sich bestimmt nur ungern von ihnen trennen wollen.«

»Mag sein. Aber du bist der Kaiser.«

Otto lachte, als ihm klar wurde, dass sie nicht scherzte. »Gut, ich werde den Herrn Abt darum bitten.« Er ergriff ihre Hand. »Ich bin froh, dass du meine Frau bist. Ich brauche dich. Du bist schon jetzt mehr Herrscher, als ich jemals sein werde.« Es machte sie betroffen, dass er sich so verletzlich gab.

»Unsinn. Du wirst ein großer Kaiser sein.«

»So wie mein Vater?«

»Ihr seid ein Blut!«

»Immer ging es nur nach seinem Willen. Nie hat er mich eigenständig gewähren lassen. Mit seinen Pranken hält er alles zusammen, was er errungen hat.«

»Er hat dich zum Mitkaiser gemacht.«

»Ha, was nützt mir die Kaiserkrone, wenn letztlich immer *nur sein Wort gilt*? Nicht einmal Urkunden lässt er mich ausstellen.«

»Urteile nicht zu streng über ihn. Er meint es gut mit dir.«

»Ich weiß, du magst ihn. Und er mag dich, Theophanu, das ist nicht zu übersehen. Darüber bin ich froh, denn es ist nicht meine Absicht, zu jammern oder über ihn zu klagen. Dennoch, auf seine eigene Weise ist mein Vater ein Tyrann.«

»Nein, das ist er bestimmt nicht. Er …« Sie schwieg, weil Otto einen Finger hob.

»Ich will dir von einer Begebenheit erzählen, die sich vor einigen Jahren in den Mauern dieses Klosters zugetragen hat. Als mein Vater und ich die Kirche betraten, knieten vor dem Altar einige Mönche, tief im Gebet versunken. Mein Vater hatte die wahrhaft glorreiche Idee, ihre Andacht zu prüfen, und ließ seinen Stab auf die Erde fallen.«

Theophanu schmunzelte. »Haben die frommen Mönche die Prüfung bestanden?«

»Ich wollte dir nur zeigen, wie er denkt und fühlt. Alles hat ihm untertan zu sein.«

»Immerhin hat er den Stab aus seinen Händen gleiten lassen. Ich finde, das passt nicht zu einem Menschen, der alles mit seinen Pranken zusammenhält.«

Er blinzelte sie an. »Hast du eigentlich auf alles eine Antwort?«

»Ich bemühe mich, schließlich brauchst du mich ja. Du hast es selbst gesagt.«

»Darf ich dich küssen?«

»Hier?«

»Ja, hier und jetzt!«

»Du darfst. Du bist der Kaiser. Und außerdem wünsche ich es.«

Im September erreichten sie Ingelheim, wo eine Synode stattfand. Erstmals lernte Theophanu hochrangige Vertreter der Reichskirche kennen. Seitdem sie deutschen Boden betreten hatte, spürte sie, dass ihr die Herzen der Menschen trotz aller Huldigungen nicht mehr wie von selbst entgegenschlugen. Dies sei auch nicht ungewöhnlich und kein Grund zur Sorge, sagte sich Theophanu, schließlich sei sie eine Fremde und habe noch nichts geleistet, um sich das Vertrauen der Menschen zu verdienen.

Ohnehin waren die Menschen jenseits der Alpen von anderem Schlag als die Italer oder Griechen. Sie waren ernster, verschlossener, grimmiger, sie wirkten meist bäuerlich und entsprechend waren ihre Manieren. Oft waren ihre Mienen so finster wie die uralten Wälder, die es in ihrem Land in großer Fülle gab. Nichtsdestoweniger war Theophanu nunmehr die Kaiserin dieses Volkes. Und sie war fest entschlossen, ihre griechische Seele für das Unbekannte zu öffnen.

Von Ingelheim ging es weiter nach Trebur, von dort nach Nierstein. In Frankfurt beging die kaiserliche Familie das Weihnachtsfest. Der Einbruch des Winters mit Schnee und Eis in dem ohnehin unwirtlichen Land war für Theophanu, obwohl sie sich vorbereitet glaubte, wie ein Schock. Ein hartnäckiger Husten suchte sie heim, und abermals verbrachte sie einige Tage im Bett, umsorgt von Eunice und ihrem Gemahl.

Im neuen Jahr reisten sie weiter. Am Palmsonntag, pünktlich zur Schneeschmelze, erreichten sie Magdeburg, wo der im Bau befindliche Dom Theophanus Interesse weckte. Die Eleganz byzantinischer Architektur suchte sie in dem entstehenden Gotteshaus freilich vergebens. Doch Theophanu war zuversichtlich, dass sie eines Tages aufhören würde, immerzu an ihre Heimat zu denken.

An einem Abend der Karwoche begleitete sie ihren Schwiegervater in die Krypta der alten Basilika, wo sich das Grab der Edgitha befand. Vor siebenundzwanzig Jahren war die erste Frau des Kaisers gestorben. Der jüngere Otto hatte seiner Gemahlin erzählt, dass der Vater einst an Edgithas Seite bestattet werden wollte.

Tief versunken im Gebet verharrte der alte Kaiser kniend vor der Grabplatte. Er wirkte schwermütig, was sicher auch daran lag, dass der Todestag Christi nahte. Selten hatte Theophanu einen Menschen von solch inbrünstiger Frömmigkeit erlebt. Der Schein der Wandfackeln ließ ihre Schatten an den kalten Wänden tanzen. Schließlich bekreuzigte sich der Kaiser. Theophanu half ihm beim Aufrichten, obgleich ihm dies trotz seiner sechzig Jahre kaum Mühe bereitete. Seine Augen schimmerten feucht – der große Sieger vom Lechfeld war den Tränen nahe. Eine Weile betrachteten Schwiegervater und Schwiegertochter stumm das Grab der Engländerin: So wie Theophanu war auch sie einst aus der Fremde gekommen. Allein deshalb fühlte sich die junge Kaiserin Edgitha verbunden.

»Ich habe sie sehr geliebt«, brach Otto das Schweigen mit brüchiger Stimme. Der mächtige Kaiser schämte sich seiner Blöße nicht.

Seine entwaffnende Offenheit überraschte Theophanu. Sie verspürte das Bedürfnis, ihn tröstend zu umarmen, beließ es aber dabei, ihm ihre Hand zu reichen. Dankbar ergriff er sie.

»Es waren immer starke Frauen um mich, dem Herrgott sei Dank«, sagte er und sah ihr dabei tief in die Augen. »Meinem Sohn scheint ähnliches Glück bestimmt zu sein. Er wird dich brauchen, Theophanu.«

»Unterschätzt ihn nicht, Vater. Er ist stärker, als Ihr glauben mögt.«

Otto der Große schüttelte traurig den Kopf. »Nein, das ist er nicht. Gewiss, großmütig ist er und klug. Er ist auch sehr mutig. Aber stark? Zum Siegen bedarf es mehr als Mut und Verstand.«

Mit einem Mal begriff Theophanu das ganze Dilemma der beiden Männer. Ihr Gemahl war der Sohn eines großen Mannes, der schon zu Lebzeiten zum Mythos geworden war. Die Bürde, die auf den Schultern des Sohnes lag, war nahezu erdrückend, und im Schatten des Vaters wog jeder Fehler doppelt schwer. Vielleicht hatte der alte Kaiser Angst gehabt, ihn hinreichend mit seinen kommenden Aufgaben vertraut zu machen, um ihn nicht versagen zu sehen. Und nun, am Grab der ersten Frau, schienen ihm Zweifel an der Richtigkeit seines Handelns zu plagen.

»Zu spät«, murmelte er tonlos, wie zu sich selbst.

»Zu spät? Was meint Ihr?«

Er deutete auf die Grabplatte. »Schon bald werde auch ich hier ruhen, Theophanu. Neben meiner Edgitha.«

»Ihr seid ein rüstiger Mann. Warum sollten Euch nicht noch viele Jahre vergönnt sein?«

»Meine Zeit ist fast vorüber. Deshalb bin ich froh, dass du an seiner Seite bist, meine Tochter.«

Theophanu legte den Kopf schief und lächelte ihm aufmunternd zu. »Am Ostersonntag, wenn der Herr aus dem Grabe erstanden ist, werdet Ihr Euch besser fühlen.«

Der Kaiser nickte, ohne dass er sonderlich überzeugt wirkte. »Ja. Einmal noch darf ich Seine Auferstehung in dieser Welt feiern.«

Schritte hallten durch die Krypta. Adelheid kam näher. Sie war ohne dienerliche Begleitung, was recht ungewöhnlich war. Ihr Blick war finster getrübt und Theophanu vermutete, dass ihre Anwesenheit der Grund dafür war.

»Ich ahnte, dass ich Euch hier finden würde!«, sagte sie flüsternd zu ihrem Gemahl, der Schwiegertochter kaum Beachtung schenkend.

Theophanu gewann schlagartig eine weitere Erkenntnis: Nicht sie selbst war diesmal der Grund für den Missmut der Kaiserin. Des Kaisers Anweisung, ihn nach seinem Tod neben seiner ersten Frau zu bestatten, musste für Adelheid eine schwere Kränkung, ja eine Demütigung sein. Eine Demütigung, über die sie freilich nie ein Wort verlieren durfte, um nicht kleinherzig zu erscheinen. Treu und ergeben hatte sie dem Kaiser mehr als ein halbes Leben zur Seite gestanden, manchem Sturm hatten sie gemeinsam getrotzt, doch der Tod würde sie nicht nur leiblich voneinander trennen. Otto der Große war entschlossen, dem Tag des Gerichts an der Seite Edgithas entgegenzusehen.

Der unausgesprochene Schmerz der Kaiserin war begreiflich. Theophanu empfand Mitleid mit ihr, wusste aber nicht, wie sie ihr Trost spenden könnte. Ohnehin würde Adelheid niemals ihren Trost annehmen. Nichts anderes besagte der kühle, jegliche Seelenqual abstreitende Blick, mit dem sie Theophanu bedachte.

»Meine Teuerste, ich freue mich, dass auch Ihr gekommen seid!«, begrüßte sie ihr Gatte. Theophanu fragte sich, ob er von ihren Nöten wusste. Wenn ja, dann war ihm offenbar daran gelegen, ihren Schmerz zu lindern. Möglich aber auch, dass er, wie die meisten Männer, solcherlei Fragen ganz unsentimental betrachtete und dass seine zärtliche Freundlichkeit mit alledem nichts zu tun hatte.

Adelheid nahm die Hand, die er ihr reichte, und endlich hoben sich ihre Mundwinkel zu einem Lächeln, das nicht einmal gezwungen wirkte.

»Nichts könnte mich daran hindern, Euch an diesem Ort Gesellschaft zu leisten«, entgegnete sie. Etwas Tapfereres hätte Adelheid nicht sagen können, dachte Theophanu.

Zu Ostern gelangte die kaiserliche Familie nach Quedlinburg, wo Kaiser Otto der Große einen glanzvollen Hoftag abhielt. Unzählige Abordnungen hielten Einzug in die Stadt, darunter die Herzöge von Böhmen und Polen, Boleslaw und Mieszko, sowie Gesandte der Dänen, Russen, Bulgaren und Ungarn, die einstigen Todfeinde des Reiches. Selbst der neue Papst in Rom – der alte Johannes XIII. hatte inzwischen das Zeitliche gesegnet – schickte einen Legaten. Nicht einmal eine Maus hätte in der Pfalz noch Platz gefunden.

Auf ihrer Reise hatte Theophanu schon manche Huldigung empfangen, aber erst in Quedlinburg bekam sie eine wahre Vorstellung von der Machtfülle der Familie, in die sie eingeheiratet hatte. Mochten die Franken in den Augen Byzanz' grobschlächtige, hinterwäldlerische Bauern sein, mochte ihr Reich auch ohne stolze Geschichte, mochten ihre Städte ohne Prunk und die Sitten mitunter so rau wie das wetterwendische Klima sein, so brachte man dem Herrscher doch keineswegs weniger Respekt entgegen als dem Basileus.

Stolz präsentierte der alte Kaiser den Vasallen und Untertanen seine griechische Schwiegertochter, die, in ein prächtiges, mit Gold und Perlen geschmücktes Seidenkleid gehüllt, neben ihm saß. Er pries sie mit Überschwang, und Theophanu wünschte sich, er hätte weniger Aufhebens um sie gemacht. Zumal Adelheid die Lobreden des Gemahls mit merklichem Grimm zur Kenntnis nahm. Theophanu konnte sie durchaus verstehen. Was hatte sie denn schon vollbracht, um sich den Respekt oder auch nur das Wohlwollen der Großen zu verdienen? Der junge Otto aber zwinkerte ihr verschwörerisch zu. »Sie werden dich lieben«, flüsterte er. Dass viele der Gesandten mit Eifer ihre griechischen Sprachkenntnisse zum Besten geben wollten, war in der Tat äußerst schmeichelhaft für Theophanu.

Abends, bevor sie sich erschöpft von all den Ehrerbietungen ins Schlafgemach zurückziehen wollte, half Eunice ihr beim Entkleiden. Die Dienerin wirkte angespannt und schien nur darauf zu warten, dass Theophanu sie zum Sprechen aufforderte. Die junge Kaiserin tat ihr den Gefallen.

»Was ist mit dir, Eunice?«

»Vorhin wurde ich Zeugin einer Unterhaltung. Der Kaiser und die Kaiserin –«

»Augenblick! Du warst doch nicht etwa die heimliche Zeugin ihres Gespräches, oder?«

»Ihr kennt mich doch.«

»Eben.«

»Nun, sie sprachen so laut, dass ich alles vom Nebenraum aus verstehen konnte.«

»Ohne dass du ein Ohr ans Türholz legen musstest?«

»Herrin, bitte! Wollt Ihr nun wissen, was die kaiserlichen Herrschaften miteinander sprachen, oder nicht?«

Ihr Mentor Gero von Köln hatte Theophanu einst geraten, den Hofklatsch zu ignorieren. An seine dringlichen Worte erinnerte sie sich nun. Doch sicher hätte auch er Verständnis für die menschliche Neugier aufgebracht, der man sich nicht immer und überall verschließen konnte. Vor allem, wenn die Eindrücke eines aufregenden Tages noch so lebhaft durch die Gedanken schwirrten.

»Na schön«, entgegnete sie leichthin, während sie sich im Spiegel betrachtete. »Was hast du also gehört?«

Eunice kämmte sorgsam das seidige Haar ihrer Herrin. »Die Kaiserin«, giftete sie, »sie hat über Euch geschimpft. So sehr, dass ich am liebsten auf sie eingedroschen hätte.«

Theophanu versuchte, gelassen zu bleiben, obwohl die Worte ihr einen Stich versetzten. »Oh! Womit habe ich denn ihren Unwillen geweckt?«

»Sie nennt Euch eitel und dünkelhaft. Eure Kleidung erscheint ihr von verschwenderischer Pracht und die Schmuckgehänge, die Ihr tragt, von sündhafter Eitelkeit. Auch dass Ihr die griechische Sprache weiterhin pflegt, ist ihr ein Stachel im Fleisch. Es zeuge von Eurem Hochmut, sagte sie.«

»Offenbar verstehst du ihre Sprache inzwischen recht gut«, sagte Theophanu nach einer Weile.

»Gut genug, um mich zu ärgern, wenn jemand schlecht über Euch spricht.«

»Was sagte der Kaiser zu ihren Vorwürfen?«

»Ha! Er wollte nichts auf Euch kommen lassen. Ihm gefalle, was seine Schwiegertochter am Leib trage, behauptete er fast trotzig. Nur müsse man sich eben daran gewöhnen, dass jetzt eine Byzantinerin Mitglied der kaiserlichen Familie sei. Darauf habe man schließlich jahrelang gewartet. Die Kaiserin Adelheid aber erwiderte ihm ...«

»Lass es nur gut sein, Eunice.«

»Ihr wollt nicht wissen, worüber sie sich weiter monierte?«

»Nein. Ich bin müde und will jetzt schlafen gehen.«

»Wie Ihr wünscht.« Eunice zog eine beleidigte Schnute. Theophanu wünschte sich, die Dienerin hätte ihr nichts erzählt. Wie ein Mühlstein lag ihr das Gehörte im Magen. Möglich, dass sie zeitlebens eine Fremde blieb im Reich der Deutschen.

Kaiser Otto der Große starb nur wenige Wochen später in seiner Pfalz zu Memleben, wo auch sein Vater, König Heinrich, einst den letzten Atemzug getan hatte.

Am Dienstagmorgen vor Pfingsten hatte der Kaiser noch bei bester Gesundheit der Frühmette beigewohnt. Auch am Mittagstisch gab er sich fröhlich und war guter Dinge, wenngleich Theophanu einen seltsam verklärten Glanz in seinen Augen zu sehen glaubte. Hinterher fragte sie sich, ob er bereits von Todesahnungen erfüllt gewesen war, so wie neulich vor dem Grab Edgithas. Zeit seines Lebens war Otto ein frommer Beter gewesen, was ein Grund dafür sein mochte, dass er der Begegnung mit seinem Schöpfer gelassen entgegensah.

Während des Vespergebetes, dem die kaiserliche Familie vereint in der Kapelle beiwohnte, überkam ihn plötzlich eine Schwäche, und Adelheid und Theophanu führten ihn rasch zu einem Sessel. Als der herbeigerufene Arzt hinzukam, glaubte man den Kaiser bereits tot, denn sein Haupt hatte sich geneigt, alles Leben schien aus ihm gewichen zu sein. Dem Arzt aber gelang es, ihn noch einmal zu Bewusstsein zu bringen. Des Kaisers glasiger Blick musterte die sorgenvollen Gesichter der Umstehenden.

»Bleibt noch!«, flehte Adelheid ihn an.

Ein schwaches Kopfschütteln war die Antwort. Adelheid rollte eine Träne über die Wange. Auch Theophanu verspürte den Wunsch, zu weinen. Sie biss sich auf die Lippen. *Weine nicht! Weine nie wieder, denn du musst stark sein!*

»Haltet Frieden«, hörte man den Kaiser flüstern. Sah er dabei seine Gemahlin an? Dann verlangte er, die Sterbesakramente zu empfangen.

Wenige Stunden später, es war bereits Abend, verschied er im Schlafgemach unter den liturgischen Sterbegesängen der Mönche und umgeben von seinen Nächsten. Adelheid, die nicht länger schluchzte und des Toten Hand hielt, blickte fordernd ihren Sohn an, der mit aschfahlem Gesicht hinter ihr stand.

Otto, der zweite Kaiser dieses Namens, nickte der Mutter stumm zu. Er wusste genau, was ihr Blick besagte: Nun war er der alleinige Regent, und er würde seine ganze Kraft aufbieten müssen, um sich des Rückhaltes der Reichsfürsten zu versichern. Dumpfe Angst schien sich seiner zu bemächtigen. Theophanu nahm seine Hand und drückte sie fest.

Ein Leben voller Kämpfe stand ihnen bevor.

4

Ludwig, genannt Lupus, war ein Wolfsjäger. Schon seine Vorfahren hatten diesen Beruf ausgeübt, und zwar schon seit den Zeiten Karls des Großen, wie er behauptete. Trieb es ein Wolfsrudel in einer Gegend zu dreist, so schickten die um ihr Vieh besorgten Bauern nach ihm aus, und der Herbeigerufene befreite sie binnen weniger Tage von der Plage.

Die Bauern mochten Lupus gut leiden, auch wenn er zur Geschwätzigkeit neigte. Sein Alter ließ sich schlecht schätzen, aber vermutlich war er nicht älter als vierzig. Er war von robuster Gestalt und besaß ein wettergegerbtes bartloses Gesicht, schütteres Haar und die wundersame Fähigkeit, immer genau dort aufzutauchen, wo es gerade etwas zu feiern gab. So erschien er im Sommer des Jahres 973 unversehens auf dem Hochzeitsfest des jungen Bauern Helmprecht.

Etwa zwanzig Gäste waren vor dem Hofgebäude unter freiem, sonnigem Himmel versammelt. In Grüppchen stand man beieinander, schwatzte, lachte und knabberte von dem duftenden Gebäck, das in Körben für die Feiernden bereitstand. Hühner stritten sich um die Krümel. Ein Bursche spielte auf einer Flöte. Bald wurde das Brautpaar von der vergnügten Gesellschaft zum Tanzen aufgefordert. Man bildete einen weiten Kreis um sie, klatschte in die Hände, rief ihnen ausgelassene Sprüche zu.

Helmprecht spürte erste Müdigkeit in seinen Beinen und wünschte sich im Stillen, die Gäste, die seine Braut und ihn unermüdlich hochleben ließen, würden schon nach Hause gehen. Noch vor dem ersten Hahnenschrei war er aufgestanden, um Arbeiten zu erledigen, die auch am Hochzeitstag nicht warten konnten. In Kürze stand die Ernte an. Mit der Hochzeit noch zu warten, war nicht infrage gekommen, denn Hroswitha war schwanger. Zum Glück trug sie noch keinen Bauch vor sich her. Rasch hatte man also einen Hochzeitstermin anberaumt.

Als der tanzende Helmprecht den Wolfsjäger erblickte, der sich unter die Zuschauer gemischt hatte und gleichfalls eifrig in die Hände klatschte, sah er endlich einen Grund, den Tanz zu beenden. Er gab seiner Braut einen Kuss und ging dann hinüber zu dem Ankömmling. Die beiden Männer umarmten sich.

»Gratulation, mein Junge«, sagte Lupus mit einem Seitenblick auf die Braut. »Ich wusste ja gar nichts von deinem Glück!«

»Gewiss nicht. Kommst ganz zufällig vorbei, was? Aber wenn du schon einmal hier bist – komm!«

Er führte ihn zu dem Tisch mit den Leckereien und sorgte dafür, dass man ihm einen Becher Wein brachte. Lupus langte zu. Viele der Gäste scharten sich um ihn in der Hoffnung, etwas Neues von dem Umherwandernden zu erfahren. Lupus war an die Neugier der Menschen gewöhnt und genoss es sichtlich, im Mittelpunkt des Interesses zu stehen. Zumal er diesmal eine Nachricht von immenser Tragweite im Gepäck hatte.

»Nun, Lupus, erzähl schon, was gibt's Neues da draußen in der Welt?«, fragte einer von Helmprechts Nachbarn, ein Bauer mit dem Namen Drogo. Neben ihm stand seine Frau Ursel, an ihrer Hand ein etwa dreijähriger Knabe, der immerzu Grimassen schnitt.

»Ihr wisst es noch nicht?«, fragte Lupus leichthin und nippte an seinem Becher.

»Was denn?«, fragte Drogo.

»Der Kaiser ist tot!«

Einen Moment lang herrschte tiefes Schweigen. Nur wenige der Anwesenden konnten sich an die Zeit erinnern, da Otto der Große, Bezwinger der Ungarn und Träger der römischen Kaiserkrone, noch nicht regiert hatte.

»Kaiser tot, Kaiser tot«, trällerte Drogos kleiner Sohn Brun.

Kurze Zeit später hatten sich sämtliche Hochzeitsgäste lauschend um den Wolfsjäger geschart, dem man einen Hocker herbeigeschafft hatte. Lupus war in seinem Element und begann, weitschweifig zu erzählen. Wo seine Kenntnisse von den Begebenheiten lückenhaft waren, fabulierte er einfach. Das war besser, als in fragende Gesichter zu schauen.

So erfuhr man vom plötzlichen Tod des Kaisers in seiner Pfalz zu Memleben. In der Kapelle sei er beim Gebet zusammengebrochen, und ein Engel des Himmels sei den dort Anwesenden erschienen, um zu verkünden, dass der Schöpfer den Retter der Christenheit nunmehr in sein Reich berufen habe. Dann habe man die Seele des Kaisers in Gestalt eines weißen Vogels zum Himmel steigen sehen. Immerhin, so fuhr Lupus fort, müssten die Menschen sich nicht an einen neuen Namen gewöhnen, denn der neue Kaiser trage ja den des Vaters. Allerdings sei es fraglich, ob auch er imstande sei, das Reich so kraftvoll zu regieren und alle Gefahren von ihm abzuwenden. »Zumal er ja seit Jahresfrist mit dieser Griechin aus Konstantinopel vermählt ist, die ihm ganz schön den Kopf verdreht.«

»Ist sie schön?«, fragte eine der Bäuerinnen.

»Schön? Sie ist die Verführung in Person! Trägt nur Kleider aus kostbarster Seide und goldenen Schmuck an Armen, Ohren und um den Hals, dass es den Betrachter schier blendet. Der junge Kaiser ist wie verzaubert von ihr. Bleibt zu hoffen, dass er dennoch klug zu regieren versteht. Denn wer weiß schon, was das fremde Weib ihm alles einflüstert.«

Lupus fand, dass seine Schlussfolgerung recht plausibel klang. Er hatte die Byzantinerin noch nie mit eigenen Augen gesehen, aber zum Glück fragte ihn niemand danach. Ursel, Drogos Frau, seufzte behaglich.

»Der junge Kaiser liebt seine Gemahlin – was soll daran bitte schön schlecht sein?«

Lupus entging nicht, wie sie dem Bräutigam einen schmachtenden Blick zuwarf. Helmprecht blickte rasch zu Boden.

»Liebe, pah!«, schimpfte einer der Älteren. »Am Ende herrscht Byzanz über uns, lasst es euch gesagt sein.«

»Unsinn«, widersprach Wirich, der junge Förster.

»Was wisst ihr denn schon, junges Gemüse! Griechen sind falsch wie die Schlangen. Bleibt zu hoffen, dass die Witwe Ottos genügend Einfluss hat, um ihren Sohn zur Besinnung zu kriegen.«

Der füllige Pater Roland, der das Paar getraut hatte und es sich auf dem Fest gut gehen ließ, pflichtete ihm bei. »Nichts hasst Gott mehr als hoffärtige Weiber«, erklärte er ernst.

»Du musst es ja wissen, Mönchlein«, rief Wirich.

Helmprecht wollte nicht, dass auf seinem Hochzeitsfest gestritten wurde. »Was immer auch geschieht – unsereins kann sowieso nichts daran ändern, oder? Warum langt ihr nicht zu? Es ist noch Backwerk da.«

»Ein anderer sollte die Krone an sich nehmen«, fuhr der Alte kopfschüttelnd fort, »einer, der sich nicht mit griechischen Frauenzimmern abgibt.«

»Und wer sollte das sein?«, fragte Wirich.

»Der Herzog von Baiern, ein Vetter des Kaisers, ist sehr mächtig«, sinnierte Lupus. »Und hat keine Griechin zur Frau.«

»Tanzen!«, rief Helmprecht und wollte dem Flötenspieler ein Zeichen geben. Aber der Bursche war im Augenblick nirgends auszumachen. »He, Lupus! Warum unterhältst du uns nicht mit einigen von deinen Kunststücken?«

»Warum nicht?«, meinte der Wolfsjäger. Er verstand es nicht nur, ganze Gesellschaften mit seinen Geschichten zu unterhalten, sondern beherrschte darüber hinaus auch eine Reihe von akrobatischen Tricks, die er sich von umherreisenden Gauklern abgeschaut hatte. Bald war er abermals umringt von den Hochzeitsgästen, die staunend zusahen, wie er Flammen in die Luft spie. Dann rief er die Braut zu sich und zog zur allgemeinen Erheiterung ein Hühnerei unter ihrem Schleier hervor. Während die allgemeine Aufmerksamkeit auf den zaubernden Wolfsjäger und die Braut gerichtet war, trat Ursel an den Bräutigam heran.

»Wann? Und wo?«, flüsterte sie.

Helmprecht schüttelte den Kopf. »Wir dürfen uns nicht mehr treffen, Ursel«, entgegnete er ebenso leise.

»Ach nein? Und warum nicht?«

»Was soll diese Frage? Ich bin jetzt verheiratet.«

»Das bin ich auch, und zwar schon seit Langem. Ausgemacht hat's dir aber nie etwas.«

Sie fielen beide in den Applaus der Zuschauer ein.

»Und plötzlich rührt sich dein Gewissen, wie?«, fuhr Ursel gereizt fort.

»Psst«, machte Helmprecht, der auf keinen Fall wollte, dass man auf sie aufmerksam wurde.

»Was bist du bloß für ein Schuft!«

»Ursel, bitte …«

»Sogar geschwängert hast du sie schon. Hattest es wohl ziemlich eilig damit, was?«

»Genug. Es ist vorbei, Ursel. Wir haben lange genug gesündigt.«

Gern hätte er sie noch einmal umarmt, doch es war besser, ein für alle Mal einen Schlussstrich zu ziehen.

»Hoffentlich wirst du auch glücklich mit deiner Angetrauten«, zischte Ursel und ging zu ihrem Mann hinüber.

Helmprecht war heilfroh, als der Tag endlich ausklang.

Ein gutes Jahr später verschlug es Lupus erneut in die Gegend um den Ketelwald. Ein gefräßiges Wolfsrudel hatte die Bauern wochenlang in Atem gehalten und manches Stück Vieh erbeutet, aber den Fallen des Jägers waren die Tiere hilflos ausgeliefert. Binnen weniger Tage war die Plage ausgerottet.

Anstatt im Forsthaus des Wirich zu nächtigen, kehrte Lupus eines Abends bei Helmprecht und seiner Frau ein, denen er ein verspätetes Hochzeitsgeschenk überreichte, das braune Fell eines Bären, den er erst vor Kurzem in einem unwegsamen Eifelwald erlegt hatte. Hroswitha bettete ihren Säugling auf das wärmende Fell.

Lupus begann zu plaudern, wie es seiner Art entsprach. Erzählte von den Geschehnissen im Reich, als wäre er selbst dabei gewesen.

»Hatte ich nicht prophezeit, dass der Baiernherzog für Unruhe sorgen würde?«

Helmprecht zuckte mit den Schultern; im Grunde war es ihm einerlei, wer im Reich die Macht ausübte, solange man ihn und seine Familie nur in Frieden ließ. Lupus indessen hatte trotz der Gleichgültigkeit des anderen keine Hemmungen, unverdrossen weiterzuplaudern.

Heinrich, so der Name des Baiernherzogs, habe es von Anfang an darauf angelegt, dem jungen Otto, seinem Vetter, die Macht zu entreißen, sodass man ihm den unrühmlichen Beinamen »der Zänker« gab. Zunächst habe er einen Verwandten auf den Augsburger Bischofsstuhl gesetzt. Dann sei des Zänkers Schwager gestorben, der kinderlose Herzog von Schwaben. Also habe der Bruder der Witwe nachdrücklich Anspruch auf die schwäbische Herzogswürde erhoben. Nachdem der Kaiser jedoch einem seiner Neffen das Herzogtum übergab, rüstete Heinrich zum Aufruhr. Sogar die Herzöge von Böhmen und Polen habe er für seine Pläne gewinnen können, doch nach einigen Scharmützeln habe der junge Kaiser Otto den Aufstand niedergeschlagen. Der Zänker befinde sich nun in Haft, schloss der Wolfsjäger endlich.

Helmprecht nickte und unterdrückte ein Gähnen. »Anscheinend bringt seine byzantinische Frau ihm doch kein Unglück«, stellte er fest.

Von seiner damaligen Skepsis wollte Lupus nichts mehr wissen. »Sie ist sein guter Geist«, behauptete er.

»Könnte ich doch nur einmal ihre Schönheit bestaunen«, sagte Hroswitha.

Der Säugling begann zu schreien. Hroswitha ging zu ihm, nahm ihn vom Bärenfell, wiegte ihn sanft in ihren Armen.

Erstmals widmete Lupus seine Aufmerksamkeit dem Kind. »Schreit ganz schön laut. Wie heißt denn der Knabe?«

»Es ist ein Mädchen. Sie heißt Jutta«, erklärte ihm die Mutter.

Lupus nickte und betrachtete die Kleine eingehend. »Was für ein Wonneproppen. Ihr Mann wird's mal nicht leicht haben mit ihr, das könnt ihr mir glauben.«

Helmprecht grinste. »Wir verlassen uns da ganz auf dein Urteil als großer Menschenkenner und Prophet.«

»Und ihre Äuglein …«

»Was ist mit ihren Äuglein?«, fragte Hroswitha.

»Sie blicken so … so drollig drein.«

Eigentlich hatte er »listig« sagen wollen. Aber das hätte die Mutter womöglich als Beleidigung empfunden.

Zweiter Teil
977–983
Die Kaiserin

5

Jutta fand es unsagbar langweilig, den Eltern bei der Feldarbeit zuzusehen. Zum Helfen war sie mit ihren drei Jahren noch viel zu klein, aber darüber war sie keinesfalls traurig. So ernst und verbissen, wie die Eltern dreinschauten, während ihre Gesichter und Arme vom Schweiß glänzten – nein, das Ernten machte bestimmt keinen Spaß. Dumm war nur, dass Mutter ihr verboten hatte, sich von der Stelle zu bewegen. Seit einer halben Ewigkeit saß sie im Schatten der großen Eiche neben dem Feld. Die Holzpuppe, die Mutter ihr in die Hände gedrückt hatte, ödete sie inzwischen so sehr an, dass sie das Spielzeug nur zu gern ins Gestrüpp geworfen hätte. Auch Wiljo hatte heute keine Lust, mit ihr zu spielen. Der Hund schlief zu ihren Füßen und machte keinerlei Anstalten aufzuwachen; selbst wenn man ihn unsanft anstieß, reckte er sich nur kurz, um unverzüglich wieder den Leblosen zu mimen.

Schließlich beschloss Jutta, sich über Mutters Verbot hinwegzusetzen und einen Ausflug in die Umgebung zu machen. Ihr war klar, dass man sie dafür bestrafen würde. Aber das nahm sie in Kauf, wenn sie dafür der Langeweile entging. Mit einem letzten Blick auf die arbeitenden Eltern vergewisserte sie sich, dass diese keine Notiz von ihr nahmen. Dann schlich sie sich davon.

Der Pfad führte sie geradewegs in den Wald. Sie mochte den Wald, aber zum ersten Mal betrat sie ihn allein. Angst hatte sie nicht; der Gedanke, sie könnte sich verlaufen, kam ihr erst gar nicht. Endlich war sie frei.

Nachdem sie einige Minuten lang dem Pfad gefolgt war, teilte sich der Weg. Sie blies die Wangen auf und entschied sich für rechts. Eine Bewegung am Boden ließ sie verharren. Vor sich sah sie eine Otter, die nach erfolgreicher Jagd eine Wühlmaus verschlang. Das machte Jutta wütend. Schlangen waren niederträchtige Tiere. Sie kannte einige Geschichten über deren Bosheit. Mutter sagte sogar, die Schlange sei schuld daran, dass Gott die Menschen aus dem Paradies vertrieben habe. Noch heute würden sie dort leben, hätten sie sich nicht von der Schlange verführen lassen. Jutta hatte zwar nur ungenaue Vorstellungen vom Paradies, aber wahrscheinlich müssten die Eltern dort nicht dauernd auf Feldern arbeiten.

Ihr Zorn auf die Schlange wuchs, je länger sie ihr dabei zusah, wie sie die Maus herunterwürgte. Zugleich aber war Jutta auch fasziniert. Das Böse lag unmittelbar vor ihr. An ihrer Anwesenheit schien die Schlange sich nicht zu stören. Ein Grund mehr, sie zu bestrafen, fand Jutta. Dafür zu bestrafen, dass ihre Eltern so hart arbeiten mussten, anstatt im Paradies zu leben.

Sie bückte sich nach einem Ast, der so dick war, dass sie ihn mit beiden Fäustchen umklammern musste. Einen Moment noch zögerte sie, dann begann sie wie entfesselt auf die Schlange einzudreschen. Die Schlange versuchte zu entkommen, doch das ließ Jutta nicht zu, schlug immer wieder auf sie ein, zielte auf ihren Kopf, bis das Tier irgendwann aufhörte, sich zu ringeln. Blut war auf den Weg gespritzt. Auch die Maus war unter Juttas wütenden Hieben zerschmettert worden, aber die wäre ohnehin nicht mehr zu retten gewesen.

Zufrieden betrachtete Jutta das Ergebnis ihrer Tat. Am liebsten wäre sie zum Vater gerannt, hätte ihm stolz davon berichtet, aber dann wär's wohl vorbei gewesen mit ihrem kleinen Ausflug. Also schritt sie weiter in den Wald hinein. Den Ast behielt sie in den Händen, sie fühlte sich stark wie noch nie in ihrem jungen Leben. Niemand konnte ihr etwas anhaben. Sie hatte die böse Schlange besiegt.

Laute Stimmen rissen sie plötzlich aus ihrem Überschwang. Aufgebrachte, streitende Männerstimmen. Ein wenig erschrocken blieb Jutta stehen und sah sich um. Das Schnauben eines

Pferdes! Dort vorn, hinter der Wegbiegung. Einen Augenblick lang spielte sie mit dem Gedanken, wegzulaufen, aber dann siegte ihre Neugier. Auf Zehenspitzen näherte sie sich den Stimmen, bis sie zwei Männer erblickte. Sie erschrak abermals, denn die Streitenden trugen einen Kampf aus. Rasch trat Jutta hinter ein Gebüsch, um sie zu beobachten. Ihr Herzchen pochte aufgeregt, aber wie gebannt starrte sie auf das Geschehen. Jeder der beiden Männer hielt ein Messer in der Faust. Lauernd umrundeten sie einander, die Waffe drohend auf den anderen gerichtet. Das Pferd, ein Grauschimmel, tänzelte nervös im Hintergrund.

Der Ältere war von gedrungener Statur und trug lumpenähnliche Kleidung. Ob er wohl ein Räuber ist?, fragte sich Jutta. Der andere war mit einer blauen Tunika bekleidet, auf der frische Erde und Blutflecken zu erkennen waren. Offenbar hatte der Räuber dem Reiter aufgelauert und ihn vom Pferd gezerrt. Erst jetzt sah Jutta am Hals des Jüngeren eine große klaffende Wunde, aus der es fürchterlich blutete. Der Mann war verletzt, hielt sich aber noch auf den Beinen, wenngleich sein Blick von Panik erfüllt war. Er dachte nicht daran, sich dem Räuber zu ergeben, sondern ließ mehrmals sein Messer vorschnellen. Vergeblich, denn der Räuber wich den Attacken mühelos aus. Für ihn war es nur eine Frage der Zeit, wann seinem Gegner die Kräfte schwinden würden.

Jutta fand es schade, dass der Räuber als Sieger aus diesem Kampf hervorgehen würde. Der junge Mann war ihr viel sympathischer. Sie überlegte, wie sie ihm helfen konnte, packte einen Stein und warf ihn in die Richtung des Räubers. Der Stein landete zu seinen Füßen und richtete keinen Schaden an, löste jedoch eine kurze Verwirrung bei dem Kerl aus. Für einen Moment war er abgelenkt – und den Moment nutzte sein Gegner, um ihm das Messer bis ans Heft in die Brust zu stoßen.

Der Räuber sank auf die Knie, starrte ungläubig an sich

hinab. Im Nu war sein Wams von Blut durchtränkt. Ein weiteres Mal stieß der andere zu, schlitzte ihm die Kehle auf. Jutta musste heftig schlucken. Der Räuber sank endgültig zu Boden, mehrmals noch zuckten seine Gliedmaßen, dann blieb er reglos liegen. Seine offenen Augen schienen Jutta in ihrem Versteck anzustarren. Sie mied seinen Blick, richtete ihre ganze Aufmerksamkeit auf den anderen, der schwer atmend vor dem Toten stand und sich mit beiden Händen den Hals hielt, als wolle er die Wunde auf diese Weise verschließen. Ein vergebliches Unterfangen, denn unaufhörlich rann das Blut durch seine Finger. Schließlich sank auch er mit einem Stöhnen auf die Knie und kippte vornüber zu Boden. Der Grauschimmel hatte inzwischen das Weite gesucht.

Jutta war unschlüssig. Sollte sie kehrtmachen und zurück zum Feld gehen, nachdem es hier nichts mehr zu sehen gab? Der Mann mit der blauen Tunika bewegte sich noch. Jutta trat aus ihrem Versteck hervor. Der Schwerverletzte bemerkte sie und rief ihr etwas zu, doch Jutta verstand ihn nicht, denn seine Worte kamen nur röchelnd. Sie zögerte. Mit einer schwachen Bewegung winkte er sie zu sich heran.

Als Bezwingerin der bösen Schlange durfte sie keine Angst haben. Sie trat näher. Ihr Blick fiel auf den Räuber. Zum ersten Mal in ihrem Leben sah sie einen Toten. Der andere aber lebte noch.

»Hol Hilfe, Kind!« Mühsam presste er die Worte hervor. Jutta nickte, rührte sich aber nicht von der Stelle. Der Mann tastete nach dem Lederbeutel an seinem Gürtel. Mit zitternden Fingern holte er eine Münze heraus, warf sie Jutta vor die Füße. »Hier, für dich … Aber du … musst Hilfe holen … rasch!« Er rang nach Luft.

Sie bückte sich, hob das Geldstück auf. Noch nie hatte sie ein solches gesehen, geschweige denn in den Händen gehalten. Staunend betrachtete sie es, nachdem sie mit Spucke die Blutspuren entfernt hatte. Es war rund und aus glänzendem Silber. Ein Kreuz, flankiert von vier Kreisen war darauf zu sehen, umrundet von Schriftzeichen. Die andere Seite trug gleichfalls eine Aufschrift, und nur zu gern hätte Jutta gewusst, was dort geschrieben stand. Die Münze faszinierte sie.

»Lauf!«, flehte der Verletzte sie an.

Ihr wurde klar, dass er tatsächlich rasch Hilfe benötigte, sonst würde er verbluten.

»Ich hol meinen Vater«, sagte sie eifrig. Sie schloss ihre Finger fest um den Denar und rannte los. Nach einer Weile blieb sie stehen. Der Wald kam ihr plötzlich fremd vor. Hatte sie den falschen Weg genommen? Wo war sie? Auch die tote Schlange lag nicht mehr auf dem Weg. Sie musste sich verlaufen haben.

Ich kenne keine Angst!

Jutta machte kehrt, suchte den rechten Weg. Doch der Wald blieb ihr fremd. Die Luft war inzwischen sehr schwül geworden. Im Dickicht knackte es, ein Eichelhäher schlug Alarm. Ihr wurde mulmig zumute. Das Knacken aus dem Dickicht kam näher, wurde bedrohlich.

Ich hab die böse Schlange getötet!

Trotzdem, ihre Angst ließ sich nicht länger leugnen. Eine Gestalt schälte sich vor ihr aus dem Gestrüpp.

»Was machst du denn hier, du kleine Kröte?«

Brun! Jutta atmete im Stillen auf. »Und du?«, fragte sie den Jungen.

»Geht dich nichts an.«

»Und dich geht's auch nichts an.«

»Hast dich wohl verlaufen, was?«

»Unsinn.«

Der Junge, er war etwa drei Jahre älter als Jutta, blinzelte sie zweifelnd an. »Ich glaub dir nicht. Du hast dich verlaufen.«

»Glaub, was du willst.«

»Dann sag mir doch: in welche Richtung geht's denn nach Hause, hä?«

»Da lang!«

»Hab's doch gewusst: Du hast keinen blassen Schimmer, wo du bist, kleine Kröte.«

Sie konnte Brun nicht ausstehen, aber womöglich war er ihre einzige Chance, die Nacht nicht mutterseelenallein in diesem Wald verbringen zu müssen.

»Kannst mich ja nach Hause bringen, wenn du willst«, sagte sie leichthin.

Er tippte sich an die Stirn. »Wie käme ich denn dazu?«

Sie zuckte mit den Schultern und schob sich an ihm vorbei.

»Das ist aber die falsche Richtung!«, frohlockte er.

»Na und?«

»Was gibst du mir, wenn ich dir den richtigen Weg zeige?«

»Nichts.«

»Na schön, dann mach's mal gut.«

Er schickte sich an, wieder im Dickicht zu verschwinden.

»Warte!«, rief Jutta, was sie viel Überwindung kostete. »Ich geb dir das hier!« Sie öffnete die Faust, und auf ihrer Handfläche erschien der Silberdenar. Brun kam näher, sein Mund stand vor lauter Staunen offen wie ein Scheunentor.

»Zeig mal her!«

Sie gewährte ihm einen längeren Blick auf die Münze, doch als er danach greifen wollte, schloss sie hastig die Finger darum.

»Gib her!« Brun packte ihre Hand, hielt aber überrascht inne, als ihre Äuglein wütende Blitze auf ihn abschossen.

»Wenn du die Münze mit Gewalt nimmst, bringt sie dir Unglück«, zischte sie. »Ich geb sie dir, wenn du mich führst.«

Brun hob grinsend die Schultern. »Wie du willst.«

Er ging zügig voran. Jutta hatte Mühe, mit dem Älteren Schritt zu halten, aber sie protestierte nicht. Brun sollte nicht noch einmal über sie triumphieren. Sie dachte an den Verwundeten, der auf Hilfe wartete.

Nach einer Weile hörte man, wie jemand Juttas Namen rief. Vater! Er suchte nach ihr!

»Papa! Ich bin hier!«

Kurz darauf liefen sie ihm in die Arme. Wiljo begleitete ihn. Der Bauer war sehr aufgebracht. »Wo treibst du dich bloß rum, verdammt?« Er packte seine Tochter am Ohr, was recht schmerzhaft war.

»Au! Ich ...«

»Sie hatte sich verirrt!«, verkündete Brun schadenfroh. Am liebsten hätte Jutta ihn vors Schienbein getreten.

»Deine Mutter stirbt fast vor Sorge!« Helmprecht hielt sie immer noch am Ohr gepackt.

»Ich hab sie hergebracht«, erklärte Brun.

»Das hast du gut gemacht, Junge.«

»Ich ...«, setzte Jutta abermals an, aber Vaters Backpfeife brachte sie zum Schweigen. Den Gefallen, nun loszuheulen, tat sie Brun nicht.

»Ab, nach Hause mit dir!« Helmprecht schubste sie voran.

Brun streckte eine Hand aus. »He! Ich krieg noch ...«

»Nochmals danke, Junge. Bist ein Prachtkerl«, lobte ihn Helmprecht.

»Papa, da hinten im Wald liegt ein ...«

»Still!« Diesmal schlug er sie auf den Hinterkopf. Seine Wut schien grenzenlos. Wiljo bellte.

Noch einmal startete Jutta einen Versuch, den Vater auf den Verletzten hinzuweisen, doch er wollte ihr einfach nicht zuhören. Brun aber hatte ihre Worte durchaus zur Kenntnis genommen. Jutta merkte, wie er hellhörig die Ohren spitzte. So ging er dann auch in den Wald zurück, während Jutta von ihrem Vater heimwärts getrieben wurde.

Abends legte er sie schließlich übers Knie und versohlte ihr den Hintern. Tapfer ertrug Jutta die Abreibung. Mutter stand daneben und schwankte hinsichtlich der Bestrafung zwischen Zustimmung, Mitleid und Sorge. Die Sorge hätte Jutta ihr gern ausgeredet, denn Vaters Schläge waren einigermaßen erträglich. Das Sprechverbot bestand allerdings weiter, sodass sie es aufgab, über den Mann im Wald zu sprechen, der wohl immer noch auf Hilfe wartete.

Als sie im Bett lag, überfielen sie Gewissensbisse. Ein Gewitter war aufgezogen; grelle Blitze erhellten immer wieder die Kate. Nein, als Siegerin über die böse Schlange kannte sie keine Angst, nur fragte sie sich, ob der Mann wohl inzwischen verblutet war. Er hatte ihr einen Denar gegeben, aber sie hatte nicht getan, worum er sie gebeten hatte. Wenn er tot war, dann vor allem durch ihre Schuld. Sie fühlte sich miserabel und beschloss, dem Vater am nächsten Morgen alles zu berichten – wenn er sie denn zu Wort kommen ließ.

Anderentags war Vater jedoch immer noch mürrisch und ihr keineswegs wohlgesinnt. Außerdem bezweifelte Jutta, dass sie den Ort im Wald wiederfinden würde. Also schwieg sie weiter, hoffend, dass ein anderer sich um den Hilfsbedürftigen gekümmert hatte.

Einige Tage später, als sie einem Gespräch zwischen Wirich und ihrem Vater lauschte, erfuhr sie, dass im Wald zwei Leichen gefunden worden waren. Ein Fremder, seiner Kleidung nach zu urteilen ein Händler, sowie ein in dieser Gegend lange gesuchter Halsabschneider hätten sich offenbar gegenseitig abgestochen. Wirich mutmaßte, dass jemand die Leiche des Händlers bestohlen haben musste, denn neben ihm hatte man einen einzelnen Denar gefunden, den der Dieb in seiner Hast offenbar verloren hatte.

Jutta erinnerte sich an den Lederbeutel an seinem Gürtel. Natürlich schwieg sie über die Vermutung, die ihr kam. Schließlich hatte auch sie etwas zu verbergen.

6

Metz, Ende Juli 977

Eunice war der einzige Mensch in Theophanus Umfeld, der laut aussprach, was jeder dachte. »Es wäre nützlich, wenn Ihr einen Sohn gebären würdet, Herrin.«

»Ich werde mich bemühen, deinen Rat zu beherzigen«, entgegnete die Kaiserin mit einem Lachen. Nach mehr als drei Jahren war sie endlich schwanger geworden.

Selbst Eunice, die manchmal ein wenig einfältig sein konnte, hatte begriffen, wie wichtig ein möglicher Thronfolger für das Geschlecht der Luidolfinger war. Denn Ottos Macht war keineswegs gesichert. Der Aufstand seines Vetters Heinrich hatte gezeigt, wie groß die Bereitschaft mancher Reichsfürsten war, die Fronten zu wechseln, wenn es ihnen Vorteile versprach. Dies war im Reich der Deutschen kaum anders als in Byzanz.

Während die Nonne, die sie umsorgte, mit ernster Miene die nächste Wehe ankündigte, wanderten Theophanus Gedanken zurück in die Vergangenheit. Sie dachte an ihre erste Begegnung mit Heinrich, den Willigis einmal als *Rixosus,* den Zänker, bezeichnet hatte. In Quedlinburg war das gewesen, als ihr Schwiegervater noch lebte und alles noch fremd und unbekannt für sie gewesen war.

Heinrich war ihr keineswegs wie ein Querulant erschienen. Er wirkte galant und zeigte beste Manieren, seine Augen waren blau und strahlten wie die eines Mannes, der sich glücklich schätzte. Und doch, so hatte man Theophanu zuvor belehrt, musste man vor ihm auf der Hut sein. Schon sein Vater gleichen Namens hatte gegen seinen königlichen Bruder Otto aufbegehrt.

Beide waren sie Königssöhne, doch Heinrich hatte es nie verwunden, dass der Ältere die Krone erbte. Denn Otto war von herzoglichen Lenden gezeugt, er aber, Heinrich, wurde geboren, als der Vater bereits König war. Seine Ansprüche auf den Thron fanden durchaus Unterstützung. Mehrere Aufstände scheiterten, ein Mordanschlag auf den König wurde vereitelt. Heinrich wurde gefangen genommen, nach reuevoller Buße von seinem Bruder jedoch begnadigt und später mit dem Herzogtum Baiern belehnt. Er starb im Jahr der großen Ungarnschlacht.

Dieser Mann also war der Vater des jungen Herzogs, dem Theophanu in Quedlinburg gegenüberstand. In ihm floss das Blut eines Rebellen, und tatsächlich sollte sich ja bald zeigen, dass er die Ansprüche auf die Krone nicht aufgegeben hatte. In Quedlinburg aber war von einer Verdrossenheit Heinrichs nichts zu spüren gewesen.

»Was für ein Glück Ihr habt, Vetter«, sagte er voller Bewunderung zu Otto, als dieser ihm seine griechische Gemahlin vorstellte. »Und damit meine ich nicht die Krone auf Eurem Kopf.«

Theophanu sei bei seinen Worten errötet, hatte Eunice hinterher behauptet. Was aber, wie Theophanu glaubte, eine ihrer üblichen Übertreibungen gewesen war.

Nach dem Tod des Kaisers hielt Heinrich zunächst still. Doch als sein Schwager starb, der Herzog von Schwaben, erhob er als Bruder der Witwe Anspruch auf den Herzogsthron. Zudem setzte er einen Vetter auf den Bischofsstuhl von Augsburg und überging damit das Investiturrecht des Kaisers. Der junge Otto, beraten von seinem Freund Willigis, konnte diese Eigenmächtigkeiten auf keinen Fall hinnehmen, selbst wenn seine Mutter Adelheid gern ihren Neffen Heinrich auf dem Herzogsthron gesehen hätte … Es war nicht das erste Anzeichen eines Zerwürfnisses zwischen Mutter und Sohn. Die

Witwe Ottos des Großen sollte später nicht allein Willigis, sondern vor allem Theophanu für ihren schwindenden Einfluss auf den Sohn verantwortlich machen.

Otto übergab das Herzogtum Schwaben einem Neffen, der gleichfalls den Namen Otto trug, und Heinrich, der seine Pläne durchkreuzt sah, ging offen zur Rebellion über. Unterstützt wurde er hierbei von den beiden Herzögen von Böhmen und Polen. Otto reagierte rasch, schon bald war der Aufstand unterdrückt und der Zänker durch ein Fürstengericht verurteilt und in Haft genommen.

Der Mann, der Theophanu einst durch seinen Charme beeindruckt hatte, wurde zum Gefangenen. In der Pfalz zu Ingelheim genoss er – auch dank Theophanus Fürsprache – milde Arrestbedingungen. Im vergangenen Jahr aber war ihm die Flucht gelungen. Getreue des Zänkers hatten ihn eines Nachts aus seinem Gefängnis befreit.

Seitdem schürte der Zänker neue Aufstände. Otto besetzte Regensburg, Heinrich floh nach Böhmen. Ottos Neffe, der Herzog von Schwaben, erhielt nun auch noch das bairische Herzogtum. Erneut war Heinrichs Rebellion gescheitert, doch da man seiner diesmal nicht habhaft wurde, war es nur eine Frage der Zeit, wann der Entmachtete sich wieder aus seinem böhmischen Versteck hervorwagen würde.

»Was soll ich nur mit ihm tun?«, fragte Otto seine Gemahlin einmal verzweifelt. »Muss ich ihm wieder und wieder verzeihen, so wie Christus es von uns Menschen verlangt?«

Tröstend hielt sie seine Hand, während er nachdenklich fortfuhr: »Was bleibt mir anderes übrig, als ihm immer wieder zu vergeben? Sollte ich ihn hinrichten lassen? Mich an meinem eigenen Blut vergehen?«

Theophanu schwieg. Sie dachte an einige von Heinrichs Handlangern, die dem Richtbeil zum Opfer gefallen waren. Auch wusste sie, dass Heinrichs aufrührerischer Vater immer wieder die Gnade seines kaiserlichen Bruders gefunden hatte, während mancher Mitstreiter schmählich den Tod am Galgen fand. Otto schien zu ahnen, was ihr durch den Kopf ging, denn plötzlich sah er sie offen an.

»Du zweifelst an der Gerechtigkeit!«, sagte er.

»Die Gerechtigkeit Gottes hat Vorrang«, erwiderte sie. »Der Mensch aber erlangt sie nur durch seine Gnade.«

Er nickte dankbar.

An jenem Abend hatten sie ein Kind gezeugt.

Die nächste Wehe kam. Der Schmerz war höllisch, aber sie schrie nicht. Dies schien die Nonne zu verwundern.

»Herrin, ich weiß, es ist Euer erstes Kind. Ihr braucht Euch Eurer Schmerzen nicht zu schämen.«

»Macht Euch keine Sorgen um mich, Schwester. Mit Gottes Hilfe werde ich alles gut überstehen.«

»Möchtet Ihr ein Gebet mit mir sprechen?«

»Später, wenn das Kind gekommen ist, will ich mit Euch beten und Gott danken. Aber jetzt möchte ich meine Dienerin sehen.«

»Herrin, Ihr solltet vielmehr …«

»Ich will sie bei mir haben, Schwester! Bitte lasst sie rufen!«

Kurze Zeit später saß Eunice neben ihrem Bett und tupfte ihr die Schweißperlen aus dem Gesicht, während die Nonne ein weißes Tuch über einer Schüssel auswrang und die Dienerin missbilligend ansah.

»Gleich wird sich zeigen, ob Ihr meinen Rat beherzigt habt!«, sagte Eunice, der die Sorge um die Herrin ins Gesicht geschrieben stand.

»Wenn es kein Knabe ist«, entgegnete Theophanu mit matter Stimme, »dann musst du deine Beschwerde schon beim lieben Gott einreichen.«

»Wenn Gott gerecht ist, dann wird's ein Knabe.«

»Keine Frage seiner Gerechtigkeit, Eunice. Nur eine seines Wohlwollens.«

»Wer hätte sein Wohlwollen mehr verdient als Ihr?«

»Oh, da gibt es gewiss jemanden.«

»Wer sollte das wohl sein?«

Sie unterhielten sich in griechischer Sprache, was die Nonne mit säuerlicher Miene zur Kenntnis nahm. »Die Kaiserin braucht Ruhe. Mit Geschwätz erweist man ihr in ihrem Zustand keinen guten Dienst«, schalt sie Eunice.

»Was weiß denn diese alte Schleiereule schon?«

»Lass sie, sie meint es nur gut mit mir.«

Die nächste Schmerzwelle kündigte sich an. Theophanus Gesicht nahm die Farbe von Schnee an. Sie schloss die Augen.

»Herrin, bleibt wach! Ihr müsst ganz ruhig weiteratmen, glaubt mir.«

»Eunice«, flüsterte Theophanu. »Du redest, als hättest du mir diese Erfahrung voraus.«

»Sogar die Schleiereule will, dass Ihr ruhig atmet. Und die hat sicherlich auch noch kein Balg auf die Welt gebracht.«

»Ich ... ich möchte schreien!«

»Heiliger Pantaleon, warum tut Ihr es nicht?«

»Weil es mich an den Krieg erinnert«, keuchte Theophanu.

Den Krieg hatte sie in den vergangenen drei Jahren kennengelernt. Der Tod ihres Schwiegervaters hatte nicht nur den Zänker zum Aufruhr veranlasst. Auch gegen die Dänen musste der junge Otto zu Felde ziehen. Deren König Harald Blauzahn, ermuntert durch des Zänkers Aufstand, sah die Gelegenheit gekommen, die Oberhoheit der Deutschen abzuschütteln. Der Däne unternahm Kriegszüge ins Reich, raubte, plünderte, und zog sich wieder hinter das Danewerk zurück, eine gigantische Grenzpalisade aus Holz und Stein, die Vergeltungsschläge zu einem waghalsigen Unternehmen machte.

Im Sommer 974 schlug Otto dennoch zurück. Die Aufsässigkeit des Tributpflichtigen durfte nicht toleriert werden, sonst stünde bald das ganze Reich in Flammen. Mit großen Heereseinheiten durchbrach Otto den Wall und stellte die Dänen bei Haithabu zur Schlacht.

Theophanu begleitete ihren Gemahl auf seinem Kriegszug in den Norden. Sie bestand darauf, in seiner Nähe zu sein, um nicht wochenlang bangend auf Nachricht warten zu müssen. Entbehrungen war sie längst gewöhnt, aus der verwöhnten Städterin von einst war eine wackere Herrscherin geworden, die freilich auch weitaus häufiger kränkelte als früher.

Während Otto und seine Mannen den entscheidenden Kampf gegen Harald Blauzahn fochten, war Theophanu im Feldlager zurückgeblieben. Dass sie ihn bis zum Schlachtfeld begleitete, hatte Otto entschieden abgelehnt, und erstmals war es Theophanu nicht gelungen, ihn zu erweichen. Also blieb sie im königlichen Zelt zurück und betete für die unversehrte Rückkehr der Kämpfer, die nur wenige Meilen entfernt den feindlichen Schwertern gegenüberstanden.

Die ersten Verletzten kamen nach wenigen Stunden ins Lager zurück und berichteten vom Sieg des Kaisers. Unter ihnen gab es einige Schwerverwundete, die sich die Seele aus dem Leib schrien. Gliedmaßen waren ihnen abgetrennt worden, aus Bäuchen quoll Gedärm, Blut tränkte den Boden, über den man sie trug. Feldschere eilten herbei, um sich ihrer anzunehmen, wissend, dass diese Ärmsten unrettbar verloren waren. Theophanu sah hilflos zu, wie mit den Schüttelkrämpfen das Leben aus ihnen wich, während ihre Schreie immer ferner wurden. Sie kniete sich neben einen jungen Panzerreiter, hielt seine Hand, blickte ihm in die brechenden Augen. Nie hatte sie sich so ohnmächtig gefühlt. Ihr fiel auf, dass einer der beiden Feldgeistlichen nicht zugegen war, und ließ nach ihm schicken. Der Frater liege betrunken in seinem Zelt, beschied man ihr. Wütend suchte Theophanu ihn auf, rüttelte ihn aus seinem Rausch, versetzte ihm eine Ohrfeige. Nie zuvor hatte Theophanu einen Menschen geschlagen, von einem Geistlichen ganz zu schweigen. Sie hatte eine Sünde begangen. Zum ersten Mal spürte sie am eigenen Leib, wie der Krieg einen Menschen veränderte. Noch ahnte sie nicht – sie wollte es nicht ahnen –, dass der Krieg ihr auch in den kommenden Jahren erhalten bleiben würde.

Am Abend kehrten die Sieger der Schlacht ins Lager zurück. Theophanu fiel Otto um den Hals; schweigend verharrten sie in ihrer Umarmung. Otto war erschöpft, verbrachte aber eine Weile bei seinen Männern an den Lagerfeuern; dann ging er in sein Zelt, wo Theophanu auf ihn wartete. Er legte sich zu ihr, küsste ihren Hals, aber ihr war nicht nach Zärtlichkeiten zumute. Die Schreie der Todgeweihten hallten noch in ihren Ohren.

Den Bösen ist es ein Glück, die Völker zu unterwerfen. Den Guten aber ist es Zwang!

Schreie waren Kindern oder Sterbenden vorbehalten. Wer sich aber anschickte, ein Leben zu gebären, der übte sich besser in Beherrschung.

Viele Stunden vergingen, und immer wieder rollten Wellen des Schmerzes durch ihren Unterleib. Trotz allem verspürte Theophanu keine Furcht. Der Tod war nicht weit, aber sie wusste, dass ihre Zeit noch nicht gekommen war. Die Nonne schien sich dessen nicht so sicher zu sein. Der Priester möge sich bereithalten, hörte Theophanu sie einer Mitschwester zuraunen. Die Nonne war eine erfahrene Hebamme, aber der Gedanke, die junge Kaiserin könnte unter ihren Händen sterben, schien ihr schwer im Magen zu liegen.

»Sorgt Euch nicht um mich, Schwester«, sagte Theophanu zum wiederholten Male. »Es wird alles gut.«

»Ihr solltet einen Heiligen um seinen Beistand bitten«, schlug die Nonne vor. Ein weiterer Hinweis, dass sie ernste Komplikationen befürchtete.

»Ihr habt recht, das könnte ich tun.« Warum nicht der Besorgten einen Gefallen erweisen?

Auch bei Eunice fand der Vorschlag der Nonne Zustimmung. »Ja, ruft einen Heiligen an, Herrin.«

Ein neuerlicher Schmerz suchte Theophanu heim. Sie biss sich auf die Lippen. Ja, sie würde die Jungfrau um Beistand bitten. Aber Eunice gab ihr einen anderen Rat.

»Betet zum heiligen Nikolaus, Herrin.«

»Nikolaus?«, fragte die Nonne mit einem Stirnrunzeln. Eunice ignorierte sie.

»Ihr braucht einen Fürsprecher aus der Heimat, Herrin. Die Jungfrau ist überall und beschützt Euch ohnedies, aber Nikolaus wird sich auch des Säuglings erbarmen, den ihr auf die Welt bringt.«

»Gut. So soll es also Nikolaus von Myra sein, den ich um seinen Beistand bitte.«

»Versprecht, ihm eine Kapelle zu stiften, sobald Ihr einen gesunden Sohn geboren habt.«

»Wenn es aber ein Mädchen wird?«

»Es muss ein Sohn sein! Werdet Ihr es ihm versprechen? Herrin, bitte …«

Trotz allen Schmerzes musste Theophanu lächeln über den Eifer ihrer Dienerin.

»Ich verspreche es!«

Zwei Stunden später, draußen war es längst dunkel geworden, gebar Theophanu im Schein zahlloser Kerzen ihr erstes Kind. Die Geburt war schwierig gewesen, aber die befürchteten Komplikationen blieben aus, sodass die entkräftete Kaiserin den Säugling bald glücklich in den Armen halten konnte. Der herbeigerufene Kaiser küsste abwechselnd Gemahlin und Kind.

Eunice saß immer noch ergeben neben ihrer Herrin, doch sie war sehr schweigsam geworden. Leicht senkten sich ihre Mundwinkel, als sie aus dem Mund des Kaisers den Namen hörte, auf den das Kind getauft werden würde: Adelheid.

Die Kaiserinwitwe hatte sich vor zwei Jahren verstimmt in die Lombardei nach Pavia zurückgezogen, da der Sohn sich zunehmend geweigert hatte, sich von ihr beraten, geschweige denn in die Regierungsgeschäfte hineinreden zu lassen.

Doch schon am nächsten Tag sandte Otto einen Boten aus, um ihr die Geburt der Enkelin, die ihren Namen tragen sollte, anzuzeigen.

7

In jenem Sommer, als Theophanu ihre Tochter zur Welt brachte, wagte der Zänker sich aus seiner böhmischen Deckung. Schon bald hatte er genügend Mitstreiter versammelt, um gegen den Kaiser aufzubegehren, doch abermals überschätzte er seine Streitkräfte. Nach monatelangen Kämpfen wurde er von den kaiserlichen Heeren niedergerungen. Auf dem Hoftag zu Ostern in Magdeburg wurde dem Bischof von Utrecht, Folkmar, die künftige Bewachung des Aufsässigen anvertraut. Willigis, inzwischen von seinem kaiserlichen Jugendfreund zum Erzbischof von Mainz und Erzkanzler des Reiches erhoben, verkündete den Versammelten das Urteil. Es gab nicht wenige, die den Zänker lieber unter dem Richtbeil gesehen hätten.

Zu dieser Zeit war Theophanu zum zweiten Mal schwanger, was sich auch durch weite Kleider nicht mehr verbergen ließ. Dennoch war sie bei der Verurteilung Heinrichs zugegen. Als man ihn aus dem Saal führte, wandte sie sich an ihren Gemahl.

»Lass mich mit deinem Vetter reden«, sagte sie zu ihm.

Otto hob verwundert die Brauen. »Wozu?«

»Weil ich es will!«

Er wusste, dass sie nicht weiter darüber debattieren würde. »Gut, ich begleite dich.«

»Ich will allein mit ihm reden! Lass mich in sein Verlies bringen. Bitte sorg dafür, dass er mir ohne Fesseln gegenübersteht. Überhaupt finde ich es angebracht, ihn nicht allzu streng zu behandeln.«

Otto seufzte. »Ich weiß, ich muss ihm vergeben, Theophanu. Wie auch mein Vater seinem Bruder immer wieder vergeben hat. Christus will, dass ich ihm vergebe, so steht es in der Schrift. Ihn zu demütigen liegt mir fern. Aber vertrauen kann ich meinem Vetter nicht mehr. Nie wieder. Auch Willigis denkt so.«

Sie nahm seine Hand. »Willigis ist uns unentbehrlich geworden. Aber ich weigere mich zu glauben, Heinrich sei nicht zur Treue fähig.«

»Warum?«, fragte sie den Mann, der sie und Otto so oft um den Schlaf gebracht hatte.

Heinrich stand vor ihr und sah sie an. In seinem Blick lag nichts Hochmütiges, nichts Rachsüchtiges, nichts Streitbares, aber auch nicht die geringste Spur von Reue oder Scham. Die Handfesseln hatte man ihm auf Theophanus Geheiß hin abgenommen. Dennoch machte er keine Anstalten, seine Hände zu benutzen, hielt sie verschränkt vor seinem Gürtel, als läge ihm nichts an dieser Freiheit. Selbst in der Dunkelheit des Verlieses sah Theophanu das Blau seiner Augen, ein Meer unterdrückter Leidenschaft schimmerte darin. Das Haar trug er lang, Kinn, Wangen und Oberlippe zierte jetzt ein sorgsam gestutzter blonder Bart. Die Strapazen eines Getriebenen hatten ihre Spuren in seinem Gesicht hinterlassen.

»Warum begehrt Ihr immer wieder von Neuem auf?«

Heinrich dachte lange nach, bevor er ihr eine Antwort gab. »Weil es mir im Blut liegt«, entgegnete er schließlich gedehnt.

Theophanu zeigte sich verwundert. »Es liegt Euch im Blut, rebellisch zu sein?«

»Es liegt mir im Blut, König zu sein!«

»Das Recht ist nicht auf Eurer Seite. Ihr wisst es.«

»Das Recht ist nur deshalb nicht auf meiner Seite, weil viele Fürsten und Bischöfe das einmal Geschehene billigen und den Lauf der Welt nicht mehr verändern wollen. Schon meinem Vater hätte die Königskrone zugestanden. Denn er wurde, anders als sein älterer Bruder, gezeugt, als mein Großvater bereits König war.«

»Die Fürsten aber gaben Otto die Krone.«

»Nichts auf dieser Erde ist für die Ewigkeit bestimmt.«

Sie musterte ihn nachdenklich. Nach einer Weile wurde es ihr unangenehm, wie beharrlich er ihren Blick erwiderte. Sie sah sich um und tat einen Seufzer.

»Kein Quartier für einen Mann, der gerne König wäre, findet Ihr nicht auch?«

»Nicht der Wunsch eines Narren leitet mich, sondern der Glaube, dass meinem Geschlecht etwas genommen wurde.«

»Eurem Geschlecht? Es ist das gleiche Blut, das in den Adern meines Gemahls fließt.«

Er nickte. »Solange er lebt, werde ich mich nicht wieder gegen ihn auflehnen, Ihr habt mein Wort. Er wird mich kaum begnadigen wollen, aber das verlange ich nicht. Ich werde mich meiner Haft nicht wieder entziehen, denn es ist genug Blut geflossen. Der Kampf ist verloren.« Sein Blick wanderte über ihren Bauch. »Dennoch wäre es besser, wenn Ihr wieder einem Mädchen das Leben schenkt, Theophanu. Sollte mein Vetter vor mir den Weg allen Fleisches gehen, so will ich nicht mit Eurem Sohn um die Krone kämpfen müssen.«

Ohne Zweifel waren Heinrichs Worte eine Drohung, obgleich seine Stimme mild klang, beinahe zärtlich. Theophanu spürte ihr Herz pochen, sie begann zu frösteln, und entsprechend kalt war ihre Antwort.

»Ihr würdet nicht gut daran tun, gegen meinen Sohn zu kämpfen.«

Zum ersten Mal lächelte er, was ihm etwas von seiner Jugendlichkeit zurückgab.

»Ich weiß, denn so müsste ich auch gegen Euch kämpfen. Ihr seid eine schöne und kluge und starke Frau, ich achte und schätze Euch. Es liegt mir fern, jemals Euer Gegner zu sein.«

»Ihr seid mein Gegner, Heinrich, wenn Ihr weiter solche Worte sprecht.«

Er schwieg.

»Ich werde für Euch beten«, sagte Theophanu.

»Betet nicht nur für mich. Betet auch für Euch und Euren Gemahl, betet für Eure kleine Tochter und das ungeborene Kind in Eurem Leib. Denn Euch allen droht Gefahr.«

Sie unterließ es, seine kryptische Behauptung, die er ohne jede Häme ausgesprochen hatte, zu hinterfragen. Stattdessen rief sie nach den Wachen, um sich wieder hinausgeleiten zu lassen.

»Lebt wohl, Heinrich.«

»Lebt wohl, meine Kaiserin. Möget Ihr noch viele Töchter gebären!«

Am Johannistag, dem Fest des Täufers, weilte der Hofstaat in der Aachener Pfalz. Draußen loderten noch die Johannisfeuer zum Himmel, während das Kaiserpaar sich bereits zurückgezogen hatte und beim Mahl zu Tische saß.

Aachen, im Osten Niederlothringens, war die Stadt der Karolinger gewesen. Carolus Magnus, der große Karl, hatte während der letzten Jahre seines ruhmreichen Lebens in der Stadt residiert und sie zum glänzenden Mittelpunkt seines gigantischen Reiches gemacht. Verglichen mit Konstantinopel wirkte sie zwar eher wie eine Dorfsiedlung, doch Theophanu fand den Gedanken an eine Hauptstadt erhaben. Wie mühsam war es doch, immerzu von Pfalz zu Pfalz zu reisen, erst recht für eine Hochschwangere. Doch die Zeiten hatten sich geändert seit den Tagen der Karolinger. Für den König war es wichtiger denn je, allgegenwärtig zu sein, nicht zuletzt auch, um dem Machtstreben der Fürsten entgegenzuwirken.

In Westfranken herrschte nach wie vor ein Karolinger. Lothar, ein Ehrgeizling mit weniger Macht als ihm lieb war, hatte nie einen Hehl aus seinem Anspruch auf Lothringen gemacht. Seit den Tagen König Heinrichs war das Herzogtum ein Zankapfel zwischen Ost- und Westfranken. Lothars Mutter war eine Schwester Ottos des Großen gewesen. So kam es, dass der jüngere Otto erneut gegen einen seiner Vettern zu Felde ziehen musste.

Am Johannistag nahm das Unheil seinen Lauf.

Zwei Reiter passierten im wilden Galopp die Tore der Pfalz und verlangten, auf der Stelle zum Kaiser vorgelassen zu werden. Otto und Theophanu blickten überrascht auf, als die Boten von Leibgardisten in den Speisesaal geführt wurden. Dass sie beunruhigende Nachrichten im Gepäck hatten, war ihren verbissenen Gesichtern anzusehen. Auch hielten sie sich nicht lange mit den üblichen Gesten der Ehrerbietung auf.

»Herr, ein Heer der Franzosen hat über die Maas gesetzt«, begann der eine atemlos. »Es sind mehr als tausend!«

»Sie nähern sich in Eilmärschen der Pfalz«, sagte der andere. »Noch vor Einbruch der Dunkelheit werden sie eintreffen.«

Otto war bleich geworden. »Unmöglich«, murmelte er.

»Ihr müsst fort von hier – unverzüglich!«, sagte Luitger, der junge Hauptmann der Leibgarde, mit Nachdruck. Er war von stattlichem Wuchs und hatte flachsfarbenes Haar.

Theophanu begegnete Ottos hilfesuchendem Blick.

»Ich ... soll fliehen? Aus meiner eigenen Pfalz?«

Die Männer schwiegen betreten.

»Wer führt die Franzosen an?«, fragte Theophanu.

»König Lothar höchstpersönlich, Herrin.«

»Unmöglich«, stammelte Otto erneut. Dann erhob er sich entschlossen. »Sattelt mein Pferd. Ich möchte mich selbst überzeugen.«

»Ich fürchte, dafür bleibt keine Zeit, mein Kaiser.« Luitger hob beschwörend beide Hände. »Die Vorhut ist bereits von den Hügeln aus zu sehen. Für Gegenmaßnahmen ist es zu spät. Uns fehlen die Truppen für einen Kampf.«

Theophanu stand auf. Ihr schwangerer Bauch erlaubte ihr nur tastende Schritte. Ohne Rücksicht auf die Etikette umarmte sie in Anwesenheit der Männer ihren um Fassung ringenden Gemahl.

»Für den Augenblick bleibt uns nichts weiter übrig, als Aachen zu verlassen«, flüsterte sie ihm zu. Einmal mehr gelang es ihr, ihn auf den Boden der Wirklichkeit zurückzuholen. Er küsste sie auf die Stirn und wandte sich mit feuchten Augen an Luitger, der erwartungsvoll auf den einzig vernünftigen Befehl wartete.

»So sei es denn! Aufbruch!«

Denn Euch allen droht Gefahr!

Theophanu entsann sich der Worte des Zänkers. Oft noch sollte sie sich in den kommenden Wochen fragen, ob er mit Lothar unter einer Decke steckte.

Als Lothar von Frankreich, den es nach Lothringen gelüstete, wenige Stunden später in Aachen eintraf, fand er die Pfalz verlassen vor. Sein Plan, den Kaiser kurzerhand gefangen zu nehmen, um ihn auf diese perfide Weise zu erpressen, war gescheitert. Zwar sandte er Suchtrupps aus, um die Fliehenden zu stellen, doch Luitger hatte Vorkehrungen zur Täuschung der Verfolger getroffen. So kam es, dass das Kaiserpaar, die einjährige Adelheid sowie eine Handvoll Bedienstete und Getreue die Nacht in einer Köhlerhütte verbringen mussten, dessen verdutzter Bewohner erst später von der wahren Identität der Schutzsuchenden erfuhr.

Lothar aber wusste, dass er den Anspruch auf Aachen und Lothringen nicht aufrechterhalten konnte, war er doch Otto auf Dauer militärisch nicht gewachsen. Umso tröstlicher fand es der Westfranke, dass man in der Eile die Reichsinsignien zurückgelassen hatte. Seine Soldaten und Trossknechte fanden indessen ihr Vergnügen darin, die Speisekammern zu plündern, Tische und Stühle zu zertrümmern und zu rauben, was an Wertvollem zurückgeblieben war. Seit den finsteren Tagen der Normannen hatte das stolze Aachen keinen Feind mehr innerhalb seiner Mauern gesehen.

Wenn sein Überraschungsschlag auch letztlich misslungen war, so hatte Lothar den kaiserlichen Vetter in tiefster Form gedemütigt, zumal er den ehernen Adler auf dem Giebel der Pfalz nach Osten ausrichten ließ, um auf diese Weise Frankreichs vermeintliche Überlegenheit auszudrücken. Gleichwohl zog er sich tags darauf mit seinen Truppen wieder über die Grenze zurück. Das Kaiserpaar befand sich bereits in Köln, als man ihm von Lothars Freveleien berichtete.

»Das wird er mir büßen«, sagte der Kaiser. Er sprach es aus wie einen feierlichen Eid. Kaum jemals hatte Theophanu ihn so grimmig erlebt. Blieb Lothars niederträchtiger Überfall ungesühnt, war es um das Ansehen des Kaisers im Reich geschehen. So wie Heinrich musste auch der Franzose zur Räson gebracht werden.

»Was liebte ich Erbärmlicher nun von meinem Diebstahl?« Otto starrte vor sich hin, während er Augustinus' Worte zitierte. »Ich werde gegen Lothar zu Felde ziehen müssen«, erklärte er seiner Gemahlin dann ernst.

Theophanu nickte. »Und ich werde dich begleiten.«

»Nein, diesmal nicht, Geliebteste. Es wäre unverantwortlich, dich in deinem Zustand …«

Sie legte sanft einen Finger auf seinen Mund, wie sie es immer tat, wenn sie wollte, dass er schwieg. »Ohnehin wirst du dich der Unterstützung der Fürsten versichern müssen. Bis es so weit ist, hat unser Kind das Licht der Welt erblickt.«

8

Pfalz Dortmund, Reichstag im Juli 978

Somit sei der Krieg beschlossen«, verkündete Erzbischof Willigis. Er besaß keine sonderlich laute Stimme, sprach langsam und bedächtig, doch jeder verstand ihn, denn niemand ließ ab von seinen Lippen, wenn er redete. Einen Großteil seiner Anerkennung verdankte Otto der Persönlichkeit dieses Mannes – ein Freund aus Jugendtagen, der ihm seit Beginn seiner Regentschaft beratend zur Seite stand. Dies war umso erstaunlicher, als Willigis lediglich der Sohn eines Wagners war.

Die versammelten Fürsten applaudierten. Einstimmig war der Feldzug gegen Lothar von Frankreich beschlossen. Willigis fuhr fort: »Als Tag des Einmarsches in Lothars Reich sei der erste Tag des Oktober festgelegt. Dieser Termin ist dem Franzosen zu überbringen, denn es soll ihm Niedertracht nicht mit Niedertracht vergolten werden. Die anwesenden Reichsfürsten erklären sich bereit, dem Kaiser Truppen in angemessener Zahl zur Verfügung zu stellen!«

Abermals einmütiger Beifall.

Theophanu, die der Versammlung von einer Fensternische des Saalumganges aus gelauscht hatte, verspürte Erleichterung und zugleich Unbehagen. Die Autorität Ottos würde bald wiederhergestellt sein, mochte dies auch das eine oder andere Menschenleben kosten. Einen anderen Weg als den der Vergeltung konnte es nicht geben, auch nicht von einem christlichen Herrscher, der seine Legitimation von Gott bekommen hatte. Es sei denn, er wollte die Krone jemandem überlassen, dem sie nicht zustand. Nüchtern führte sich Theophanu vor Augen, dass die kriegsbereiten Fürsten im eigenen Interesse handelten, ging es ihnen doch weniger um die erlittene Schmach des Herrschers, als vor allem um die Stabilität des Reiches. Nur so ließ sich auch ihre eigene Macht aufrechterhalten.

»Herrin! Und Ihr nennt mich neugierig, ha! Was seid Ihr dann, mit Verlaub?« Eunice stand plötzlich hinter ihr. Ihren respektlosen Worten zum Trotz klang Sorge darin mit. Theophanu schmunzelte.

»Neugierig? Ich bin die Kaiserin, Eunice. Und hätte ich nicht so einen gewaltigen Bauch, dann würde ich der Versammlung selbst beiwohnen.«

»Ihr solltet Euch lieber schonen, anstatt wie ein Lausbub den Worten kriegslüsterner Männer zu lauschen. Denkt an den Sohn, den Ihr in Euch tragt.«

»Du gibst anscheinend niemals auf. Es könnte wieder ein Mädchen sein.«

Eunice überhörte den Einwand. »Denkt an Euer Versprechen, das Ihr dem heiligen Nikolaus gegeben habt.«

»Ich hab's durchaus nicht vergessen.«

»Gut.« Die Dienerin nickte zufrieden.

»Eunice! Noch etwas!«

»Herrin?«

»Ich habe bemerkt, wie du Luitger anstarrst.«

Eunice errötete. »Was? Ich?«

»Mach mir nichts vor. Du magst ihn.«

»Herrin, ich …«

»Schon gut, du brauchst dich nicht zu rechtfertigen. Ich kann verstehen, dass du nicht als alte Jungfer enden willst. Doch wenn du ihn unbedingt verführen willst, dann tu es diskret. Es gibt genug Leute, die mir vorwerfen, verderbliche Sitten aus meiner Heimat verbreitet zu haben. Ich möchte nicht, dass diese Menschen sich in ihren Vorwürfen bestätigt sehen. Hast du mich verstanden?«

»Gewiss, Herrin.«

Am Abend bekam Theophanu die erste Wehe. Die Geburt verlief einfacher als die erste. Anderentags, in aller Frühe, war das Kind geboren. Das Geschrei des Säuglings hallte durch die Räume der Pfalz. Selbst die kleine Adelheid wurde von einer eifrigen Amme hergebracht, damit sie einen schlaftrunkenen Blick auf ihre neugeborene Schwester werfen konnte.

Ende September begann der geplante Feldzug. Noch vor Wintereinbruch sollte er beendet und die Schmach an Kaiser und Reich vergolten sein.

Längst hatte Theophanu sich von Sophias Geburt erholt. In der Nacht vor dem Aufbruch hatten sie und Otto sich leidenschaftlich geliebt, und hätte Otto gewusst, dass sie dabei erneut ein Kind gezeugt hatten, so wäre Theophanu die Teilnahme am Feldzug endgültig verwehrt geblieben. Sie hätte in der

Pfalz zu Aachen bleiben müssen, wo auch ihre Töchter samt Ammen ausharrten. Hätte sie freilich geahnt, welch furchtbare Erlebnisse auf sie warteten, so wäre sie tatsächlich bei ihren Töchtern geblieben. Zwei finstere, betrübliche Monate standen ihr bevor. Und hinterher kehrten die Bilder aus jenen Wochen in so manchem Albtraum wieder.

Viele Tausend schwer gepanzerte Reiter machten sich auf den Weg Richtung Paris. Auch Theophanu ritt zu Pferd, da sie an des Kaisers Seite bleiben wollte, anstatt – wie noch beim Feldzug gegen Harald Blauzahn – im Tross zu reisen. Keiner der Fürsten konnte sich erinnern, jemals eine Frau inmitten der berittenen Truppen gesehen zu haben. Freilich verriet Theophanu nicht einmal ihrem Gemahl, wie sehr sie sich danach sehnte, endlich wieder schöne Kleider zu tragen.

Sie kannte den Krieg bereits, doch der Feldzug gegen die Franzosen übertraf alles, was sie bis dahin erlebt hatte. Ihre hohe Bildung schützte sie nicht vor der leichtgläubigen Fehleinschätzung, der Krieg gegen Lothar verfolge im Grunde ein edles Ziel, nämlich einen Herrscher zu bestrafen, der gegen eine gottgewollte Ordnung aufbegehrt hatte. Von militärischen Dingen verstand sie nur wenig, und bald wurde ihr bewusst, wie töricht es gewesen war, sich niemals damit auseinanderzusetzen. Die Wirklichkeit traf sie wie ein Faustschlag.

Lothars Heer wich vor der Übermacht zurück. Den Weg nach Paris markierten bald brennende Dörfer. Das Vieh auf den Wiesen wurde abgeschlachtet, Bauern, die sich dagegen empörten, erbarmungslos niedergemacht. Wenn Otto sich auch Mühe gab, seine vornehme Gemahlin vor solchen Rohheiten abzuschirmen, blieb ihrer Aufmerksamkeit wenig verborgen. Schwarze Rauchschwaden, die in der Ferne zum Himmel stiegen, ausgeweidete Tierkadaver an den Wegrändern … und nicht zuletzt immer wieder Menschen, die zwischen Angst und Zorn und maßloser Verzweiflung schwankten. Die Apokalypse war über sie gekommen.

Eines Abends – sie lagerten unweit von Soissons, das die Truppen verwüstet hatten – stellte Theophanu ihren Gemahl zur Rede.

»Sie plündern, brandschatzen und morden, Otto!« Es war eine Anklage.

Otto saß auf seinem Lager und blickte mit leeren Augen zum Zeltdach. Nur eine Talgkerze spendete spärliches Licht.

»Wie kannst du das nur zulassen? Diese Taten schreien zum Himmel!«

»Wusstest du nicht, dass der Krieg den Krieg ernährt?«, erwiderte Otto müde.

»Das ist nicht der gerechte Krieg des Augustinus, den du hier führst. Nie und nimmer ist er das.«

»Auch Augustinus kann nicht die Mägen meiner Männer füllen. Das Heer, das ich anführe, ist das größte seit der Ungarnschlacht, Theophanu.«

»Nicht die hiesigen Bauern haben versucht, dir Lothringen zu entreißen.«

»Es ist die Schuld ihres Königs, dass wir uns an ihrem Vieh schadlos halten müssen.«

»Ich sah tote Menschen, darunter auch Frauen und Kinder. Sie waren erstochen, verbrannt, verblutet. Du musst deinen Männern solche Gräueltaten verbieten.«

»Das ist so einfach nicht. Ihre Treue zu mir kennt Bedingungen. Ich kann sie nicht maßregeln wie störrische Kinder.«

»Kinder? Einige würde ich eher als Bestien bezeichnen. Doch in Wahrheit sind es Gefolgsleute Kaiser Ottos, des Zweiten seines Namens, des Mannes, dessen Reich in der Nachfolge der Cäsaren stehen will.«

Otto vergrub sein Gesicht und schwieg. Eine Weile betrachtete sie ihn mit zusammengebissenen Lippen.

»Du hast dich verändert«, sagte sie schließlich leise.

»Vielleicht ist das der Preis, den ich zahlen muss.«

Sie schwiegen. Otto litt größte Qualen. Theophanu trat auf ihn zu, nahm seinen Kopf in beide Hände, presste ihn zärtlich gegen ihren Bauch. Hatte sie nicht versprochen, ihm beizustehen? Und nun überschüttete sie ihn mit Anklagen. War er nicht im Herzen ein Gelehrter, der aber als Herrscher ein Krieger sein musste? Sie liebte ihn, aber die Welt stellte sie beide auf eine harte Probe.

»Gott möge mich strafen«, flüsterte Otto mit brüchiger Stimme. »Jede Buße will ich annehmen, wenn Er mir zürnt. Nur eines darf Gott mir niemals antun: dich mir wegnehmen. Ich bete, dass du mich überlebst, Geliebteste.«

Mitte Oktober erreichten sie Paris, doch die Tore der Stadt blieben ihnen verschlossen. Man bezog Lager beim Montmartre, am rechten Ufer der Seine. Versuche, die Mauern zu erstürmen, scheiterten kläglich, da es an tauglichem Belagerungsgerät fehlte. Die Verteidiger dagegen waren aufs Beste vorbereitet, ihre Arsenale mit Proviant reichlich gefüllt. Mühelos leisteten sie den Anstürmenden Widerstand.

Bald war das Umland von Paris gänzlich geplündert und der Nachschub versiegt. Tagelanger Regen setzte ein, Krankheiten und Hunger breiteten sich unter den Belagerern aus. Längst drängten viele zum Rückzug, zumal auch die Pferde immer hinfälliger wurden. Theophanu, die kränkelnd im Zelt blieb, hätte alles gegeben, diesem fürchterlichen Ort zu entkommen. Zudem hatte sie festgestellt, dass ihre Monatsblutung ausgeblieben war, schwieg sich aber Otto gegenüber aus, um ihn nicht mit einer weiteren Sorge zu belasten. Sein Feldzug drohte in eine Katastrophe zu münden.

Otto fasste einen Entschluss, und Theophanu war die Erste, die er darüber unterrichtete.

»Morgen treten wir den Rückzug an!«

Sie nahm erleichtert seine Hand. »Eine weise Entscheidung!«

»Gott ist mir nicht wohlgesinnt. Ich hätte nicht hierherkommen sollen.«

»Du hast getan, was dein Gewissen dir befahl und die Fürsten guthießen.«

»Bevor wir abziehen, will ich Gott Ehre und Dank erweisen.«

Sie sah ihn fragend an, denn seine Stimme klang seltsam entrückt.

»Ruh dich aus!«, sagte er, ohne weiter auf seine letzten Worte einzugehen.

Am nächsten Morgen trug der Wind die Klänge eines brausenden *Te deum* in die Gassen der Stadt. Rasch erkannten die Belagerten, was es mit dem unheimlichen Gesang auf sich hatte: Er kam aus den Kehlen Tausender Krieger. Auf dem Montmartre war Ottos Heer angetreten und stimmte ein kollektives Halleluja an. Doch niemand machte Anstalten für einen neuerlichen Sturmangriff.

Das Misstrauen der Pariser wandelte sich allmählich in Verwunderung und schlug am Ende in Spott um. Bald stand die halbe Stadtbevölkerung auf den Wehrgängen und bedachte die Deutschen mit höhnischem Gelächter. Was wollte der Kaiser mit dieser albernen Posse bewirken? Glaubte er etwa, die Mauern der Stadt würden einstürzen unter dem frommen Gesang? Paris war nicht Jericho … und Otto nur ein anmaßender Herrscher, der sich Kaiser nannte.

Noch vor dem Angelusgeläut begann unter grauem Himmel Ottos ruhmloser Abzug, begleitet von triumphierenden Trompetenklängen der Pariser. Doch das Maß an Unheil, das Ottos Unternehmen begleitete, war noch nicht ausgeschöpft.

Regen und Kälte begleiteten sie auf ihrem Rückzug. Beim Übergang der Aisne wurde der Tross von nachrückenden Franzosen unter Lothars Führung angegriffen. In hilflosem Zorn mussten Kaiser Otto und seine Ritter vom anderen Ufer aus zusehen, wie die Feinde sich des Gepäcks bemächtigten und mancher Trossknecht erbarmungslos niedergemetzelt wurde.

Otto schickte einen Boten, den Grafen von Verdun, ans andere Ufer. Der ließ ausrichten, König Lothar möge mit seinen Männern über den Fluss setzen und sich dem Kaiser in ehrenvoller Feldschlacht stellen. Erwartungsvoll sah Otto der Rückkehr des Grafen entgegen. Doch mit der Antwort, die dieser überbrachte, hatte niemand gerechnet.

»Lothar bietet Euch den Zweikampf an, mein Kaiser. Dem Sieger soll dann das Reich des anderen als Kampfpreis zufallen.«

»Gut!«, rief Otto überschwänglich. »Den Kampf soll er haben! Warum macht er mir erst jetzt diesen Vorschlag?«

»Weil er zur Heimtücke neigt. Ihr solltet ihm nicht trauen«, meinte der Graf. Andere pflichteten ihm bei.

»Er darf mich nicht für einen Feigling halten!« Dieser Gedanke schien Otto schlimmer als der Tod zu sein.

»Jedermann weiß um Eure Tapferkeit«, widersprach Ottos Leibgardist Luitger. »Doch der Franzose ist satt und ausgeruht, während Ihr seit Wochen Entbehrungen leidet.«

»Ihn gelüstet nach Lothringen, aber das gehört dir ohnehin«, erklärte Theophanu, die unter die Männer getreten war. Sie wusste, dass Otto weiß Gott kein Schwächling war, aber der Gedanke, ihn zu verlieren, war kaum zu ertragen. Er sah sie an, sein Blick war fiebrig und verzweifelt, und mit einem Mal erkannte Theophanu, dass Otto dazu bestimmt war, eine tragische Figur zu sein. Er war es jetzt, in diesem Augenblick der Ohnmacht, er war es erst recht im Licht seines großen Vaters, und er würde es auch künftig sein. Das Mitleid um ihn zerriss ihr beinahe das Herz.

Der Tross war verloren, der Gegner hochgestimmt statt gedemütigt. Ottos Heer glich einem geschlagenen Haufen, als es seinen Marsch fortsetzte. Geschwächt von den unsagbaren Strapazen der vergangenen Wochen und zudem jämmerlich frierend brachte Theophanu den Heimweg in einem rumpelnden Reisewagen zu. Ihre Gedanken waren so leer, dass sie nicht einmal zu beten vermochte.

9

Pfalz Aachen, Ende November 978

Ihre Töchter wiederzusehen, riss Theophanu aus ihrer Bedrückung. Adelheid war von sanfter Natur. Wenn sie schrie, dann klang es gedämpft, ja beinahe warm; außerdem zog sie es vor, die meiste Zeit über zu schlafen. Wenn sie aber einmal dem um Hingabe bittenden Blick ihrer Mutter begegnete, huschte über ihr rundes Gesichtchen ein herzerfrischendes Lächeln – und das entschädigte Theophanu für manche Entbehrung.

Die vier Monate alte Sophia war von anderem Temperament. Immerzu hielt sie ihre Ammen auf Trab, beobachtete aufmerksam die Menschen in ihrer Nähe. Für Theophanu war es ein Wermutstropfen im Becher der Wiedersehensfreude, dass Sophia ihr weniger Beachtung schenkte als den Ammen. Die Mutter war eine Fremde für sie. Aber was hatte Theophanu anderes erwarten können?

Eunice war entsetzt gewesen, als sie ihrer Herrin nach der

Rückkehr aus Frankreich begegnet war. Abgezehrt, bleich und von einem beängstigenden Husten geplagt – so elend hatte Eunice sie noch nie erlebt. Nur mit Mühe hielt die junge Kaiserin sich auf den Beinen, weigerte sich aber strikt, sich in ihr Gemach tragen zu lassen. Otto selbst begleitete sie dorthin, nur Eunice durfte ihnen folgen. Theophanu ließ zu, dass die Dienerin ihr den Schmutz und Gestank der vergangenen Wochen vom Leibe wusch; dann sank sie in einen zwei Tage währenden Erschöpfungsschlaf.

Erwacht, fühlte sie sich von neuen Kräften beseelt. Eunice hatte Mühe, sie in ihrem Tatendrang zu zügeln, aber Theophanu merkte bald selbst, dass sie sich überschätzt hatte. Nachdem sie sich ausgiebig ihren Kindern gewidmet hatte, sank sie erneut auf ihr Lager. Eunice wich kaum von ihrer Seite. Trotz ihrer eigenen Schwäche entging es Theophanu nicht, dass die treue Dienerin sehr nachdenklich wirkte.

»Willst du mir nicht verraten, was dich bedrückt, Eunice?«

»Es ist nichts, Herrin.«

»Erzähl mir von diesem ›nichts‹.«

Eunice biss sich auf die Lippen.

»Ist es wegen Luitger?«, hakte Theophanu nach.

»Tja … so kann man es sagen.«

»Nun? Hast du ihn seit seiner Rückkehr aus Frankreich noch nicht begrüßen können?«

»Doch, aber …« Ein tiefes Seufzen folgte. »Was soll's, es wird sich sowieso nicht mehr lange verheimlichen lassen. Ich …«

»Du bist schwanger.« Theophanu fiel es wie Schuppen von den Augen. Sie setzte sich aufrecht.

»Verzeiht mir, Herrin.«

»Hast du es Luitger gesagt?«

»Ich will ihn nicht damit behelligen.« Eunice starrte auf ihre Füße. »Niemand weiß es. Nur Ihr!«

Eine Weile herrschte Schweigen zwischen ihnen. Plötzlich begann Theophanu herzhaft zu lachen.

Überrascht sah Eunice sie an. »Ihr findet das amüsant?«

»Einer Frau kann Schlimmeres widerfahren, als ein Kind im Bauch zu tragen, findest du nicht?«

»Aber Ihr habt selbst gesagt, dass es dem Ruf des Hofes schadet, wenn ...«

»Es ist wahr, das habe ich gesagt. Aber was geschehen ist, ist nun mal geschehen.«

»Verzeiht mir«, bat Eunice ein weiteres Mal. »Wenn Ihr es wünscht, werde ich ein Kräuterweib aufsuchen.«

»Auf keinen Fall wirst du das tun. Du und Luitger, ihr werdet heiraten. So einfach ist das.«

»Und wenn er mich nicht haben will?«

»Ein Mann hat die Konsequenzen seines Handelns ebenso zu tragen wie eine Frau. Ich werde mich um die Sache kümmern, Eunice.«

»Danke, Herrin.« Eunice starrte wieder auf ihre Füße. »Darf ich weiter Eure Zofe sein?«

»Ich habe keineswegs vor, dich aus meinen Diensten zu entlassen. Wem sonst sollte ich künftig meine eigenen Geheimnisse anvertrauen?«

Eunices Zerknirschung wich Hellhörigkeit.

»Sprecht nur.«

»Auch ich bin wieder schwanger.«

»Oh! Das ist wunderbar.« Eunices Lächeln währte nur kurz. »Ihr tragt ein Kind und begebt Euch auf einen Feldzug?«, fragte sie ungläubig.

»Ich wusste es nicht, als wir loszogen.«

»Herrin! Ihr solltet das nicht auf die leichte Schulter nehmen.«

»Ich möchte an der Seite des Kaisers sein. Deshalb bin ich einst in dieses Land gekommen.«

»All die Strapazen! Ihr hättet …«

»Genug, Eunice. Gerade du solltest dich mit vernünftigen Ratschlägen momentan zurückhalten. Lass mich jetzt noch eine Stunde schlafen.«

Die Dienerin zog eine beleidigte Miene. »Wie Ihr wünscht.« Bevor sie das Gemach verließ, raunte sie noch: »Wenn es bloß ein Knabe wird …«

Theophanu wusste, dass Eunice nicht von ihrer eigenen Leibesfrucht sprach.

Aber auch die dritte Geburt brachte nicht den ersehnten Thronfolger. In Gandersheim entband Theophanu im Juli 979 erneut ein Mädchen, das den Namen ihrer Urgroßmutter, Mathilde, erhielt. Was manchen Fürsten, der der Byzantinerin mit stillem Misstrauen begegnete, in der Vermutung bestärkte, Gott verwehre ihr den Sohn aus gutem Grund.

Eunice gebar ihr Kind nur wenige Stunden später. Niemand erfuhr, dass sie wehenhemmende Kräuter zu sich genommen hatte, um auf keinen Fall vor ihrer Herrin niederzukommen. Es war ein Sohn, den sie zur Welt brachte – was Eunice, aller Mutterliebe zum Trotz, dazu veranlasste, den lieben Gott mit Vorwürfen zu überschütten. Bedurfte die Kaiserin des Sohnes nicht viel mehr als sie, die Dienerin? Theophanu aber lachte nur, als Eunice diesen Gedanken aussprach.

Die beiden älteren Töchter des Kaiserpaares wurden bald den Damenstiften zu Gandersheim und Quedlinburg – die Schwester des jungen Kaisers war hier Äbtissin – zur Erziehung übergeben. Die Trennung fiel Theophanu schwer, aber sie war unumgänglich.

Eines Tages würden Adelheid und Sophia bedeutsame Aufgaben übernehmen müssen, um die Dynastie zu stärken. Für eine Kindheit blieb ihnen wenig Zeit. Selbst die kleine Mathilde gab man wenige Wochen nach ihrer Geburt in das

Stift Essen, dem gleichfalls eine Verwandte als Äbtissin vorstand. Später einmal, so Ottos Überlegung, könnte Mathilde die Nachfolge ihrer älteren Cousine antreten, war es doch fraglich, ob sich für die drittgeborene Tochter des Kaiserpaares ein ebenbürtiger Ehepartner finden ließ. Für Theophanu war es ein furchtbares Gefühl, sich auch von ihrem dritten Kind trennen zu müssen.

Ende 979 zog der Kaiser erneut ins Feld, diesmal um den polnischen Herzog Mieszko zu maßregeln, der einst mit dem Zänker paktiert hatte und sich abermals aufsässig gebärdete. Glücklicherweise gab Mieszko schon nach wenigen Scharmützeln nach und erneuerte seinen Vasalleneid. Dennoch sollte Theophanu den Feldzug in schmerzlicher Erinnerung behalten. Durch einen Pfeilschuss aus dem Hinterhalt wurde nämlich Luitger, der Leibgardist des Kaiserpaares, während eines Rittes durch unwegsamen Wald schwer verletzt. Das Geschoss steckte tief in seinem Bauch. Zwar gelang es dem Feldscher, ihn in einer qualvollen Tortur davon zu befreien, aber es stand außer Zweifel, dass Luitger die Verwundung nicht überleben würde. Auch Luitger selbst wusste es. Drei Tage lag er fiebernd in einem Lazarettzelt, während das Leben langsam aus ihm wich. Der Kaiser verbrachte manche Stunde an seiner Seite, denn Luitger war ihm in den vergangenen Jahren nicht bloß Leibwächter, sondern auch Freund gewesen. Der feindliche Pfeil, vermutlich gegen den Kaiser gerichtet, hatte sein Ziel verfehlt und erwies sich dennoch als todbringend.

Auch Theophanu machte dem Sterbenden ihre Aufwartung. Zum ersten Mal nahm der Krieg ihr einen Menschen, der ihr persönlich nahestand. Theophanu bedeutete dem Feldscher, sie mit Luitger allein zu lassen. Sie setzte sich zu ihm. Luitger atmete schwer, der Schmerz verschleierte seinen Blick, aber er erkannte die Kaiserin, die ihn betrübt ansah.

»Muss ich mich fürchten vor dem, was mich erwartet?«, fragte er.

»Nein«, erwiderte Theophanu fest. »Fürchten müssen nur wir uns, die wir auf Erden zurückbleiben.«

Trotz der Schmerzen glitt ein Lächeln über Luitgers Gesicht. »Nicht einmal der Pater vermochte mich so zu ermutigen. Ihr seid nicht nur eine große Kaiserin, sondern auch eine unvergleichliche Seelentrösterin.«

»Weder das eine noch das andere bin ich. Ich bin so ohnmächtig, wie ein Mensch nur sein kann. Du wirst mir fehlen, Luitger.«

»Der Himmel wird leer sein ohne Euch. Ihr seid weder eitel noch hoffärtig noch anmaßend.«

Theophanu runzelte die Stirn, aber sie erwiderte sein Lächeln. Der Arme verspürte offenbar das Bedürfnis, sie von den Vorwürfen ihrer Gegner reinzuwaschen, als wisse er, dass deren Gerede ihr mitunter wie ein Stein im Magen lag.

»Wollt Ihr mir etwas versprechen, meine Kaiserin?«

»Alles, was du wünschst.«

»Eunice – bitte sagt ihr, dass ich sie mehr geliebt habe, als sie glauben mag.«

»Das will ich tun. Obwohl ich überzeugt bin, dass sie es weiß.«

»Als ich sie heiratete, tat ich es nur deshalb, weil Ihr es von mir verlangtet. Aber Euer Befehl erwies sich als mein Glück. Eunice ist das beste Weib, das ein Mann wie ich kriegen konnte.«

»Ich hätte meine Zofe nicht jedem anvertraut, Luitger.«

»Umso stolzer darf ich sterben.«

»Und mit dem Bewusstsein, dass du in deinem Sohn weiterlebst – zumindest auf dieser Welt.«

»Es schmerzt mehr als die Wunde, dass ich nicht bei ihm sein kann, während er aufwächst. Werdet Ihr ihn …«

»Spar dir den Atem. Natürlich werde ich ihn fördern, wo ich kann. Um ihn musst du dich ebenso wenig sorgen wie um Eunice.«

Luitger schloss die Augen und wirkte beruhigt. Theophanus Beteuerung schien ihm die Qualen erträglicher zu machen. Plötzlich umspielte sogar ein Grinsen seine Mundwinkel. »Am liebsten hätte Eunice unseren Sohn mit Eurer Tochter vertauscht«, flüsterte er.

»Ja, ich weiß. Die Tatsache, dass ich bislang nur Mädchen zur Welt bringe, macht sie nervös. Aber bald werde ich sie von ihrer Sorge befreien.«

»Was wollt Ihr damit sagen, Herrin?«

»Nun, inzwischen kenne ich mich mit Schwangerschaften genauestens aus.«

»Unmöglich. Der Kaiser hätte Euch nicht erlaubt, ihn auf diesen Feldzug zu begleiten.«

»Ich habe es ihm verschwiegen. Weil ich um seine Sorge wusste. Nur Eunice weiß es. Und jetzt auch du.«

»So viel Ehre für einen Sterbenden. Und woher nehmt Ihr die Gewissheit, dass Ihr nicht wieder eine Tochter gebären werdet?«

»Ich spüre die Kraft, die von dem ungeborenen Kind ausgeht. Die Kraft eines Knaben.«

»Die eines Kaisers, Herrin.« Er stöhnte vor Schmerz auf, ließ sich aber auch durch Theophanus besänftigende Geste nicht am Weitersprechen hindern. »Danke, dass Ihr mir das Geheimnis anvertraut habt. Möge mein Sohn dem Euren ein guter Leibwächter werden.«

»Wer weiß schon, wozu die Menschen bestimmt sind? Mach dir keine Gedanken darüber, es ist jetzt nicht wichtig. Wichtig ist in diesem Augenblick allein deine Seele.«

Luitger nickte schwach. Sein Atem ging nun so schwer, dass Theophanu den Arzt rufen ließ.

Wenige Stunden später war Luitger tot. Und Theophanu wünschte sich, das Wiedersehen mit Eunice, die mit dem kleinen Luitger in Walbeck auf ihre Rückkehr wartete, würde unter einem glücklicheren Stern stattfinden.

Eunice starrte durch die Kaiserin hindurch, als sie vom Tod Luitgers erfuhr. Wie betäubt ging die Zofe dann hinüber zur Wiege ihres schlummernden Sohnes. Sie ließ sich daneben auf einen Hocker sinken und summte die Melodie eines alten byzantinischen Kinderliedes, während sie sanft das Händchen des Säuglings umfasste.

»Luitger sprach von dir, bevor er starb«, sagte Theophanu betroffen. »Er hat dich geliebt, Eunice, und er wünschte sich, er hätte dir das deutlicher zeigen können.«

»Auch ich hab ihn geliebt«, kam es nach einer Weile leise zurück. »Doch nun bin ich Witwe, weil Gott es offenbar so will. Luitgers Tod ist der Preis für …« Sie sprach nicht weiter.

»Der Preis wofür?«, fragte Theophanu verwirrt.

»Ihr werdet endlich den Thronfolger gebären«, lautete Eunices sibyllinische Antwort.

»Eunice! Wie kannst du denken, das eine habe mit dem anderen zu tun?«

Aber Eunice schwieg dazu und summte weiter ihr Kinderlied.

Anfang Mai Anno 980 kam es in Margut-sur-Chiers zur Aussöhnung zwischen dem Kaiser und seinem Vetter Lothar von Frankreich. Die geraubten Reichsinsignien kehrten zurück, der Friede war wiederhergestellt und der unselige Feldzug nach Paris Vergangenheit. Durch den Sieg über Mieszko von Polen und angesichts des Friedensvertrages mit Lothar, der endgültig auf Lothringen verzichtete, war Ottos Autorität, die ihm zeitweise zu entgleiten gedroht hatte, wiederhergestellt.

Immer häufiger sprach er nun davon, nach Italien zu ziehen, wo seit geraumer Zeit ein erbärmliches Geschacher um den Papstthron stattfand und die heimischen Adelsparteien sich blutige Kämpfe lieferten. Auch würde es in Pavia zu einem Wiedersehen mit Adelheid kommen, die zwei Jahre zuvor beleidigt das Feld geräumt hatte. Otto plante, sich mit der Mutter zu versöhnen. Theophanu bestärkte ihn in seinem Vorhaben, denn Adelheids Rückendeckung war unerlässlich für das Kaiserpaar.

Die Aussicht, sich bald in das Land seiner Träume zu begeben, stimmte Otto froh. Selten hatte Theophanu ihn so beschwingt erlebt. Sobald sie das Kind zur Welt gebracht habe, ließ Otto seine Gemahlin wissen, wolle er mit den Vorbereitungen für den Italienzug beginnen. Noch vor dem Winter wolle er die Angelegenheiten dort geklärt wissen.

Das Pfingstfest verbrachte das Kaiserpaar in Aachen. Im Frühsommer machten sie sich auf den Weg nach Nimwegen – in der dortigen Pfalz sollte ihr Kind das Licht der Welt erblicken. Mehr denn je war Theophanu überzeugt, dass es diesmal der ersehnte Thronfolger sein würde, der sich so lebhaft und kraftvoll in ihrem Leib gebärdete.

Als sie Aachen verließen – es war ein trockener, heißer Tag –, deutete noch nichts darauf hin, dass die Wehen bei der Kaiserin vorzeitig einsetzen würden.

10

Seit ihrem letzten Aufenthalt in Nimwegen waren gut drei Jahre vergangen. Unterwegs versuchte Eunice, sich die Anordnung der Pfalzgebäude in Erinnerung zu rufen. Theophanu, die ihr gegenübersaß, erhielt einen Vorschlag nach dem anderen, an welcher Stelle sie die Kapelle zu Ehren des Nikolaus von Myra errichten lassen könnte. Theophanus Versprechen von einst war keineswegs in Vergessenheit geraten, am wenigsten bei Eunice.

Gemächlich rumpelte der kaiserliche Wagen inmitten des Reisezuges durch den Wald, der unendlich schien, aber wenigstens kühlenden Schatten bot. Der kleine Luitger war endlich eingeschlafen, nachdem er vergeblich versucht hatte, den Monolog seiner Mutter zu unterbinden. Zu eifrig war Eunice mit den Planungen eines Kapellenbaues beschäftigt. Schmunzelnd betrachtete Theophanu den schlummernden Knaben, dessen Gesichtchen ahnen ließ, wie er durch aufregende Traumwelten wandelte.

»Nicht mehr lange, und Ihr dürft Euren eigenen Sohn bewundern«, sagte Eunice.

»Wie sehr er seinem Vater ähnelt«, stellte Theophanu fest. Das Bild des sterbenden Luitger kam ihr in den Sinn. Ihr Lächeln verschwand.

Eunice biss sich auf die Lippen. Es war Theophanu aufgefallen, dass sie nur selten über ihren verstorbenen Gemahl sprach. Als ob sie durch ihr Schweigen Luitgers tragisches Schicksal vergessen machen könnte.

»Verzeih mir«, sagte Theophanu.

»Ihr seid bleich«, entgegnete Eunice, ohne auf die Entschuldigung einzugehen.

Sie schwiegen, und eine Weile waren nur das Rumpeln der

Räder und die gedämpften Stimmen der Reiter zu vernehmen. Der Ritt durch die Hitze des Frühsommers machte alle träge.

Eine Welle des Schmerzes, die urplötzlich durch ihren Körper jagte, ließ Theophanu aufstöhnen. »Gott!«, sagte sie mit bebender Stimme.

»Herrin! Was ist mit Euch?« Augenblicklich war Eunice aus ihrer Zurückhaltung gerissen. Besorgt beugte sie sich vor und fächelte der Kaiserin Frischluft zu.

»Ich glaube ... es beginnt!«

»Heiliger Pantaleon! Doch nicht hier! Bis Nimwegen ist es noch ein gutes Stück!«

»Sag das dem Wesen in meinem Bauch.«

Eunice beugte sich heftig winkend aus dem Fenster. »Wo ist der Kaiser?«, schrie sie den nächstbesten Reiter an.

»Warum?«, fragte dieser verdattert.

»Die Kaiserin bekommt ihre Wehen!«

»Jetzt?«

»Hol den Kaiser, du Ochse!«

Bald darauf galoppierte Otto heran, begleitet von einem seiner Hauptleute. Behände sprang Otto von seinem Rappen und stieg in das Gefährt.

»Geliebteste!« Er traute sich kaum, sie anzufassen. »Wir hätten in Aachen bleiben sollen«, lamentierte er.

Theophanu unterdrückte einen weiteren Schmerzlaut. »Unser Sohn hat es eilig. Vermutlich wird er ein sturer Dickkopf.«

Aufgeregt lehnte Otto sich aus dem Fenster und blickte seinen Hauptmann hilfesuchend an. »Wo sind wir? Wo können wir lagern?«

»Es gibt ein Forsthaus, hier ganz in der Nähe«, erklärte der Soldat nach kurzem Überlegen.

»Worauf warten wir noch? Bringen wir sie dorthin!«

Der Zug setzte sich wieder in Bewegung, diesmal war Eile

angesagt. Der Lärm und die Unruhe hatten den kleinen Luitger längst aus dem Schlaf gerissen. Verängstigt schrie er sich die Seele aus dem Leib.

»Still«, zischte die überforderte Eunice ihm immer wieder zu.

»Lass ihn«, sagte Theophanu. »Er will den künftigen Kaiser begrüßen.«

Die Wehen kamen mit nie erlebter Heftigkeit über Theophanu. Eilig brachte man sie zum Forsthaus, von dem der Hauptmann gesprochen hatte. Zu allem Überfluss brach unterwegs die Achse des Wagens, in dem Theophanu saß und vor Schmerzen kaum noch an sich halten konnte. Otto nahm sie auf sein Pferd; wie ein Gehetzter ritt er mit ihr durch den Wald, eskortiert von seinen Rittern. Als sie das Haus erreichten, war die Fruchtblase der Schwangeren längst geplatzt.

Eilig richteten der völlig verdutzte Förster und seine Frau ein Zimmer her. Man bettete die Kaiserin auf ein Lager und ließ nach einer Hebamme schicken, denn im Gefolge der Kaiserin gab es keine, weil nichts auf eine verfrühte Niederkunft hingedeutet hatte. Nervös rannte Otto umher und gab jedem, der ihm begegnete, sinnlose Befehle, bis die mit dem Gefolge eingetroffene Eunice den Mut hatte, ihn vor die Tür zu bitten.

Als die Hebamme eintraf, ein altes Mütterchen aus einem der benachbarten Weiler, presste sich das Köpfchen des Säuglings bereits aus Theophanus Schoß.

»Beiseite!« Die Hebamme vertrieb die aufgeregten Dienerinnen.

Theophanu keuchte.

»Um Himmels willen, so tu doch etwas«, fauchte Eunice die Hebamme an.

»Dazu bin ich gekommen«, lautete die ungerührte Antwort. Sie machte sich an die Arbeit.

Mit einem Mal erlebte Theophanu das Geschehen um sich herum, als sei sie selbst nicht anwesend. Ein gnädiges Geschick ließ sie keine Schmerzen mehr spüren. Sie hörte Stimmen wie aus weiter Ferne.

»Pressen, Mädchen! Fester!«, rief die Hebamme.

»Sie ist die Kaiserin«, sagte Eunice barsch.

»Und dennoch muss sie pressen.«

Wie viel Zeit verging? Immer wieder tupfte Eunice der Gebärenden den Schweiß von der Stirn. Endlich spürte Theophanu, wie das kleine Wesen aus ihr herausglitt.

»Warum schreit der Knabe nicht? Bring ihn zum Schreien!« Eunice klang höchst beunruhigt.

»Es ist kein Knabe«, erwiderte die Hebamme. »Und ich weiß selbst, was zu tun ist.«

Wie durch einen Schleier beobachtete Theophanu die Hebamme, die mit arthritischen Fingern das kleine nackte Bündel an den Füßen hielt und ihm immer wieder Klapse auf den Po versetzte. Aber das Baby schrie nicht.

»Zwecklos«, meinte die Hebamme nach einer Weile. »Ruft einen Priester für die Nottaufe.«

Theophanu fühlte grenzenlose Trauer. Warum, lieber Gott?, dachte sie. Ein Kind von ihrem Blut – tot! Hatten ihre Widersacher recht? War es ein böses Omen, dass sie keinen Sohn gebären konnte?

Merkwürdigerweise kehrte der Schmerz bald zurück. Theophanu unterdrückte einen Aufschrei. Eunice küsste sie zärtlich auf die Wange.

»Ihr habt es überstanden, Herrin.« Die Worte der Zofe sollten Trost sein, aber die Enttäuschung darin war unüberhörbar. Nicht genug, dass die Kaiserin abermals ein Mädchen zur Welt gebracht hatte, es war überdies noch eine Totgeburt!

»Ruht Euch jetzt aus, Herrin. Es ist vorüber!«

»Von wegen«, zischte die Hebamme. »Es geht weiter!«

Eunice sprang auf. »Wie meinst du das?«

»Deine Herrin hat Zwillinge getragen.«

Eine knappe Stunde später erblickte der Thronfolger das Licht der Welt. Sein hohes Geheul hallte durch das Forsthaus. Inzwischen war auch der Kaiser herbeigeeilt und wiegte stolz den Sohn in seinen Armen, während Eunice ihre Herrin wusch. Theophanu wusste nicht, ob sie wachte oder träumte. Alles schien so unwirklich. Nur der Schmerz in ihrem Schoß wies darauf hin, dass dies kein Traum war.

»Meine Geliebteste!« Immer wieder stammelte Otto, befreit von Sorge und Anspannung, diese hilflosen Worte.

»Der Herrgott hatte ein Einsehen«, flüsterte Theophanu ihm zu. Dann schlief sie erschöpft ein.

Hatte Gott sich wirklich erbarmt? Warum hatte er das Mädchen nicht am Leben gelassen? War die unbefleckte Seele des verstorbenen Kindes der Preis für sein Erbarmen? Doch nein, das konnte nicht sein.

»Der Allmächtige ist kein Krämer«, hatte Gero einmal zu Theophanu gesagt. »Er schachert nicht, erst recht nicht mit Seelen!« Vor vier Jahren war ihr Mentor gestorben; nun sah er aus der Ewigkeit zu ihr herab. Welche Antworten hätte er ihr wohl auf ihre Fragen gegeben?

Theophanu träumte merkwürdige Dinge. Träumte von ihrer fernen Heimat, von ihren Eltern, von ihren Töchtern. Und plötzlich wachte sie auf, weil sie deutlich spürte, dass jemand sie beobachtete.

Vor ihrem Bett stand ein etwa sechsjähriges Mädchen mit rötlichen, struppigen Haaren und einem sommersprossigen Gesicht. In ihren Armen hielt sie einen Säugling. Theophanu und das Mädchen blickten einander in die Augen. Theophanu lächelte ihr zu.

»Bist du ein kleiner Engel?«

»Ich heiße Jutta«, erklärte das Mädchen verzückt.

»Wen … trägst du da in deinen Armen, Jutta?«

»Ach, es ist nur ein Säugling.«

»Ist es mein Junge?«

»Nein, ein Mädchen ist's.«

Ein Mädchen? War es möglich, dass sie den Tod ihrer Tochter nur geträumt hatte?

»So hat sie also doch überlebt? Ach, hab Dank, mein kleiner Engel.«

Das Mädchen, das Jutta hieß, schwieg. Irgendwie wirkte es verwirrt, fragte aber dann: »Wie heißt Eure Tochter?«

»Sie soll auf den Namen Irene getauft werden.« Theophanu tastete nach der Silberspange in ihren Haaren, löste sie, hielt sie der Kleinen entgegen. »Das soll sie später daran erinnern, wie glücklich ich war, dass Gott sie am Leben ließ.«

»Nein, das … das geht doch nicht«, sagte das Mädchen kopfschüttelnd.

»Bitte, nimm sie.«

Theophanu schlief wieder ein, nachdem das Mädchen die Spange an sich genommen hatte.

Als sie wieder erwachte, war das Mädchen verschwunden. Eunice saß neben ihrem Bett, auf ihrem Schoß der kleine Luitger. Theophanu bat die Zofe, ihr die Zwillinge zu bringen.

»Der Junge schläft, Herrin«, entgegnete Eunice beklommen. »Es geht ihm gut, seid unbesorgt. Auch ihr solltet noch ruhen, denn Ihr habt Fieber.«

»Das Mädchen …«

»Grämt Euch nicht länger. Es erhielt die Nottaufe und darf bereits Gottes Antlitz schauen.«

»Nein, sie lebt. Irene – ich habe sie selbst gesehen.«

»Es war sicher nur ein Fiebertraum, Herrin. Schlaft!«

Ein Traum? Theophanu tastete nach ihrer Silberspange.

Sie war fort. Nein, kein Traum, dachte sie erleichtert. Eunice musste sich irren.

Zum Glück wich das Fieber bald. Theophanu musste einsehen, dass sie tatsächlich nur geträumt haben musste. Jutta, das fremde Mädchen, und die kleine Irene waren nur ein Trugbild gewesen. Nur eine hämische Vision, entfacht durch die Gehässigkeit des Teufels.

Seltsamerweise blieb der Traum in Theophanus Erinnerung fest bestehen. Und die silberne Haarspange blieb verschwunden.

*

In jener Nacht fällte Jutta die Entscheidung, auf keinen Fall das Leben einer Bäuerin zu führen, wenn sie einmal erwachsen wäre. Zwar waren ihr solcherlei Gedanken schon oft durch den Kopf gegangen, doch nun, da sie von der Kaiserin, von der sagenumwobenen Theophanu beschenkt worden war, stand ihr Entschluss felsenfest. Sie würde alles dafür tun, um in das Gefolge der schönen Frau aufgenommen zu werden. Auf keinen Fall würde sie im Dreck der Äcker arbeiten oder stinkendes Vieh versorgen. Nein, sie würde angenehme Tätigkeiten verrichten, die Kaiserin kleiden, ihr die Haut mit duftenden Ölen einreiben, ihr die glänzenden Haare kämmen und bei allem selbst hübsche Kleider tragen, denn auch die kaiserlichen Dienerinnen glichen edlen Damen. Nie wieder würde sie hungern, nie wieder etwas entbehren müssen. Im Gefolge der Kaiserin brauchte sie sich keine Sorgen mehr zu machen. Eines Tages würde sie das elterliche Haus also einfach verlassen und nie zurückkehren, würde sie sich auf den Weg machen, um die Kaiserin zu suchen.

Das Reich war groß, dessen war Jutta sich bewusst, und sie würde weite Strecken wandern müssen, um die Kaiserin zu finden, aber das würde sie klaglos auf sich nehmen. Immerhin besaß sie zwei Reichtümer – einen Denar und eine Spange aus Silber. Sie würde nicht mittellos in die Welt ziehen. Niemand wusste von dem Schatz unter ihrer Strohmatte. Mühsam hatte sie den ledernen Beutel, eingewickelt in einen alten Lappen, im Lehmboden vergraben. Der Vater hatte ihr Tun nicht bemerkt; zu versunken war er in seine Gedanken.

Auch Jutta vermisste die Mutter sehr, aber Vater wirkte regelrecht hilflos ohne sie. Aus diesem Grund hielt Jutta es für angebracht, die Wiege des Babys neben ihrem Lager zu platzieren. Vorhin war Wirichs Amme da gewesen und hatte das Kind gesäugt, jetzt verbrachte es die zweite Nacht seines Lebens friedlich schlummernd neben der nachsinnenden Schwester, gebettet auf Lupus' warmem Bärenfell.

»Wenn du brav bist, Magda, und mir nicht auf die Nerven fällst«, flüsterte Jutta dem Säugling zu, »dann nehme ich dich mit zur Kaiserin.«

Ein wenig Mitleid mit dem Vater stieg in ihr hoch. Wenn auch noch seine beiden Töchter ihn eines Tages verließen, was blieb ihm noch? Jutta schob den Gedanken beiseite, ein schlechtes Gewissen konnte sie nicht gebrauchen. Außerdem dauerte es noch lange bis dahin. Es war sinnlos, sich jetzt schon den Kopf über den Vater zu zermartern.

Auch Helmprecht lag noch wach; manchmal vernahm Jutta seine verhaltenen Stoßseufzer. Draußen schrie ein Nachtvogel. Jutta glaubte zudem, in weiter Ferne das Heulen eines Wolfes zu vernehmen. Irgendwann fiel sie, ihrer Gedankenflut zum Trotz, in einen sanften Schlaf.

Das nächtliche Wolfsgeheul war keinesfalls Juttas Fantasie entsprungen, das zeigte sich am nächsten Tag. Lupus, der Wolfsjäger, erschien auf dem Hof. Über seinen Schultern hingen die Felle von drei erlegten Wölfen. Seit mehr als einem

Jahr hatte er sich nicht mehr blicken lassen. Betroffen vernahm er die Nachricht von Hroswithas Tod.

Jutta mochte den kleinen, redefreudigen Mann, denn er schenkte ihr stets Beachtung. Heute brachte er ihr sogar ein Geschenk mit, einen Wolfszahn an einer Lederschnur, den er ihr mit großmütiger Geste um den Hals hängte.

»Wird dir Glück bringen, meine Kleine«, erklärte er augenzwinkernd. Vermutlich glaubte Lupus, ihr etwas besonders Kostbares zu schenken. Er konnte ja nicht ahnen, dass sie wertvollere Schätze besaß als einen alten, vergilbten Wolfszahn.

Helmprecht nahm sich Zeit für den alten Freund, führte ihn in den Schatten der Kate. Jutta lauschte dem Gespräch der Männer, während sie ihrer Schwester die Windel wechselte.

»Jedenfalls wirst du nicht umhinkommen, wieder zu heiraten«, verkündete Lupus ernst. Zu Juttas Missfallen nickte der Vater versonnen.

»Gut«, sagte Lupus, als sei es seine Aufgabe, die Planungen für Helmprechts Zukunft zu übernehmen. »Und wie ich hörte, ist der gute Grifo neulich beim Holzfällen nicht vorsichtig genug gewesen.«

Helmprecht nickte abermals.

»Unter uns, Helmprecht, Grifo war schon immer ein unvorsichtiger Trottel.«

»Möglich.« Helmprecht zuckte mit den Schultern und betrachtete seine Füße.

»Sag mal, du und Ursel ... Ihr hattet doch früher schon mal ein Techtelmechtel, nicht wahr?«

»Psst«, machte Helmprecht verlegen, mit dem Kinn auf Jutta deutend.

»Oh, verzeih. Jedenfalls scheint es mir der Wille des lieben Gottes zu sein, dass du sie zu deiner Frau machst. Zuerst Grifo, dann Hroswitha – eindeutiger kann ein Zeichen des Himmels nicht sein, findest du nicht?«

Helmprecht schwieg.

»Versteh mich nicht falsch, deine Hroswitha war ein gutes Weib, ich mochte sie wirklich gut leiden. Aber sie wird nun mal nicht mehr lebendig.«

»Nein, das wird sie nicht.«

»Also, du und Ursel …«

»Nein!«, rief Jutta, die nicht länger an sich halten konnte.

»Oho. Kann es sein, dass du keine neue Mama willst?«, sagte Lupus mit einem nachsichtigen Lächeln.

Den Gedanken, den unsäglichen Brun zum Stiefbruder zu bekommen, hatte Jutta schon wieder beiseitegeschoben, nachdem der Vater sich tags zuvor nur unbestimmt dazu geäußert hatte. Aber jetzt wurde diese Möglichkeit zu ihrem Entsetzen mit großer Ernsthaftigkeit erneut erwogen.

»Ich will das nicht!«

»Aber du brauchst doch eine Mutter, meine Kleine«, versuchte der Wolfsjäger sie zu beschwichtigen. »Und deine Schwester, denk doch mal an die! Sie ist gerade mal zwei Tage alt.«

»Ich will es nicht!«, beharrte Jutta, ohne die Begründung zur Kenntnis zu nehmen.

»Sei still!«, mahnte sie Helmprecht mit müder Strenge. »Kümmere dich um das Baby! Und fall uns bloß nicht mehr ins Wort.«

Jutta hätte schreien und um sich schlagen können vor Wut. Ihr Vater und Bruns Mutter würden heiraten, so viel stand fest. Es gab nichts, was sie dagegen tun konnte.

*

Otto entsandte einen Eilkurier mit einem Brief nach Pavia, um seiner Mutter die Geburt des lang ersehnten Thronfolgers anzuzeigen. Zugleich kündigte er ihr sein Kommen an, da die

Wirren um den päpstlichen Stuhl seine Anwesenheit in Italien erforderten. Darüber hinaus sei es sein sehnlichster Wunsch, sich mit der geliebten Mutter zu versöhnen, ließ er sie wissen. Auch wolle er ihr voller Stolz ihren prächtigen Enkelsohn in die Arme legen, damit sie ihn an ihr großmütterliches Herz drücken könne.

Drei Monate später erhielt das Kaiserpaar in Trebur Adelheids Antwortschreiben. Ihre Worte waren durchaus warmherzig und verzichteten auf jedwede Klage. Ihre Gebete für den Familienfrieden und für die Geburt eines Enkelsohnes seien erhört worden, erklärte sie freudig. Sie wolle dem Allmächtigen ihre Dankbarkeit kundtun, indem sie Schenkungen an die Kirche mache und künftig noch mehr Zeit im stillen Gebet verbringe. Allerdings sei es nicht vonnöten, ließ sie den Sohn dann wissen, dass er mit Frau und Sohn den mühseligen Weg nach Italien auf sich nehme. Gegenseitige Vergebung bedürfe für gute Christenmenschen nicht der Zusammenkunft. Auch sei sie davon überzeugt, dass der leidige Streit um den Papstthron sich durch den kaiserlichen Statthalter beilegen lasse. Sie selbst wolle alles in ihrer Macht stehende tun, um diese Angelegenheit im Sinne des Kaiserhauses zu regeln. Am Ende klang es fast wie ein Flehen, als sie ihn abermals bat, den Weg über das Alpengebirge zu scheuen und im Kernland des Reiches zu verbleiben, wo seine Präsenz nicht minder notwendig sei.

Nachdem Otto seiner Gemahlin das Schreiben der Mutter vorgelesen hatte, ließ er das Pergament entgeistert auf seine Knie sinken.

»Sie will nicht, dass wir nach Italien kommen? Was bezweckt sie damit? Wie stellt sie sich das vor? Und weshalb lässt sie mich drei Monate auf ihre Antwort warten? Hätte sie nicht einen Eilboten schicken können?« Er schluckte und schüttelte fassungslos den Kopf. »Warum will sie den eigenen Sohn von sich fernhalten? Aus Machtgier?«

»Du weißt selbst, dass es nicht Machtgier ist«, entgegnete Theophanu nachdenklich. »Persönliche Macht war ihr niemals wichtig, sondern allein das Wohl der kaiserlichen Familie. Außerdem wird sie von Jahr zu Jahr frömmer. Weltliche Dinge, so scheint mir, sind ihr zunehmend ein Gräuel.«

Otto dachte über ihre Worte nach und nickte dann zaghaft, doch seine Frage blieb bestehen. »Warum nur dieser merkwürdige Rat?«

Auch Theophanu wusste keine Antwort darauf. Aber da Ottos Verstörtheit sie bewegte, nahm sie seine Hand und sagte: »Vermutlich ist es nur die Angst einer sich sorgenden Mutter.«

11

Pavia, Anfang Dezember 980

Wie kann sie uns so lange warten lassen?«

Der Kaiser zähmte seine Stimme, doch sein Ärger war offensichtlich. Seit mehr als einer Stunde weilten sie im Königspalast, hatten die Witwe Ottos des Großen aber noch nicht zu Gesicht bekommen. Sie bete in der Kapelle, ließ Adelheids Verwalter das junge Kaiserpaar wissen. Sobald sie ihre Gebete verrichtet habe, werde sie die Angereisten gebührend empfangen.

»So richtet Ihr aus, dass wir eingetroffen sind!«, befahl Otto dem Verwalter. Der neigte ergeben das Haupt.

»Sie weiß es bereits, mein Kaiser. Sowie sie es erfuhr, suchte sie die Kapelle auf.«

Otto lehnte es ab, sich von der Dienerschaft in die Gemächer führen zu lassen, sondern bestand darauf, im Vorraum der Kapelle auf die Mutter zu warten. Dort war es empfindlich kühl, der nahende Winter verschonte auch Pavia nicht. Unruhig ging Otto auf und ab. Theophanu, den schlafenden Säugling in ihren Armen, hatte auf einer steinernen Bank in einer Mauernische Platz genommen.

»Meine Mutter wird wohl nur ein kurzes Gebet sprechen wollen.«

Er hatte sich getäuscht. Seit fast einer Stunde warteten sie nun auf die Betende, und Otto wurde zunehmend ungeduldiger. Theophanu versuchte, den Gatten zu beruhigen.

»Lass sie. Es ist ihr wichtig, sich beim Herrn für unsere unversehrte Ankunft zu bedanken.«

»Mir kommt es dennoch seltsam vor. Schreit ihr Herz nicht danach, ihren Sohn zu sehen, der danach schmachtet, sich mit ihr zu versöhnen? Dem Himmel danken kann sie immer noch.«

»Sie will, dass ihr Herz rein ist, wenn ihr euch umarmt.«

Otto war so nervös, dass er ihre Worte kaum zur Kenntnis nahm. »Zuerst will sie uns davon abbringen, überhaupt zu kommen. Und jetzt diese Ungastlichkeit.«

»Sei nachsichtig mit ihr.«

»Und ihr Enkelsohn – brennt sie nicht ungeduldig darauf, ihn endlich zu herzen? Nachdem wir sieben Jahre auf seine Geburt warten mussten?«

Sieben Jahre! Theophanu dachte zurück an ihre erste Ankunft in Italien. War es möglich, dass seitdem erst sieben Jahre vergangen waren? Ihr kam es vor, als sei das vor Ewigkeiten gewesen. In ihrer Erinnerung sah sie sich als halbwüchsiges Mädchen, das in eine neue fremde Welt kam. Vier Kindern hatte sie seitdem das Leben geschenkt. Und die Welt, die sie einst verlassen hatte, war nur noch ein ferner Ort, den sie niemals wiedersehen würde.

»Sieben Jahre«, murmelte sie in griechischer Sprache zu sich selbst.

Otto rieb sich die Stirn und starrte hinüber zur Tür, die in die Kapelle führte. Sollte er kurzerhand hineingehen? Dann aber besann er sich und setzte sich neben Theophanu, betrachtete versonnen seinen Sohn in ihren Armen.

»Ich werde mich fortan als *Imperator Augustus Romanorum* bezeichnen lassen«, erklärte er mit leiser Stimme. Überrascht sah Theophanu ihn an. Kaiser der *Römer!* Selbst Ottos Vater hatte es vermieden, diesen Titel zu führen, um weder Römer noch Griechen zu reizen.

»Das wird dir neue Gegner einbringen«, entgegnete sie, ohne dass es wie ein Vorwurf klang.

Mit dem Kinn deutete Otto auf seinen Sohn. »Er soll einst über ein erneuertes Römerreich herrschen, in dem alle Völker glücklich sind.«

»Das Glück, mein Sohn, ist wie ein Blatt im Wind!« Adelheid hatte sich den beiden unbemerkt genähert. »Das Reich der Cäsaren lässt sich nicht wiederbeleben. Zudem waren es Heiden, die es in den ersten Jahrhunderten beherrschten.«

»Mutter!«

Otto sprang auf, blieb jedoch stehen, als traue er sich nicht, ihr mit freudigem Ungestüm entgegenzutreten. Auch Theophanu erhob sich, doch sie tat es bedächtig, um den Säugling in ihren Armen nicht zu wecken. Adelheid grüßte die Schwiegertochter mit einem knappen Nicken und heftete ihren Blick auf das eingewickelte Bündel. Dadurch hatte Theophanu Gelegenheit, sie näher zu betrachten. Das Netz von Fältchen um ihre Augen war dichter geworden, das von einem Schleier umrahmte Gesicht schmaler; gleichwohl war sie immer noch von unübersehbarer Schönheit. Sie trug ein langes Kleid, das eher einem Nonnengewand glich, wäre es nicht von himmelblauer Farbe gewesen. Für einen Moment wurden ihre Augen groß und strahlend, während sie den Säugling musterte.

»Er gleicht seinem Großvater«, verkündete sie stolz.

Schließlich richtete sich ihre Aufmerksamkeit auf Otto, dem die Erregung ins gerötete Gesicht geschrieben stand. Immer noch schien er unschlüssig, wie er sich verhalten sollte, obgleich er der Begegnung wochenlang entgegengefiebert hatte. Theophanu bemerkte, dass seine Augen feucht geworden waren, und auch der Blick der Mutter wirkte verwässert. Sie machte es dem Sohn einfach, indem sie einladend die Arme ausbreitete. Otto zögerte nicht länger, trat auf sie zu und drückte sie fest an sich. Dann fiel er vor ihr auf die Knie, ergriff ihre Hände und küsste sie immer wieder.

»Vergib mir, Mutter, wenn ich dir nicht die gebührende Achtung entgegenbrachte, wie es sich für einen guten Sohn geziemt«, sagte er mit brüchiger Stimme.

»Vergib mir, mein Sohn«, entgegnete Adelheid in gleicher Weise, »wenn ich dich allzu sehr und viel zu oft bevormundete.«

Dabei hatte sie ihm erst vor wenigen Augenblicken kundgetan, wie töricht die Idee eines erneuerten Römerreiches doch war, schoss es Theophanu durch den Kopf.

»Ich bitte dich, erhebe dich vor mir, mein lieber Sohn.«

Otto tat es und nahm sie erneut in seine Arme. Mutter und Sohn verharrten für eine Weile gleich einer Skulptur, nur das leichte Zittern ihrer Leiber wies sie als Wesen aus Fleisch und Blut aus. Theophanu fühlte sich wieder wie die Fremde, die sie einst gewesen war und wohl immer sein würde. Der Anblick von Mutter und Sohn, die sich versöhnten, gab ihr das Gefühl, die Schuldige an deren Zerwürfnis zu sein. Sie hatte – das ließ sich nicht leugnen – ihren Gemahl oft genug ermuntert, sich von der Bevormundung der Mutter zu lösen und eigene Entscheidungen zu treffen. Otto war ihrem Rat gefolgt, anfangs zögerlich, später selbstverständlich und aus eigenem Antrieb. Irgendwann war es so weit gekommen, dass er grundsätzlich ablehnte, was Adelheid befürwortete.

Wie eine Verstoßene kam Theophanu sich vor, während Mutter und Sohn sich aussöhnten. Genug jetzt, hör damit auf, es ist lächerlich!, hätte sie Otto am liebsten zugerufen; zugleich aber war sie sich ihrer sündhaften Eifersucht bewusst. Scham empfand sie deswegen nicht.

Endlich, unter weiteren Beteuerungen gegenseitiger Hochachtung, lösten sich Otto und Adelheid voneinander. Otto wischte sich eine Träne aus dem Gesicht. Adelheid sah ihre Schwiegertochter an.

»Wie ich sehe, bevorzugt Ihr immer noch griechische Kleidung, Theophanu.«

Bevor Theophanu antworten konnte, war es Otto, der das Wort ergriff. »Ich könnte sie tagein, tagaus nur anschauen, Mutter. Wird sie nicht immer schöner?«

Immerhin nahmen seine Worte etwas von dem unseligen Groll, den sie gegen ihren Gemahl hegte.

»In der Tat«, entgegnete Adelheid, »sie ist so schön, dass es beinahe schmerzt, sie anzusehen.«

Es blinzelte kein Hohn in den Augen der Kaiserwitwe, auch klang ihre Behauptung keineswegs wie Spott, sodass Theophanu beschloss, nicht kleinherzig zu sein und Adelheids Worte als Kompliment hinzunehmen. In diesem Moment schlug der kleine Otto die Äuglein auf und begann zu weinen. Seine Großmutter trat näher. Theophanu reichte ihr das schreiende Bündel. Wie eine Friedensvereinbarung war diese Geste.

»Dem Herrn sei Dank!«, sagte Adelheid. Mit trällernden Lauten versuchte sie, das Kind zu beruhigen. »Er hat Hunger«, meinte sie schließlich und übergab ihn dem Sohn, der fordernd die Arme nach ihm ausstreckte. Stolz stämmte er den kleinen Schreihals in die Höhe und sah zu ihm auf.

»Schon gut, schon gut, ich bringe dich zu deiner Amme, mein hungriger Imperator ... Entschuldigt mich«, sagte er zu den beiden Frauen, bevor er mit dem Kind den Raum verließ.

Theophanu suchte fieberhaft nach Worten, um kein peinliches Schweigen zwischen ihr und Adelheid entstehen zu lassen. Die Kaiserwitwe kam ihr zuvor.

»Kommt heute gleich nach dem Vespergebet in mein Gemach. Ich muss mit Euch reden, Schwiegertochter. Bitte!«

Ihre Stimme war ein geheimnisvolles Flüstern, beinahe klang sie verängstigt. Theophanu blickte forschend in ihre Augen und nickte.

Mit wehendem Gewand schritt Adelheid davon.

»Hütet Euch vor dieser Schlange«, hatte Eunice ihr mit auf den Weg gegeben. »Sie ist Euch nicht wohlgesinnt. Warum sollte sich daran etwas geändert haben?«

»Mäßige dich«, hatte Theophanu der Dienerin mit ungewohnter Strenge befohlen. »Sie war eine große Kaiserin – und ist es immer noch.«

Nun saß sie der Schwiegermutter auf einem einfachen Holzstuhl gegenüber. Adelheids Gemach war ohne jeden Prunk, nicht einmal Wandbehänge sorgten für Behaglichkeit. Ein großes Kreuz aus Eichenbalken prangte an der Stirnseite des Raumes, und Theophanu dachte bei sich, dass er sich nicht allzu sehr von der Kammer einer Klosterfrau unterschied. Immerhin glomm etwas Kohle in einem Becken, aber Theophanu vermutete, dass dieses nur selten verwendet wurde, denn die weiß gekalkten Wände wirkten ausgekühlt und ein feuchtmodriger Geruch hing in der Luft. Auf einem einfachen Holztisch standen eine Karaffe und zwei kelchförmige Gläser – zweifellos die wertvollsten Objekte in Adelheids kargem Quartier. Adelheids Leibdienerin, herbeigewinkt von ihrer Herrin, schickte sich an, die beiden Gläser zu füllen.

»Es ist Wasser«, erklärte Adelheid ihrer Schwiegertochter. »Wenn Ihr aber lieber Wein möchtet ...«

Theophanu nickte. »Ja. Ein Schluck Wein wäre mir sehr genehm.«

Ihr war nicht wirklich nach Wein zumute. Doch Adelheid sollte erkennen, dass sie nach wie vor ihren eigenen Willen besaß und nicht beabsichtigte, sich etwas aufzwingen zu lassen. Vermutlich war es albern, dies an einem Glas Wein festzumachen, doch wenn Adelheid das Bedürfnis nach Askese verspürte, musste man ihr darin keineswegs nacheifern.

Adelheid kommentierte ihren Wunsch nicht und gab ihrer Dienerin ein Zeichen. Diese verließ den Raum, um den Wein zu besorgen. In der Zwischenzeit erkundigte Adelheid sich interessiert nach ihren Enkeltöchtern.

»Die kleine Adelheid ist ein ruhiges und zurückhaltendes Kind«, erzählte Theophanu und blickte versonnen in die Ferne. »Sophia dagegen ist lebhaft, mitunter auch störrisch. Und die kleine Mathilde kann sich offenbar noch nicht entscheiden, welches Temperament sie annehmen will.«

»Ihr vermisst die Mädchen, nicht wahr?«

»Ich wünschte, sie könnten immer bei mir sein.«

Adelheid nickte ernst. »Ich weiß genau, was Ihr fühlt.«

Theophanu war auf der Hut, wollte sich keineswegs einlullen lassen. Adelheid hatte sie bestimmt nicht hergebeten, um mit ihr über ihre Töchter zu plaudern. Sie hatte lange überlegt, was der Grund für Adelheids Gesprächswunsch unter vier Augen sein mochte. Womöglich der, dass Johannes Philagathos, ein griechischer Geistlicher, zum Kanzler von Italien erkoren worden war? Seine Einsetzung trug zweifellos Theophanus Handschrift, denn sie schätzte ihn sehr. Vermutlich fühlte Adelheid sich schlichtweg hintergangen, da man sie in einer italischen Angelegenheit nicht um ihre Meinung gefragt hatte? Theophanu war nicht bereit, sich Vorwürfe anzuhören und hatte bereits eine leidenschaftliche Rechtfertigung für die Berufung des Johannes Philagathos ersonnen, um Adelheid zu verdeutlichen, dass eine neue Zeit angebrochen war.

Die Dienerin brachte den Wein und zog sich auf Adelheids Zeichen hin still und leise zurück. Theophanu nippte an ihrem Glas und war froh, dass der Wein verdünnt war. Adelheid betrachtete, nervös beinahe, ihre eigenen Hände. Theophanu fühlte sich gewappnet.

»Sagt mir, was Euch auf dem Herzen liegt, werte Schwiegermutter.« Es war nicht schicklich von ihr, solches zu sagen, aber Adelheid schien es nicht zu missbilligen. Erneut sah Theophanu Furcht in ihren Augen flimmern. Adelheid atmete tief.

»Der Abt von Cluny«, hob sie endlich an, »ich stehe in regem Briefkontakt mit diesem heiligen Mann!«

Theophanu nickte aufmerksam. Natürlich war es ihr nicht unbekannt, dass Adelheid die kluniazensische Reformbewegung der dortigen Benediktiner guthieß und sie unterstützte, wo sie nur konnte. Zu viele Missstände gab es in der römischen Kirche – daher wäre es ungerecht, Adelheids Sympathie für Cluny als religiösen Übereifer zu bezeichnen.

»Der Herrgott«, fuhr Adelheid mit einem unterdrückten Seufzer fort, »hat dem Abt Majolus die Fähigkeit verliehen, manche Geschehnisse vorauszusehen.« Langsam zog sie ein Stück Pergament aus einer Gewandfalte hervor. »Als ich ihm freudig schrieb, dass mein Sohn, der Kaiser, nach Italien und auch zu mir nach Pavia kommen wolle, um mit mir Versöhnung zu feiern, antwortete er mir auf folgende Weise.«

Sie entrollte das Pergament und begann mit zittriger Stimme zu lesen: »Es sei mit Gewissheit verkündet: Geht der Kaiser nach Rom, wohin er ja zu gehen trachtet, sieht er das Land seiner Geburt nie wieder. Er wird in Rom sein Grab finden.« Sie ließ die Schriftrolle sinken und mied Theophanus Blick.

Die Worte waren auf Latein verfasst, aber die junge Kaiserin verstand sie gut genug, um augenblicklich zu erbleichen. Dennoch bemühte sie sich um Fassung.

»Niemand kann den Tod eines Menschen vorhersagen – auch Abt Majolus nicht.«

»Niemand«, pflichtete Adelheid ihr tonlos bei. »Außer es handelt sich um geheiligte, von Gott gesegnete Menschen. Majolus ist ein solcher Mensch.«

Liebend gern hätte Theophanu ihr abermals widersprochen, doch ihr Mund war vor Beklemmung wie versiegelt. Nun verstand sie, warum Adelheid dem Sohn von einem Italienzug abgeraten hatte. Warum ihr Antwortschreiben drei Monate auf sich hatte warten lassen. Warum Adelheid von einer solch bleiernen Schwermut befallen schien.

»Könnt Ihr ihn zur Rückkehr bewegen, meine Schwiegertochter?«, fragte sie leise.

Theophanu schluckte mühsam. »In Rom gibt es Wirren«, stammelte sie. »Der Papst …«

»Ich weiß selbst um die Zustände in Rom. Werdet Ihr es dennoch versuchen?« Es war keine Bitte, es war ein Flehen.

Theophanu nickte zaghaft.

»Wir beide werden noch eine Zeit lang miteinander auskommen müssen«, sagte Adelheid. Wieder klang es wie eine Prophezeiung.

Theophanu blieb stumm. Adelheids Furcht war wie eine ansteckende Seuche. Erst hinterher, als Theophanu das Gemach verlassen hatte, vermochte sie wieder klar zu denken. War es frömmelnder Irrsinn, der von Adelheid zunehmend Besitz ergriff? Hatte Abt Majolus, dieser ehrfürchtige Mönch aus Cluny, sie vielleicht auf eine verwunderliche Probe gestellt? Oder war der fromme Mann vielleicht selbst nicht Herr seiner Sinne? Warum schenkte Gott Otto nicht selbst eine Vision?

Wie auch immer, sie hatte Adelheid zugesagt, mit Otto über Majolus' Gesicht zu sprechen. Abends, sie lagen im Bett und Otto schlang einen Arm um sie, kam sie ihrer Verpflichtung nach.

»Nun weiß ich, warum deine Mutter sich so merkwürdig verhielt, nachdem du ihr unser Kommen vermeldet hattest.«

Mit umwölkter Stirn lauschte er ihrem Bericht. Sie bemühte sich um Sachlichkeit. Am Ende lachte Otto bitter.

»Das sieht ihr ähnlich. Ich soll wegen der Vision eines angeblichen Heiligen Italien den Rücken kehren? Ich soll fliehen vor all den Problemen, die sich hier auftürmen? Niemand würde mir künftig Respekt zollen. Wie soll ich jemals Größe und Autorität erlangen, wenn ich mich vor fragwürdigen Traumgesichten fürchte? Italien verlassen – den Teufel werde ich tun. Ich fange gerade erst richtig an …«

Nur zu gut wusste Theophanu, was in ihm vorging. Er hatte nicht vor, sein ganzes Leben im Schatten des großen Vaters zu stehen, wollte endlich selbst große Taten vollbringen. Doch kaum hatte er sich mit der Mutter ausgesöhnt, versuchte sie erneut, ihm ihren Willen aufzuzwingen. Mit einem Mal war er wieder gegen sie aufgebracht, als habe die Versöhnung niemals stattgefunden.

»Als mein Vater gegen die Ungarn zog«, fuhr er verdrießlich fort, »da glaubten viele Edle, ihm davon abraten zu müssen. Was, wenn er auf sie gehört hätte?«

»Er vertraute Gott, nicht seinen Zuflüsterern«, sagte Theophanu, um ihm kundzutun, dass sie auf seiner Seite stand.

»Sag mir, Geliebteste: Wäre es nicht töricht, den Dingen in Rom ihren freien Lauf zu lassen? Wäre es nicht das Ende des Reiches hier im Süden? Das Ende des Reiches überhaupt? Und das Vermächtnis meines Vaters – würde ich es nicht mit Füßen treten, wenn ich mich wie ein Feigling verhielte?«

»Es wäre vermutlich das Ende deiner Träume.«

»*Deiner* Träume? Und was ist mit dir, Theophanu? Bist du nicht meine Kaiserin?«

»Ich bin es und werde es immer sein.«

In der Nacht träumte Theophanu schlecht. Das Gerede von Tod aufgrund der düsteren Prophezeiung des Majolus hinterließ Spuren in ihrem Gemüt, auch wenn sie sich immer wieder zur Vernunft rief. Erneut durchlebte sie die Geburt ihrer Zwillinge in jenem abgelegenen Jagdhaus. Diesmal überlebte auch das Mädchen. Es war ein Traum, der ständig wiederkehrte, aber jedes Mal nahm er ein anderes Ende.

Theophanu war außer sich vor Glück. Irene – ihr Tod war bloß ein Irrtum gewesen. Selig ließ sie sich die beiden Säuglinge von den Ammen in die Arme legen. Doch urplötzlich wuchs ein schwarzer Dämon aus dem Erdboden und entriss ihr das Mädchen unter grausamem Hohngelächter.

»Gib sie mir zurück!«, schrie Theophanu mit dem Zorn der Verzweiflung.

Der Schwarze aber löste sich mit dem Kind in Luft auf.

»Irene!« Theophanu wollte sich ungestüm erheben, aber eine vertraute Hand hielt sie mit sanfter Gewalt zurück.

Sie schlug die Augen auf. Ihr Herz klopfte so laut, dass sie es hören konnte. Um sie herum war es dunkel. Nur die schemenhafte Gestalt ihres Gemahls erkannte sie, hörte seine besänftigende Stimme. Sie habe nur einen schlechten Traum gehabt, beschied er ihr und küsste ihre schweißnasse Stirn.

12

Otto war frohen Mutes und voller Tatendrang. Rasch verflog sein Missmut gegen die Mutter. Er weilte im Land seiner Träume, im Zentrum eines Imperiums, das er erst noch festigen musste. Ein Reich des Friedens schwebte ihm vor, in dem jeder in Glück und Zufriedenheit lebte, ein himmlisches Jerusalem auf Erden, von Gott mit Wohlgefallen betrachtet. Als neuer Cäsar würde Otto seine Untertanen in eine neue Zeit führen, die sein Vater und sein Großvater bereits eingeläutet hatten.

Möglich, dass weitere Kriege geführt werden mussten, bevor das Heil über die Menschen kommen konnte. Dann aber war zumindest ein Stück des Paradieses, das Adam und Eva einst verwirkt hatten, wiederhergestellt. Doch anders als die unwissenden ersten Menschen, würden die Menschen in Ottos Reich wissend sein, erschien es dem Kaiser doch unverzeihlich, wenn jemand nicht nach Bücherwissen strebte. Seinem Sohn wollte er ein Reich hinterlassen, in dem jeder, der es wünschte, ein Weiser sein konnte.

Manchmal, wenn er Theophanu mit leuchtenden Augen von seiner Vision erzählte, erschrak sie im Stillen über seinen heiligen Eifer. Zugleich bewunderte sie aber auch sein Bestreben, eine bessere Welt zu schaffen. Das Land im Süden schien ihn zu berauschen. Vergessen waren mit einem Mal die Händel mit den deutschen Fürsten und die erlittenen Demütigungen, die ihm immer wieder vor Augen geführt hatten, wie hilflos selbst ein Kaiser sein konnte.

Italien gab Otto Kraft, als sei er dafür geboren worden, das Land zum Mittelpunkt eines neuen Reiches zu machen. Unerheblich war es dabei zunächst, ob der welsche Adel, all die streitenden Parteien und Sippen dies von ihm verlangten, denn mitunter musste die Menschheit zu ihrem Glück genötigt werden. Oft sprach Otto von der Berufung, die er verspürte. So wie auch sein Vater einst berufen gewesen sei, die heidnischen Magyaren für immer zu vertreiben.

Von Pavia aus zogen die Italienfahrer, begleitet von Adelheid, weiter nach Ravenna, wo man die Weihnachtstage verbrachte. Trotz der ungeklärten Papstfrage in Rom legte der Kaiser keine Eile an den Tag. Grund hierfür war die Anwesenheit zweier Philosophen: Sein sächsischer Landsmann und Hofkapellan Ohtrich und der Aquitaner Gerbert von Aurillac verbrachten den Winter in Ravenna. Otto, nun wieder ganz *homo literatus*, lud die berühmten Gelehrten zu sich ein, lauschte fasziniert deren Wortgefechten. Stundenlang konnten die beiden Männer über die Einteilung der Wissenschaften streiten, und Otto fand Vergnügen daran, den Vorsitz über die Disputationen zu führen. Anders als andere Anwesende – der Bischof Dietrich von Metz gähnte mehrmals herzhaft, als Ohtrich seine Sicht der Dinge vortrug –, verlor Otto nie das Interesse an der Argumentation der hochgebildeten Lehrer.

Theophanu tat ihm den Gefallen, den Zusammenkünften im kaiserlichen Palast beizuwohnen, auch wenn die Debatten sich zunehmend in nicht enden wollende Erörterungen über den Grund der Philosophie verloren. Im Lauf der Jahre aber hatte Theophanu gelernt, sich Gleichgültigkeit niemals anmerken zu lassen. Hierin unterschied sie sich deutlich von ihrer Schwiegermutter Adelheid, die keinen Hehl aus ihrer Meinung machte, Beten sei für den Menschen wichtiger als langes Debattieren. Den Streitgesprächen blieb sie deshalb fern, obgleich sie Gerbert, der wie sie den kluniazenischen Reformgedanken anhing, große Wertschätzung entgegenbrachte. Den eifrig mit Worten fechtenden Männern blieb verborgen, wie sehr sie mitunter ihre Zuhörer überforderten.

»Nun, mein Kaiser, wen seht Ihr als Sieger unserer Disputation?«, fragte Gerbert, der jüngere und eloquentere der beiden, nachdem er und sein Gegenüber sich ausnahmsweise müde geredet hatten.

»Wie könnte ich darüber entscheiden?«, lachte Otto, »ich bin nicht Richter, führe nur den Vorsitz über die Gesprächsrunde.«

»Doch seid Ihr ein belesener und kluger Herrscher«, wandte Ohtrich ein.

»Vorsicht!«, rief Gerbert und hob mit gespielter Entrüstung einen Zeigefinger. »Er will Euch schmeicheln, mein Kaiser. Da er ein Sachse ist wie Ihr, glaubt er sich auf solche Weise einen Vorteil zu verschaffen.«

»Nun, die Kaiserin ist keine Sächsin«, dachte Otto laut nach. »Vielleicht fragen wir sie, wer die besseren Argumente vorzuweisen hatte.«

Eine vorzügliche Idee sei dies, stimmten Ohtrich und Gerbert unisono zu. Theophanu, die es vorgezogen hatte, abseits auf einem gepolsterten Sessel Platz zu nehmen, bedachte ihren Gemahl mit einem tadelnden Blick. Otto konnte sich ein verstohlenes Grinsen nicht verkneifen, als freue er sich diebisch darüber, ihr einen neckischen Streich gespielt zu haben.

Die beiden Gelehrten näherten sich dem Sitz der Kaiserin mit ehrfürchtig gesenktem Haupt, gingen sogar vor ihr auf die Knie.

»Vergebt uns, werte Kaiserin«, begann Ohtrich mit leiernder Stimme, »aber wir würden uns glücklich schätzen, wenn Ihr das Amt der Richterin über unsere Disputation ausüben würdet.«

»Es wäre uns eine große Ehre«, fügte Gerbert hinzu. Siegesgewissheit blitzte in seinen Augen.

Theophanu fand, dass es einen Versuch wert sei, die berühmten Gelehrten in Verlegenheit zu bringen.

»*Mich* wollt Ihr um mein Urteil bitten?«, fragte sie mit erhobenen Brauen. »Obgleich Ihr Euch dessen bewusst seid, dass ich nur eine *Frau* bin?«

»Jeder weiß, dass Ihr nicht nur schön, sondern auch außergewöhnlich klug seid, Herrin«, erwiderte Gerbert ohne langes Zögern.

Ohtrich ließ ein empörtes Glucksen vernehmen. »Nun seid Ihr es, Gerbert, der sich durch Schmeicheleien Vorteile verspricht. Obwohl Eure Worte natürlich wahr sind. Mehr als wahr.«

»Meine Worte sind immer wahr, mein lieber Ohtrich. In diesem Augenblick nicht weniger als vorhin, als ich Eure angebliche Beweisführung zerpflückte.«

»Eben das habt Ihr nicht getan«, widersprach der Sachse kopfschüttelnd. »Ihr glaubt die Dialektik wohl erfunden zu haben, doch habt Ihr die eigentlich Frage nach der Ursache der Wissenschaften nicht beantwortet.«

»Doch, das habe ich getan, mein guter Ohtrich, und zwar ausgiebigst. Nur habt Ihr mir allem Anschein nach nicht zugehört.«

»Genug, meine Herren!«, rief Otto ihnen applaudierend zu. »Nun, meine Gemahlin, wollt Ihr Euch denn nicht äußern zu alldem, was hier gesagt wurde? Auch ich selbst bin unschlüssig und wüsste nur zu gern, wie Ihr über die Thesen dieser großen Männer denkt.«

Theophanu wiegte lächelnd den Kopf hin und her, entschlossen, sich selbst einen Spaß aus der Angelegenheit zu machen. »Es ist keine einfache Entscheidung«, erklärte sie. Glockenhell klang ihre Stimme durch den Saal.

Schmachtend sahen Ohtrich und Gerbert sie an.

»Dennoch neige ich dazu«, fuhr sie langsam fort, »einen der beiden Herren zum Sieger zu erklären.«

Sie schwieg. In der Halle entstand gebanntes Schweigen.

Es war Otto, der es letztlich brach, da er seine Neugier nicht länger zähmen wollte.

»Spannt uns nicht auf die Folter«, bat er Theophanu, »und sagt uns, wessen Argumente Ihr für die plausibleren haltet!«

Theophanu lächelte erst ihren Gemahl, dann die beiden Gelehrten an. »Nein!«, verkündete sie dann zur Überraschung aller, ohne dass ihr Lächeln erstarb.

»Aber warum denn nicht?«, forschte der Kaiser.

»Ich halte es nicht für angebracht, meine Meinung hier kundzutun, werter Gemahl.«

»Obwohl es unsere ausdrückliche Bitte an Euch ist?«, wunderte sich Gerbert.

»Meine Meinung in dieser Sache ist nicht im Geringsten von Belang.«

Gerbert räusperte sich. »Würde es nicht von großem Mut zeugen, sie uns dennoch kundzutun?«

»Ihr haltet mich für feige, Gerbert von Aurillac?«

Zum ersten Mal zeigte sich der Aquitaner kleinlaut. »Gott behüte. Niemals würde ich solches von Euch denken, Herrin.«

»Mut, so denke ich, zeigt sich nicht durch eine Stellungnahme in einem Gelehrtendisput. Meinen Mut, Gerbert von Aurillac, will ich anwenden, wenn ich es für angebracht und wichtig halte. Was freilich nicht bedeuten soll, dass ich Eure Thesen und die Eures Kollegen für unerheblich halte, ganz im Gegenteil.«

Gerbert und Ohtrich neigten ergeben die Köpfe. Theophanu hielt nun den Zeitpunkt für gekommen, an dem die beiden Gelehrten sich vor ihr erheben durften und gab ihnen dies mit einer sanften Geste zu verstehen. Gerbert ließ nicht locker.

»Wenigstens könntet Ihr uns den Grund für Euer Schweigen verraten, meine Kaiserin«, sagte er listig.

»Den Grund? Ich möchte, dass sowohl Ihr als auch Ohtrich mir weiterhin gewogen bleibt.«

Bischof Dietrich von Metz begann laut zu lachen, der Kaiser fiel bald ein, dann alle noch verbliebenen Zuhörer und zuletzt auch die beiden Gelehrten.

»Um sie sollte man mich beneiden; nicht um die schwere Last der Kaiserkrone!«, rief Otto wie im Triumph.

Im Februar 981 zogen Kaiser Otto II. und Kaiserin Theophanu mit ihrem Gefolge in Rom ein. Seit Jahren herrschte in der Tiberstadt Streit um das Amt des Papstes. Der vom Kaiser eingesetzte Benedikt VII. war zwischenzeitlich durch den römischen Stadtadel gestürzt worden. Zwar war es Ottos Statthalter Graf Sikko gelungen, den neuen Papst, Bonifaz, aus der Stadt zu jagen, doch der Vertriebene glaubte, mit der Rückendeckung der Byzantiner, die er überdies mit geraubtem Kirchengold für sich einzunehmen suchte, seinen Anspruch weiter aufrechterhalten zu können. Otto führte nur wenige Einheiten gepanzerter Reiter mit sich, doch das reichte aus, um die Anhänger des Bonifaz in der Ewigen Stadt einzuschüchtern. Der kaisertreue Benedikt VII. nahm wieder Platz auf dem Stuhl Petri.

Otto befand sich auf der Höhe seiner Macht. Ohne Schwertstreich hatte er den römischen Zwist beendet und die Römer hielten ehrfürchtig still. Er sonnte sich in seinem Erfolg. Mächtige aus dem ganzen Abendland suchten ihn auf, um sich seiner Gunst zu versichern. Gemeinsam mit dem Papst saß er nach Ostern einer Synode vor. Wer sollte ihn noch daran hindern, die Welt zum Guten zu verändern?

Adelheid hatte den Sohn nach Rom begleitet. Mit dem Einzug in die Stadt war es für sie gewiss, dass die Prophezeiung des Majolus von Cluny sich unweigerlich erfüllen würde. Sie wurde zunehmend schweigsamer. Nur wenn die Ammen ihr den Enkel brachten, hellten ihre Gesichtszüge sich auf.

Einmal noch hatte Theophanu mit ihr über des Kaisers vorhergesagtes Schicksal reden wollen. Aber Adelheid hatte abgewinkt: Dafür sei es zu spät, nun werde alles so geschehen, wie Gott es wünsche. Otto selbst hatte nie wieder ein Wort darüber verloren.

Neun Jahre waren vergangen, seit das Kaiserpaar in der Peterskirche vom Papst getraut worden war. Trotz der Ruinen, trotz allen Schutts und trotz der Schafherden auf den verwahrlosten Foren umgab die Stadt der Cäsaren ein beispielloser Nimbus, dem sich niemand entziehen konnte, auch Theophanu nicht, die im Glanz von Konstantinopel groß geworden war. Sie dachte wieder häufig zurück an jene Tage, als alles noch neu gewesen war. In Rom hatte sich nicht viel verändert, doch die Welt befand sich im Wandel.

Theophanus Onkel, Johannes Tsimiskes, war vor fünf Jahren gestorben, sein Nachfolger Basileius II., der sich in dem folgenden Bürgerkrieg durchgesetzt hatte, entfernte Theophanus Verwandtschaft aus der Politik. Nun gab es nichts mehr, was die beiden Kaiserhäuser miteinander verband; es war völlig ungewiss, wie die Beziehungen zwischen den Herrschern sich künftig entwickeln würden.

Bis zum Sommer – es war der heißeste und trockenste seit Menschengedenken – blieb Otto in Rom. Dann fasste er einen Entschluss, der selbst Theophanu überraschte.

Pandulf, Ottos Statthalter in den süditalischen Teilen des Reiches, war im vergangenen Frühjahr gestorben. Mit ihm verlor der Kaiser eine zuverlässige Stütze, denn Pandulf hatte sowohl Byzanz, das immer noch kleine Provinzen in Unteritalien besaß, als auch die benachbarten Sarazenen in Schach gehalten. Nach seinem Tod unternahmen Griechen und Muslime – untereinander verfeindet, aber nunmehr im ungewohnten Einvernehmen – Raubzüge ins Reichsgebiet. Benevent, Salerno und Spoleto sahen sich plötzlich fremden, Beute machenden Heerscharen gegenüber.

»Ich werde gegen sie zu Felde ziehen«, sagte Otto eines Abends zu Theophanu.

Theophanu war schockiert. »Das willst du wagen? Obwohl dich nur zwei Hundertschaften begleiten?«

»Ich habe heute zweitausend gepanzerte Reiter aus der Heimat angefordert.«

»Und du hast mich nicht um meine Meinung gefragt?« Sie war enttäuscht und wütend zugleich.

Otto senkte den Kopf. »Vergib mir. Aber ich muss tun, wozu ich von Gott berufen bin.«

»Berufen? Du kämpfst auch gegen Christen, Otto.«

»Warum überfallen sie mich? Soll ich sie gewähren lassen? Außerdem kämpfe ich vor allem gegen die Heiden. Ich muss die Menschen vor ihnen schützen, Theophanu. Oder willst du, dass der Halbmond des Islam sich ungehindert ausbreitet? Es ist meine Pflicht, sie zu vertreiben, sonst stehen sie bald vor den Toren Roms.«

»Verhandle mit ihnen. Meinethalben drohe ihnen, denn sie wissen nur zu gut, welch gewaltiger Feind du bist. Aber führe keinen Krieg gegen Griechen und Sarazenen – noch nicht. Es gibt Verträge.«

»An die ich mich nicht mehr gebunden fühle seit der Thronbesteigung des Basileius. Ich muss Stärke zeigen, sonst ist alles, was mir bis heute gelang, zunichtegemacht.«

»Zweitausend Reiter! Wie willst du damit gegen so viele Feinde bestehen?«

»Was verstehst du schon von den Dingen des Krieges? Niemand kann es mit meinen Panzerreitern aufnehmen.«

»Die Mauern von Paris haben ihnen jedenfalls prächtig widerstanden. Ein großer Mann findet auch andere Mittel und Wege, wenn die Klugheit es erfordert.«

»Würdest du mir dann auch gütigst verraten, welche Mittel und Wege das sein könnten? Nun? Was soll ich tun?«

Ihre Stimmen waren zunehmend lauter geworden; nun schrien sie sich an – zum ersten Mal, seit sie sich kannten. Ottos Gesicht hatte die Färbung seiner roten Haare angenommen. Theophanu baute sich vor ihm auf und reckte das Kinn.

»Vielleicht steht ja etwas in deinen Büchern.«

»Du verspottest mich.«

»Ich gebe dir Empfehlungen.«

»Mein Vater …«

»Ja, dein Vater, dein Vater! Ich weiß, dass er die heidnischen Ungarn bezwang und das Abendland von einer Plage erlöste. Aber seitdem sind fünfundzwanzig Jahre vergangen. Die Zeiten haben sich geändert. Hör auf, dich ständig mit deinem Vater zu vergleichen. Er war groß, aber du schuldest ihm nichts. Du musst niemandem etwas beweisen.«

Eine Weile herrschte Schweigen. Theophanu biss sich auf die Lippen, inzwischen bereute sie ihren Ausbruch. Auch Otto schien sich zu besinnen, denn er ließ sich wie erschöpft auf einen Hocker sinken und starrte ins Leere.

»Es ist nicht gut, dass wir uns streiten, Geliebteste«, sagte er schließlich leise, erschöpft.

Sie trat hinter ihn, legte sanft ihre Hände auf seine Schultern. »Du hast recht, wir sollten damit aufhören. Aber meinen Rat hast du gehört.«

Er nickte und ergriff eine Hand. »Und dennoch ist es beschlossen.«

»Ja, ich weiß.«

»Bist du …«

»Frag nicht. Natürlich bin ich deine Kaiserin. Ich bin es und werde es immer sein. In guten wie in schlechten Zeiten.«

»Danke, dass du das sagst.«

»Wann wirst du deinen Feldzug beginnen?«

»Es kann Monate dauern, bis die Verstärkung eintrifft und

alle Vorkehrungen getroffen sind. Sei unbesorgt, ich stürze mich nicht unvorbereitet in dieses …«

»Abenteuer?«

»Ich sagte es bereits, es ist meine heilige Pflicht, gegen die Heiden zu kämpfen und die Grenzen zu sichern.«

»Diesmal werde ich dich nicht begleiten, Otto.«

Der Kaiser nickte. Ohnehin hätte er darauf bestanden, dass Theophanu bei dem jungen Thronfolger zurückblieb, aber indem sie es einfach vorwegnahm, drückte sie zumindest ein weiteres Mal ihren Protest aus.

»Meine Mutter wird schon bald nach Pavia zurückkehren. Dietrich von Metz wird deinen und des Kindes Schutz übernehmen, solange ich fort bin.«

Theophanu seufzte tief. Nicht allein der Streit, auch die drückende Schwüle der Luft hatte sie müde gemacht, obwohl sie ahnte, dass sie die Nacht schlaflos und grübelnd verbringen würde. »Lass uns ins Bett gehen, *Imperator Romanorum Augustus.«*

Aus der Ferne erklang dumpfer, drohender Donner. Ein Gewitter näherte sich von den Albaner Bergen her der Ewigen Stadt.

13

Während der Hochzeitsfeier stahl Jutta sich heimlich in den Wald. Sie hatte keine Lust, den ausgelassenen Gästen beim Tanzen und Trinken zuzusehen. Für sie bestand wenig Grund zur Freude. Gewiss, sie sah ja ein, dass der Vater wieder eine Frau brauchte. Und eigentlich hatte sie nichts gegen Ursel, ihre neue Mutter, die recht umgänglich zu sein schien. Dass sie aber dadurch Brun zum Stiefbruder bekam, das war mehr als eine Zumutung. Es war eine Heimsuchung.

Keinen Jungen, dem sie je begegnet war, hasste sie mehr als ihn. Immer wieder legte Brun es darauf an, ihr den letzten Nerv zu rauben. Er war frech, unverschämt und einfach widerwärtig. Außerdem sah er aus wie ein hässlicher, dicker Kobold, fand die Siebenjährige. Noch vorhin, während Pater Roland die Trauung vollzogen hatte, war es Brun in den Sinn gekommen, ihr hinterrücks einen glitschigen Frosch ins Kleid zu stecken. Vor Schreck hatte Jutta laut aufgeschrien und die missbilligenden Blicke derer, die in der Kapelle versammelt waren, auf sich gezogen. Später, als die Hochzeitsgesellschaft Einkehr auf dem Hof hielt, goss er ihr mit voller Absicht einen Becher Met über den Kopf. Sie hatte sich beim Vater darüber beschweren wollen, doch der hatte kein Ohr für sie gehabt.

Also beschloss sie, das Fest zu verlassen, auch wenn ihr das hinterher womöglich Ärger einbrachte. Denn seitdem sie sich im Wald verlaufen hatte, wollte der Vater nicht, dass sie allein unterwegs war. Dennoch hatte Jutta seine Anweisung schon des Öfteren missachtet und war einfach verschwunden. Inzwischen kannte sie den Wald so gut, dass es ihr nicht noch einmal passieren würde.

Sie genoss das Alleinsein, während um sie herum die Vögel sangen. Es gab einen kleinen Tümpel in der Nähe, wohin sie sich gern zurückzog. Dort setzte sie sich im Schatten einer Trauerweide ans Ufer und warf Steinchen ins Wasser. Sie stellte sich vor, wie die Steinchen sich durch den Zauber einer Wasserfee in Goldklumpen verwandelten, die sie eines Tages nur noch aus dem Wasser holen musste. Dann wäre sie so reich wie die schöne Kaiserin Theophanu. Nun ja, ein bisschen reich war sie schon. Immerhin besaß sie eine Haarspange aus Silber und einen Denar. Aber das reichte beileibe nicht aus, um später ein unbeschwertes Leben führen zu können.

Manchmal dachte sie zurück an die kämpfenden Männer. Das war keine schöne Erinnerung – Blut, Röcheln, brechende Augen, Tod. Anfangs hatte sie noch ein schlechtes Gewissen gehabt, den Denar von dem Sterbenden angenommen zu haben. Inzwischen dachte sie anders darüber, denn schließlich war es nicht ihre Schuld, dass die beiden Kerle sich gegenseitig umgebracht hatten.

In der Ferne hörte man die Laute des Musikanten, der zum Tanz aufspielte. Gelächter! Die Hochzeitsgäste amüsierten sich prächtig. Dazu wehte ein sanfter Wind den köstlichen Bratenduft herüber. Wirich hatte dafür gesorgt, dass Helmprecht seinen Gästen etwas bieten konnte. Die Wildsau, die über dem Spieß briet, war sein Hochzeitsgeschenk. Jutta lief das Wasser im Mund zusammen – wann hatte sie zum letzten Mal etwas so Köstliches gerochen? Dennoch verspürte sie keinen Drang zur Rückkehr. Hier, an ihrem Tümpel, genoss sie ihre Ruhe und Bruns Abwesenheit.

Zumindest hatte sie sich das so vorgestellt. Doch plötzlich vernahm sie ein Zischen, dann flog ein Geschoss haarscharf an ihrem Kopf vorbei. Erschrocken schrie sie auf. Ein Pfeil, besser gesagt ein angespitzter Buchenast, schwamm auf der sich kräuselnden grünen Wasseroberfläche. Augenblicklich wusste sie, wer dafür verantwortlich war. Wütend ballte sie die Fäuste und sah sich um.

Brun! Grinsend stand er nur wenige Schritte hinter ihr, in seinen Händen hielt er den selbst gebauten Bogen, auf den er so stolz war.

»Idiot! Fast hättest du mich getroffen«, schimpfte Jutta.

»Ja. Wenn ich es gewollt hätte.«

»Warum bist du nicht auf dem Fest?«

»Und du?«

»Verschwinde!«

»Keine Lust. Ich bleibe lieber.«

»Na gut. Dann verschwinde eben ich.« Ihr war nicht nach einem Streit mit Brun zumute. Da suchte sie lieber selbst das Weite. Ihre Haare klebten immer noch von dem Met, und womöglich hatte er vor, sie nicht nur mit Pfeilen zu behelligen.

»Du schuldest mir immer noch einen Denar, kleine Kröte«, erklärte Brun.

»Einem Idioten schulde ich gar nichts.«

»Irgendwann gibst du mir den Denar schon freiwillig«, behauptete er großspurig. »Oder ich finde ihn selbst.«

Jutta verkniff sich ein triumphierendes Grinsen. Vorsorglich hatte sie nämlich das Versteck ihres Schatzes gewechselt. Er befand sich nicht mehr unter ihrem Schlaflager, wo er vor Brun, mit dem sie nun gezwungenermaßen unter einem Dach leben musste, nicht sicher gewesen wäre. Sie hatte Spange und Münze in ein Tuch gewickelt und alles hinter dem Stall vergraben. Genau zehn Fußlängen waren es bis zur Ecke des Gebäudes. Im Gegensatz zu Brun konnte sie nämlich so weit zählen. Wohlweislich setzte sie keine Markierung. Jemand hätte schon alles umgraben müssen, um ihren Schatz zu finden.

Er fingerte einen weiteren Pfeil aus seinem Köcher hervor.

»Was hast du vor?«, fragte sie misstrauisch.

»Ich mache Jagd auf kleine Kröten.«

»Lass das!«

»Nur, wenn du mir endlich meinen Denar gibst.«

Hast du nicht selbst genug davon?, hätte sie ihn gern gefragt, aber sie biss sich auf die Lippen. Auf keinen Fall sollte er wissen, dass sie sein Geheimnis kannte. Und mit einem Mal kam ihr eine Idee, so großartig, dass sie sich hinterher fragte, warum sie ihr nicht früher schon gekommen war.

»Na schön«, sagte sie mit einem theatralischen Seufzer. »Du

kriegst den Denar. Aber nur, wenn du mich dann in Ruhe lässt.«

»Abgemacht. Wo hast du ihn?«

»Nicht hier.«

»Komm, gehen wir ihn holen.«

Das war die Schwierigkeit. Sie musste den Denar ausgraben, ohne dass er etwas davon mitbekam. Sonst würde er auch noch die Spange an sich reißen.

»Du kriegst ihn morgen.«

»Kröte, wenn du mich veräppeln willst …«

»Tu ich nicht. Morgen kriegst du deinen Denar.«

»Falls nicht, schieße ich dir in den Hintern.«

»Ich weiß. Aber jetzt lass mich allein. Das ist die Abmachung.«

Brun schien darüber nachzudenken, ob es einen Haken an der Sache gab, fand aber wohl letztlich, dass er als der Ältere und Stärkere keine Heimtücke von ihr zu befürchten habe. Zumal er doch jederzeit die Möglichkeit hatte, sich bitterlich an ihr zu rächen.

»Na schön«, murmelte er und trollte sich, wenn auch widerwillig.

»Idiot!«, zischte sie ein weiteres Mal in seine Richtung, bevor sie damit fortfuhr, Steinchen in den Tümpel zu werfen. Wenn alles so klappte, wie sie sich das vorstellte, würde ihr Schatz bald anwachsen. Dann müsste sie nicht länger der albernen Vorstellung nachhängen, dass eine gute Wasserfee die Steine in Gold verwandelte.

Es war ein fast unerträgliches Gefühl für Jutta: Kaum eine Armlänge von ihr entfernt, hatte Brun auf Helmprechts Geheiß hin seine Schlafstätte bezogen. Heftig hatte Jutta dagegen protestiert, aber der Vater achtete nicht darauf. Mit seiner neuen Frau zog er sich seinerseits zur Nachtruhe zurück – auch wenn von Ruhe zunächst nicht die Rede sein konnte. Denn Jutta hörte genau, dass sie das trieben, was Erwachsene offenbar so gern miteinander anstellten.

»Du fühlst dich immer noch an wie früher«, hörte sie ihre vergnügte Stiefmutter flüstern.

Wenigstens war Brun rasch eingeschlafen, sodass er ihr nicht auf die Nerven fallen konnte – abgesehen von dem Gestank, der von seinen vor Schmutz starrenden Füßen ausging.

Auch die kleine Magda schlummerte tief und fest neben ihr auf dem Bärenfell. Jutta hatte geglaubt, dass sich mit dem Einzug der neuen Mutter vieles verändern würde, aber offenbar blieb die Verantwortung für die kleine Schwester nach wie vor an ihr hängen, zumindest hatte Ursel noch keinerlei Anstalten gemacht, sich um das Kind zu kümmern. Aber das mochte sich hoffentlich bald ändern.

Irgendwann hatten die Erwachsenen genug von ihrer seltsamen Beschäftigung. Ursel hörte auf zu kichern und Helmprecht ließ ein lautes Schnarchen hören. Jutta wartete noch eine Weile, bis sie sich völlig sicher war, dass niemand mehr wach lag. Dann stand sie auf und schlich auf Zehenspitzen aus der Kate. Das Licht eines halben Mondes reichte ihr völlig aus für das, was sie zu tun gedachte.

Nach wenigen Minuten war der Schatz geborgen. Die Spange vergrub sie abermals, den Denar aber nahm sie an sich, um ihn anderentags dem Stiefbruder geben zu können. Die Trennung von der Silbermünze, davon war sie überzeugt, würde nur von vorübergehender Dauer sein, deshalb hielt sich ihre Trauer über den Verlust in Grenzen. Als sie leise zu ihrer Schlafstatt zurückkehrte, fühlte sie sich so stark wie damals, als sie die böse Schlange besiegt hatte.

Am nächsten Morgen musste sie geweckt werden. Dies übernahm mit großer Freude Brun, der ihr unsanft in den Hintern trat. Jutta beschloss, ihren Ärger vorerst zu schlucken. Zum Glück fragte niemand, warum sie so schmutzige Hände hatte.

Nach dem Hochzeitsfest hielt wieder der Alltag Einzug auf dem Hof. Nun waren sie zu viert – die kleine Magda nicht mitgerechnet, die ja zur Arbeit noch nicht taugte –, aber Jutta hätte auf den Zuwachs liebend gern verzichtet. In einem Augenblick, wo die Erwachsenen es nicht bemerkten, übergab sie dem Stiefbruder den so lange gehüteten Denar. Das triumphierende Grinsen würde ihm schon bald wieder vergehen, dachte Jutta bei sich – und ließ ihn an diesem Tag nicht mehr aus den Augen.

Ihr Plan ging auf. Als Brun sich unbeobachtet fühlte, stahl er sich heimlich in den Wald. Jutta folgte ihm in sicherer Entfernung. Bald ahnte sie, wohin der Weg ihn führte. Unweit des Hofes gab es einen Hügel, den die Einheimischen »Teufelsbuckel« nannten. Aus dessen Grund wuchs graues Felsgestein. Sie sah Brun in einer winzigen Grotte verschwinden. Ein Versteck, das sie mühelos wiederfinden würde, auch wenn dichtes Buschwerk die Öffnung tarnte. Zufrieden mit sich selbst trat sie den Rückweg an. Für ihren neuen Großschatz würde sie ein weitaus besseres Versteck finden. Niemand sollte ihr den Schatz wieder wegnehmen.

Wenige Tage später trat ein, was Jutta längst erwartet hatte. Ihr Stiefbruder lauerte ihr beim Weidezaun auf, riss sie zu Boden und begann fürchterlich auf sie einzuprügeln.

»Du!«, rief er wütend. »Du hast meinen Schatz gestohlen, elende Kröte!«

»Was meinst du?«, fragte sie keuchend, während seine Fäuste immer wieder auf sie einprasselten.

»Die Münzen«, zischte er.

»Münzen? Ich hab dir nur eine gegeben.«

Sie spielte ihre Rolle nicht schlecht, denn in seinen Augen blitzte neben der Wut zunehmend auch Verzweiflung auf. »Du hast den Schatz, gib's nur zu!«

»Ich weiß beim besten Willen nicht, wovon du sprichst, Brun.«

»Verdammt, verdammt!«

Abermals schlug er auf sie ein, um wenigstens seinen Zorn an ihr auszutoben. Wiljo lief bellend herbei, aber Brun vertrieb den Hund mit ruppigen Fußtritten. Endlich erschien Helmprecht am Ort des Geschehens.

»Papa!«, schrie Jutta. Sie bekam kaum Luft, da Brun auf ihrer Brust kniete.

»Hört auf damit«, sagte Helmprecht, ohne dass es sonderlich streng klang. »Warum schlägst du sie, Brun?«

Der Junge schwieg. Seine Wut aber war so groß, dass er Jutta weitere Ohrfeigen verpasste. Helmprecht trat auf ihn zu, nahm ihn am Arm und zog ihn lachend hoch.

»Lass sie nur in Ruhe, mein Junge. Es ist nicht die feine Art, Weiber zu verdreschen.« Er strich ihm väterlich über den Schopf. »Komm mit mir, Junge. Hilf mir auf dem Feld.«

Juttas Enttäuschung über den Vater war riesig. Hatte er nicht selbst mit angesehen, wie sie brutal verprügelt wurde? Dennoch machte er keinerlei Anstalten, den Misshandler seiner Tochter zur Rechenschaft zu ziehen. Im Gegenteil, er schien sogar noch stolz zu sein auf das männliche Verhalten des Stiefsohnes.

Zugleich verspürte Jutta aber auch Genugtuung. Brun hatte ihr die gespielte Unschuld letztlich abgekauft. Der Schatz gehörte nun ihr. Dafür nahm sie gern die Veilchen in Kauf, die bald ihre Augen umkränzen würden.

»Und du«, sagte Helmprecht zu seiner Tochter, »geh zu deiner Mutter. Sie hat Arbeit für dich.«

»Meine Mutter ist tot«, entgegnete Jutta leise. Helmprecht

sah sie finster an, schwieg aber und stapfte dann mit seinem Stiefsohn davon.

In der Nacht hörte Jutta, wie Brun grimmige Flüche über die Räuber ausstieß, die nun seinen Schatz besaßen. Zum Glück wähnte er sie schlafend und konnte in der Dunkelheit nicht ihr hämisches Grinsen sehen.

14

Rossano, am Golf von Tarent, Juli 982

Das rosige Gesicht des in seiner Wiege schlafenden Knaben erschien Theophanu im Halbdunkel der Kammer so zart und verletzlich, dass sie ihn am liebsten völlig von der grausamen Welt abgeschottet hätte. Doch ihr Wunsch, das wusste sie selbst, hatte mit der Wirklichkeit nichts gemein. Eines Tages würde dieser Knabe König sein. Ob er seinen Vater, der in den Kampf gezogen war, jemals wiedersehen würde?

Eunice schien zu ahnen, was ihre Herrin bewegte.

»Der Kaiser lebt!«, behauptete sie flüsternd. »Ich spüre es genau, er lebt!«

Zwei Wochen waren vergangen, seit Otto sich mit seinen Truppen auf den Weg gemacht hatte, um gegen die Heiden Krieg zu führen. Täglich wartete man auf Nachrichten vom Schlachtfeld. Der Kaiser hatte seine Gemahlin und den Sohn in Rossano unter dem Schutz Dietrichs von Metz zurückgelassen. Wenige Tage zuvor hatten die Sarazenen die Stadt unter dem Eindruck der herannahenden kaiserlichen Reiter kampflos geräumt.

Inzwischen kam Theophanu die Festung wie ein Gefängnis vor. Hoffen und Bangen bestimmten ihr Dasein. Wenn sie auch den Gedanken an die Prophezeiung des Majolus zu verdrängen suchte, gab es immer wieder Momente, wo sie sich Schlimmes ausmalte. Und der Anblick des Sohnes vermochte ihr diese Sorge keineswegs zu nehmen: Was würde aus seinem Thronanspruch, wenn der Vater nicht mehr am Leben war? Gegen die ganze Welt würden sie sich behaupten müssen, eine gigantische Aufgabe. Mehr als einmal verwünschte Theophanu den heiligen Eifer ihres Gemahls.

»Es wird Eurem Knaben nicht ergehen wie meinem Sohn, dem der Herrgott schon früh den Vater nahm«, fuhr Eunice fort. »Gott ist es mir schuldig, dass er den Kaiser am Leben lässt.«

Mit gerunzelter Stirn sah Theophanu sie an. »Hör auf, mit Gott zu handeln, um das Schicksal von Menschen zu beeinflussen. Was ist mit deinem eigenen Fleisch und Blut?«

»Ich diene Euch mit Haut und Haaren.«

»Nur: Behalte deine Seele, Eunice.«

»Selbst die sei Euer.«

»Genug!«

Theophanu mochte nichts mehr davon hören. Doch erst ein Klopfen an der Tür ließ Eunice endgültig verstummen. Ein Diener des Bischofs trat ins Gemach und verbeugte sich tief vor der Kaiserin. »Herrin, der Bischof …«

»Leise!«, zischte Eunice ihn an und deutete auf das schlafende Kind.

Der Diener senkte die Stimme. »Der Bischof hat durch einen Boten Nachrichten aus dem Süden erhalten und möchte Euch seine Aufwartung machen.«

Mit einem Mal war Theophanu sehr aufgeregt, ließ sich jedoch nichts anmerken. Warum schickte man den Boten zum Bischof anstatt zu ihr? Ob Otto etwa … Nein, es mochte ein

Dutzend andere Gründe dafür geben, dass ihr Beschützer, Bischof Dietrich von Metz, als Erster über die militärischen Ereignisse informiert wurde. Künftig aber würde sie darauf bestehen, dass man Boten unverzüglich zu ihr führte.

»Sag deinem Herrn, dass er sich nicht bemühen muss. Ich werde ihn selbst aufsuchen.«

Theophanu war froh über jede Gelegenheit, ihre Gemächer verlassen zu können. Außerdem konnte sie auf diese Weise sicher sein, dass Eunice nicht lauschte. Manchmal war der Übereifer der Dienerin erdrückend.

»Sei so gut und bleib bei dem Knaben, während ich den Bischof aufsuche, Eunice.«

Die Dienerin nickte. »Denkt daran, Herrin: Alles wird gut werden. Der Herrgott schuldet es Euch und auch mir.«

»Wie dumm du manchmal sein kannst.«

Ohne Eunices beleidigte Miene zur Kenntnis zu nehmen, machte sie sich mit klopfendem Herzen auf den Weg.

Dietrich von Metz saß über ein Pergament gebeugt, als man Theophanu zu ihm führte. Jeder wusste, dass der Bischof ein großer Reliquiensammler war, der es sich zur Aufgabe gemacht hatte, für jeden Heiligen, der in seiner Sammlung vertreten war, eine Vita anzufertigen. Vermutlich arbeitete er gerade an einer solchen, aber als er die Kaiserin erblickte, schob er Pergament und Federkiel beiseite, erhob sich und widmete ihr seine ungeteilte Aufmerksamkeit.

»Wie ich erfuhr, habt Ihr Neuigkeiten erhalten«, begann sie ohne Umschweife.

Der Diener, der die Kaiserin begleitet hatte, entfernte sich.

»Bitte, setzt Euch, meine Kaiserin.« Dietrich deutete auf einen mit rotem Polster bezogenen Sessel.

»Ich ziehe es vor, zu stehen. Was ist geschehen, Dietrich? Der Kaiser – lebt er?«

»Wir wissen es nicht«, antwortete der Bischof rasch, denn es war offensichtlich, dass die Kaiserin sich nicht auf die Folter spannen lassen wollte. Da sie sich nicht setzen wollte, blieb auch er stehen. »Ein Bote war es, der mir vorhin Kunde von einer großen Schlacht brachte.«

»Und diese Schlacht wurde verloren!«

Dietrich nickte ernst und stieß ein leises Seufzen aus. »Obgleich die Zeichen ganz auf Sieg standen. Euer Gemahl stellte die Sarazenen beim Kap Colonne zum Kampf und schlug sie zunächst vernichtend. Auch der Emir fand den Tod. Euer Gemahl ist ein großer Kriegsheld, meine Kaiserin.«

»Offenbar nicht groß genug, denn letztlich wurde die Schlacht ja verloren, wie Ihr sagtet.«

Ihr Zynismus schien den Bischof zu irritieren, denn für einen Augenblick schwieg er. »Die Unsrigen setzten ihren Vormarsch fort«, fuhr er dann fort, »wurden aber von den Reserven des Emirs, die in den Bergen lauerten, hinterrücks überfallen.«

»Bedeutet das etwa, dass man den Vormarsch ohne weitere Flankensicherung unternahm?«

Abermals wirkte Dietrich verwirrt durch ihren Scharfsinn. »Es ist der Erfolg, der die Menschen zum Leichtsinn verleiten kann.«

Theophanu verspürte Sorge, Wut und Ohnmacht zugleich, blieb äußerlich aber unbewegt. »Das Heer wurde also vernichtet?«

Der Bischof senkte den Kopf. »Ja, meine Kaiserin, zum größten Teil.«

»Was für eine Verschwendung von Menschenleben«, murmelte Theophanu verbittert. So viele Edle, die Blüte des Reiches – binnen weniger Stunden ausgelöscht.

»Der Bote sprach von Trossknechten, die beschwören, dass sie den Kaiser, als Waffenknecht gekleidet, das Schlachtfeld verlassen sahen, begleitet von zwei Männern seiner Leibgarde.«

»Er floh in der Tarnung eines Knechtes«, sprach Theophanu mit tonloser Stimme zu sich selbst.

»Er ist der Kaiser«, erwiderte Dietrich, als sei damit alles gesagt. Ein Kaiser musste am Leben bleiben – um des Reiches willen. »Ich habe für ihn gebetet, auf dass er wohlbehalten zurückkehren möge.«

»Hätte er nicht längst eintreffen müssen, wäre er unversehrt?«

»Ich habe Männer ausgeschickt, die nach ihm suchen, meine Kaiserin.«

Theophanu biss sich gedankenvoll auf die Unterlippe. Ihre Beine waren wie Blei. »Auch ich will in die Kapelle gehen, um für meinen Gemahl zu beten«, sagte sie endlich und dachte dabei an Adelheid. »Künftig werdet Ihr mich unverzüglich rufen lassen, sobald ein Bote eintrifft. Habt Ihr verstanden, Dietrich?«

Der Bischof errötete leicht. »Das will ich tun. Vergebt mir.«

»Gut. Dann lasst Eure Heiligen nicht länger warten, Dietrich.« Mit dem Kinn deutete Theophanu auf das Pult, wo sein Pergament lag. Dabei lächelte sie gnädig. »Erinnert mich bei Gelegenheit daran, Euch eine Reliquie des heiligen Nikolaus zukommen zu lassen.«

»Ihr würdet mir damit die größte Freude machen.«

»Freuden erwarten uns erst im Himmelreich«, entgegnete Theophanu kehrtmachend. Erschrocken über sich selbst, verließ sie den Raum. Hätten diese Worte nicht ebenso gut von ihrer frömmlerischen Schwiegermutter stammen können? Die Ungewissheit über das Schicksal Ottos und des Reiches lastete schwer auf ihrem Gemüt. Selten hatte sie sich so machtlos gefühlt.

*

Von Zeit zu Zeit, wenn die Umstände es erlaubten, suchte Jutta ihr Versteck auf, um nach dem Rechten zu sehen. Sorgfältig hatte sie den Platz ausgesucht, an dem sie seit einiger Zeit ihren Schatz hütete. Es war so gut wie ausgeschlossen, dass irgendwer ihn dort jemals fand.

An einem Erntetag im Juli, als der Vater sie vom Feld nach Hause schickte, um den Wasserschlauch zu füllen, war wieder einmal eine günstige Gelegenheit. Niemand würde merken, wenn sie einen kleinen Abstecher durch den Wald machte. Brun, der unter Helmprechts Obhut arbeitete, würde ihr nicht nachstellen. Sogar Wiljo folgte ihr nicht; träge lag der Hund am Feldrand im Schatten eines Baumes, denn es war brütend heiß. Allzu viel Zeit würde Jutta sich aber nicht lassen können. Der Durst machte den Vater mürrisch.

»Beeil dich!«, rief er ihr hinterher.

Im Wald war es erfrischend kühl. Am liebsten hätte Jutta den ganzen Tag dort verbracht. Aber sie sah ein, dass sie nicht bummeln durfte, um den Vater nicht zu verärgern. Das Versteck war nicht weit vom »Teufelsbuckel« entfernt. Als Jutta den alten Eichbaum erreichte, der ihren Reichtum barg, schaute sie sicherheitshalber noch einmal in alle Richtungen; dann begann sie leichtfüßig, den Stamm der Eiche emporzuklettern. Kein Junge, erst recht nicht Brun, machte ihr da etwas vor.

Mindestens tausend Jahre war der knorrige Baum wohl alt. Einen kostbaren Schatz hatte er wahrscheinlich noch nie in seinem Innern beherbergt. Manche Äste wirkten morsch und knirschten bedrohlich unter Juttas Hangelei, doch sie war geschickt genug, um immer wieder Halt zu finden, bis sie das Baumloch inmitten der Krone erreichte. Es befand sich etwa zwanzig Fuß über Bodenhöhe und war von unten nicht zu erkennen. Jutta war froh, dieses Versteck gefunden zu haben.

Nicht in den Bäumen, sondern in der Erde suchten die Menschen gemeinhin nach Schätzen.

Ein Griff in das Loch – Jutta grinste. Wie erwartet, lag alles noch an Ort und Stelle: das Stück vom Bärenfell, darunter das Leinentuch, in dem der Lederbeutel mit den Münzen und die Spange sorgsam eingewickelt waren. Auf die Idee mit dem Bärenfell war sie besonders stolz. Lupus, der Wolfsjäger, hatte einmal behauptet, der Geruch eines Bärenfelles halte jegliches Getier auf Distanz. So konnte Jutta sicher sein, dass weder Elstern noch Eichhörnchen noch andere diebische Plagegeister sich ihrer Kostbarkeiten bemächtigten. Helmprecht und Ursel war bis heute nicht aufgefallen, dass dem Bärenfell eine Ecke fehlte.

Alles in bester Ordnung! Zufrieden machte Jutta sich an den Abstieg. Ohne weitere Verzögerung rannte sie zum Hof, wo sie Wasser aus dem Brunnen holte. Ihre Stiefmutter – inzwischen war sie schwanger und trug einen beträchtlichen Bauch vor sich her – half ihr dabei.

»Du bist ja völlig außer Atem, Kind.«

»Bin gerannt.«

»Unsere Männer verdursten schon nicht.«

Eigentlich hatte Jutta nichts gegen ihre Stiefmutter. Ursel gab sich alle Mühe, sie anständig zu behandeln. Allein die Tatsache, dass sie Bruns Mutter war, reichte aus, um Juttas Zuneigung in Grenzen zu halten. Es wäre falsch, ihr Herz an die Stiefmutter zu hängen. Darüber hinaus hatte Jutta beschlossen, das Kind, das Ursel bald zur Welt bringen würde, wie ein fremdes Balg zu betrachten.

Mit einem gefüllten Wasserschlauch machte sie sich auf den Rückweg zum Feld. Schwer lag der Duft geschnittener Getreidehalme in der Luft. Es war Mittag, und die Sonne schien mit Gluthitze von einem wolkenlosen Himmel. Helmprecht ließ die Sichel fallen, als er seine Tochter erblickte.

»Wo zum Teufel bist du so lange gewesen?«

Unwirsch riss er ihr den Schlauch aus den Händen. Brun war dem Stiefvater gefolgt und lechzte gleichfalls nach Wasser. Helmprecht nahm einen tiefen Schluck und reichte den Schlauch an ihn weiter. Gierig trank der Junge, während Jutta ihn betrachtete, als sei er ein lästiges Insekt.

»Verschluck dich nicht, Dickwanst, sonst erstickst du daran«, flüsterte sie ihm gehässig zu.

Brun war so erschöpft von der Arbeit, dass die Antwort ihm nur keuchend von den Lippen kam.

»Maul halten, Kröte.«

Seitdem Jutta ihn mühelos überlistet hatte, waren seine Beleidigungen ihr völlig gleichgültig. Brun war ihr einfach nicht ebenbürtig.

*

»Herrin! Euer Gemahl! Er kehrt zurück!«

Völlig aufgelöst stürmte Eunice ins Gemach der Kaiserin und rief die erlösenden Worte. Theophanus Erleichterung war so groß, dass es sie beinahe lähmte. Eine Amme eilte herbei und nahm ihr das Kind aus den Armen. Theophanu erhob sich. Ihre Stimme zitterte.

»Ist er …«

»Man sagt, er sei unversehrt.«

»Wo ist er?«

»Auf einem griechischen Schiff, das vor Rossano ankert. Der Herr Bischof schickt mich, Euch zu holen. Ach Herrin, ich wusste genau, dass alles gut wird.«

Theophanu begriff nur wenig von Eunices wirren Worten, aber offenbar stand Ottos Rückkehr unmittelbar bevor.

»Sei so gut und bring mir eines meiner byzantinischen Gewänder, Eunice.«

Eunice strahlte. »Ich eile schon, Herrin.«

Nachdem sie umgekleidet war, machte sich Theophanu auf den Weg durch den Palast. Eunice folgte ihr, doch weil sie sich so aufgeregt gebärdete, schickte Theophanu sie wieder fort. Dietrich empfing die Kaiserin mit ungewohnter Hektik, während ein Knappe damit beschäftigt war, ihm Kettenhemd und Beinschienen anzulegen. Der Bischof wurde zum Kriegsmann.

»Ah, da seid Ihr ja schon. – Autsch! Nicht so fest, du Esel.« Die letzten Worte galten dem übereifrigen Knappen.

»Was habt Ihr vor? Meine Dienerin sagte, dass der Kaiser sich auf einem griechischen Schiff befindet«, sagte Theophanu, so ruhig sie konnte.

»So ist es, meine Kaiserin.«

»Was hat das zu bedeuten? Sind sie nun Feinde oder Freunde, diese Griechen?« Im Stillen wunderte sie sich über sich selbst, sprach sie doch von den Griechen, als seien sie Fremde für sie.

Dietrich seufzte. »Auf der Flucht vor den Sarazenen nahm den Kaiser eine Galeere der Byzantiner auf. Kein Kriegsschiff übrigens, was die Sache für uns viel einfacher macht. – Heinrich, warum erzählt Ihr der Kaiserin nicht selbst, was geschehen ist?«

Erst jetzt bemerkte Theophanu die Gestalt im Hintergrund: Heinrich Zolunta, ein ihr bekannter slawischer Ritter, trat näher und verbeugte sich tief.

»Ich war an Bord der Galeere, als man Euren Gemahl aus dem Wasser fischte. Niemand außer mir wusste, dass es sich um den Kaiser handelte. Und glaubt mir, von mir hätte es auch niemand erfahren, doch schon bald wurde er erkannt. Der Schiffskommandant beschloss, ihn mit nach Konstantinopel zu nehmen.«

»Was für eine Trophäe«, flüsterte Theophanu, der es kalt über den Rücken lief.

»Der Kaiser aber – Gott segnete ihn mit großer Klugheit – erkannte den habgierigen Charakter des Kommandanten. Er sagte, er sei bereit, mit ihm nach Konstantinopel zu kommen, da er so viel Unglück über seine besten Männer gebracht habe. Doch zuvor wolle er in Rossano den Staatsschatz an Bord holen lassen, da er nicht als mittelloser Mann in der Stadt des Ostkaisers eintreffen wolle.« Heinrich räusperte sich. »Vor allem jedoch wolle er die Kaiserin in seiner Nähe wissen …«

»Selbstverständlich war das eine Finte«, verkündete Bischof Dietrich mit volltönender Stimme.

»Man sandte mich aus, um die Überführung zu organisieren«, schloss Heinrich Zolunta.

Dietrich – inzwischen hatte er sich gänzlich in einen Krieger verwandelt – klopfte sich an die Brust. »Mit Eurer Erlaubnis, meine Kaiserin, werde ich mich mit einigen Männern zu jenem Schiff begeben. In wenigen Stunden könnt Ihr Euren Gemahl wieder in die Arme schließen. Zum Schein werde ich ein paar Saumtiere beladen lassen, damit die Griechen deren Last aus der Ferne für Geldsäcke halten.«

Theophanu passte es überhaupt nicht, erneut vor vollendete Tatsachen gestellt zu werden, sah aber ein, dass es keine bessere Lösung gab. Der Kaiser musste befreit werden; undenkbar, dass er zur Geisel der Griechen wurde und der Staatsschatz in die Hände von Halunken fiel.

»Habt Dank für Eure Treue, Heinrich«, sagte sie zu dem Boten. Zolunta verneigte sich.

»Sorgt Euch nicht, mit diesen geldgierigen Krämern werde ich leicht fertig«, verkündete Dietrich.

»Immerhin gibt es ja eine ganze Legion von Heiligen, die Ihr um ihren Beistand bitten könnt.«

»Höre ich da etwa Spott in Eurer Stimme, meine Kaiserin?«

»Nehmt es, wie Ihr wollt. Bringt mir nur den Kaiser wieder zurück.«

»Worauf Ihr Euch verlassen könnt!«

Nach zwei Stunden qualvollen Wartens hielt Theophanu es nicht länger aus. Sie beschloss, sich selbst auf den Weg zu machen, anstatt der Rückkehr der Männer weiter entgegenzufiebern. Begleitet von einem Trupp Bewaffneter und bestaunt von der Bevölkerung Rossanos, erreichte die auf einem Schimmel sitzende, prächtig gewandete Kaiserin den Hafen der Stadt.

Am Kai standen Dietrich und einige andere Edle beisammen, darunter auch Otto. Seine Kleidung war triefnass, er wirkte ausgezehrt und erschöpft. Als er aber Theophanu erblickte, huschte ein Lächeln über sein Gesicht.

Man half ihr aus dem Sattel. Würdevoll schritt sie auf die Männer zu, verharrte jedoch auf halber Strecke, da Überschwang sich nicht geziemt hätte. Sie spürte, dass auch Otto an sich halten musste, um ihr nicht vor aller Augen ungestüm entgegenzueilen.

»Ihr hättet ihn sehen sollen, unseren Kaiser«, rief Dietrich von Metz lachend und deutete hinaus auf das Meer, wo noch die Umrisse des sich entfernenden griechischen Schiffes zu erkennen waren. »Als wir hinübergerudert und an Bord gestiegen waren, sprang er kurzerhand ins Wasser und schwamm an Land. Offenbar wollte er seine Rettung allein sich selbst verdanken.«

»Ich hielt es für das Heldenhafteste, was ich in diesem Augenblick tun konnte«, sagte Otto mit einem müden Augenzwinkern.

»Einer der Griechen wollte ihn an der Flucht hindern, aber unser guter Liubo hier«, der Bischof klopfte einem der Ritter heftig auf die Schulter, »der hatte etwas dagegen. Friede seiner

Seele … der des Griechen, versteht sich.« Eine Stimmung vergnügter Erleichterung erfüllte die Männer, gleich der, die Knaben empfinden, nachdem sie einen gefährlichen Streich glücklich überstanden haben.

»Offenbar habt Ihr ein spannendes Abenteuer hinter Euch, mein Gemahl.« Theophanus Lächeln wirkte eingefroren. »Nun, wir sehen uns später, wenn Ihr Euch von alldem ein wenig erholt habt. Wie gut, dass auch Euer Sohn seinen heldenhaften Vater bald wiedersehen wird.«

Sie machte kehrt, ließ sich auf den Rücken des Schimmels helfen, und verließ mit ihrer Garde den Hafen von Rossano.

Erst am Abend, als sie das Schlafgemach betraten, waren sie allein und fielen einander in die Arme wie zwei ausgehungerte Liebende. Fast endlos währte ihr Kuss, gierig ertasteten ihre Hände den Körper des anderen. Doch als Otto Anstalten machte, ihr das Gewand abzustreifen, schob sie ihn brüsk von sich. »Was hast du nur getan?«, schrie sie ihn an.

Otto schwieg irritiert; schwer noch ging sein Atem von der ungestillten Begierde.

»Hatte ich dir nicht gesagt, dass dieser Feldzug dir nichts als Unglück bringen würde?«

»Geliebteste, ich …«

»Still!« Wütend funkelten ihre Augen. »Eine schon gewonnene Schlacht in einem sinnlosen Krieg hast du schmählich noch verloren. So viele Tote! Wann wirst du endlich begreifen, dass du niemals ein großer Feldherr sein wirst? Warum bleibst du nicht bei deinen Büchern? Wann regierst du endlich mit Vernunft und Klugheit?«

Ihre Worte trafen ihn sichtlich, denn er rang um Fassung. Theophanu aber gab ihm keine Gelegenheit zur Rechtfertigung.

»An ein Wunder grenzt es, dass du noch lebst. Und was ist

mit mir? Mit deinem Sohn? Was wäre mit uns geschehen, wenn du gefallen wärst? Wie die Wölfe hätten unsere Gegner sich auf das Reich gestürzt!« In ihrem Zorn griff sie mit beiden Fäusten den Stoff des kostbaren Gewandes über ihrer Brust. Mit einem Aufschrei zog sie so heftig daran, dass ein ellenlanger Riss entstand und ihr Unterkleid offenbarte.

Otto senkte den Kopf, wissend, dass jedes Wort ihre Rage nur noch steigern würde. Theophanus Busen hob und senkte sich unter schweren Atemzügen. Als sie nach einer schier endlosen Weile erneut das Wort ergriff, war ihre Stimme wieder besonnen und leise.

»Ich will, dass du einen Reichstag einberufst. Es ist unerlässlich, uns erneut der Treue der Fürsten zu versichern. Auch unserem Sohn sollen sie Treue schwören. Anschließend werden wir dafür sorgen, dass er in Aachen zum König gekrönt wird. Solange dies nicht geschieht, kann unser Geschlecht des Throns nicht sicher sein. Danach kannst du meinethalben wieder den großen Kriegsherrn darstellen. Oder den tollkühnen Odysseus, der seinen Feinden durch einen Sprung ins Wasser entkommt.«

Es tat ihr selbst im Herzen weh, ihn auf diese Weise zu kränken, doch sie würde auf keinen Fall von ihren Forderungen abweichen. Otto setzte sich aufs Bett und rieb sich mit beiden Daumen die Augen.

»Du hast recht«, sagte er matt. »Alles soll geschehen, wie du gesagt hast.«

Sie spielte mit dem Gedanken, das unterbrochene Liebesspiel fortzsetzen. Obwohl sie ein großes Bedürfnis nach Zärtlichkeiten verspürte, unterließ sie es letztlich, hätte es doch den heiligen Ernst ihrer Worte in Zweifel gezogen.

In der Nacht lagen beide lange wach, doch sie sprachen, obgleich nach schmerzlicher Entbehrung wieder vereint, kein einziges Wort. Jeder hing seinen eigenen Gedanken nach.

15

Die ersten Wochen nach seiner Niederlage am Kap Colonne verbrachte Otto in tiefster Lethargie. Im November erreichte ihn überdies die Nachricht, dass sein Neffe, der Herzog von Schwaben und Baiern, in Lucca an der Malaria gestorben sei. Der Herzog hatte zu den Überlebenden der Schlacht gehört; nun rief Gott ihn doch zu sich, als sei er mit seinem Strafgericht über den Kaiser noch nicht am Ende. Viele Stunden verbrachte Otto in der Gegenwart von Geistlichen – bis er zu der Überzeugung gelangte, dass Gott ihm keinesfalls zürne, sondern ihn lediglich auf eine harte Probe stelle, um ihm Gelegenheit zur Festigung des Glauben zu geben. Von einem Tag zum anderen wich seine Schwermut neuem Tatendrang.

Mit Befremden nahm Theophanu wahr, dass neue Kreuzzugspläne in ihm reiften. Bestärkt wurde er durch den merkwürdigen Umstand, dass viele ihn als Bezwinger der Ungläubigen feierten. Zwar hatte er eine schmerzhafte Niederlage gegen die Sarazenen erlitten, doch die muslimischen Sieger hatten sich, gleichfalls empfindlich dezimiert und ihres Führers beraubt, bald nach Sizilien zurückgezogen. Dorthin gedachte Otto mit neuen Truppen überzusetzen, sobald die Zeit reif dafür sei. Italien zu verlassen und in das Land seiner Väter zurückzukehren, kam ihm nicht in den Sinn.

Zunächst jedoch galt es einen Reichstag abzuhalten, wie Theophanu es von ihm verlangt hatte. Er war froh, dass gewisse Angelegenheiten bald geklärt würden, sodass er seine ganze Kraft wieder hehren Zielen widmen konnte. Zwischen ihm und Theophanu trat eine bis dahin nie da gewesene Entfremdung ein.

Der Reichstag fand Pfingsten anno 983 in Verona statt. Viele Große des Reiches waren herbeigekommen, darunter Erzkanzler Willigis, der während der Abwesenheit des Kaiserpaares die Reichsgeschäfte in Deutschland geführt hatte. Auch Adelheid, die Kaisermutter, war aus Pavia angereist. Ihr Sohn begrüßte sie überschwänglich.

»Wie Ihr seht, liebe Mutter, war Eure Sorge bezüglich der Weissagung des Majolus unnötig. Ich lebe immer noch!«

Verwundert registrierte Theophanu, dass die Worte des Majolus ihn offenbar mehr bewegten, als er zugeben mochte. Sie hatten nämlich nie wieder darüber gesprochen.

Die Nachricht von der Niederlage am Kap Colonne hatte in Deutschland nicht nur große Besorgnis, sondern auch Missbilligung hervorgerufen; umso erstaunter schienen die Fürsten zu sein, den Kaiser voller Pläne und Tatendrang anzutreffen. Die glanzvolle Hofhaltung ließ sie nicht unbeeindruckt, und Willigis' Einfluss tat ein Übriges: Einstimmig wurde der erst zweijährige Otto zum deutschen König gewählt. Weiterhin gelang es dem Kaiser, die Versammelten von einem neuerlichen Waffengang gegen die Ungläubigen zu überzeugen. Von einer Schiffsbrücke war die Rede, von der aus man nach Sizilien gelangen wolle, um die Insel zur Ehre Gottes zu besetzen und die Schmach vom Kap Colonne zu tilgen.

»So wie Xerxes einst über den Hellespont ging, so will ich die Meerenge von Messina überschreiten«, erklärte Otto feierlich und zugleich seine Belesenheit bezeugend.

»Verschweig ihnen, wie des Persers Feldzug endete«, raunte Theophanu ihm nicht ohne Hohn zu.

Die Fürsten erklärten sich bereit, Bewaffnete zu entsenden. Der Reichstag endete mit großen Erwartungen an eine Zukunft, die ungewisser war denn je.

Theophanu hatte darauf gedrängt, nach der Wahl des Sohnes zum König recht bald die Krönung stattfinden zu lassen. Diese aber konnte traditionell nur in Aachen erfolgen. Also machten sich die Erzbischöfe von Mainz und Ravenna, Willigis und Johannes, mit dem kleinen Otto von Mantua aus auf den Weg nach Deutschland, um die Krönung zu vollziehen. Anschließend sollte der kleine König dem Erzbischof von Köln, Warin, zur Erziehung übergeben werden.

Die Trennung von ihrem Sohn war für Theophanu besonders schmerzlich. Auch Otto stiegen Tränen in die Augen, als man ihm den Knaben ein letztes Mal vorführte.

»Keine Angst, mein Junge, wir sehen uns bald wieder«, sagte der Vater tröstend. Worauf der Kleine heftig mit dem Kopf schüttelte, was drollig und majestätisch zugleich aussah. Aber niemand der Umstehenden wagte zu lachen.

Otto fuhr mit seinen Planungen für den Sarazenenfeldzug fort, als ihn aus Rom die plötzliche Nachricht vom Tod des Papstes ereilte. Unverzüglich machte er sich mitsamt Gefolge und einem Trupp Schwerbewaffneter von Larino aus auf den Weg in die Ewige Stadt, galt es doch, den römischen Adel in Schach zu halten, der am liebsten seinen eigenen Kandidaten auf den Stuhl Petri gesetzt hätte. Zum Nachfolger Papst Benedikts bestimmte Otto Bischof Petrus von Pavia, den er als Johannes XIV. inthronisieren ließ.

Kaum waren diese Dinge geklärt, überbrachten Boten aus Deutschland beunruhigende Nachrichten: Dänen und Slawen bedrohten die Grenzen des Reiches, drangen mancherorts gar ins Kernland vor, wüteten ärger als jemals zuvor. Die Bischofskirche in Oldenburg wurde dem Erdboden gleichgemacht, selbst Magdeburg war bedroht, Ottos des Großen liebstes Domizil. Die Alten fühlten sich an die Einfälle der schrecklichen Ungarn erinnert. Andere sprachen von der Strafe Gottes, hatte Otto doch unlängst das Bistum Merseburg unter fadenscheinigen Gründen aufgelöst, um seinen ehrgeizigen Vertrauten Giselher, bis dahin Merseburger Bischof, zum Erzbischof von Magdeburg erheben zu können. Merseburg aber war eine Gründung des alten Kaisers Otto gewesen; vor der Ungarnschlacht auf dem Lechfeld hatte er feierlich gelobt, das Bistum zu Ehren des heiligen Laurentius zu errichten.

»Es brennt überall«, klagte Otto in Gegenwart von Theophanu, »wie Sisyphos fühle ich mich, der vor Aufgaben stand, die nicht zu bewältigen waren.«

»Sisyphos war selbst an seinem Unglück schuld«, entgegnete Theophanu hart.

»Gott und die Heiligen – glaubst auch du, dass sie mir zürnen?«

»Nein. Denn Gott weiß um deinen heiligen Eifer.«

»Was also rätst du mir?« In den vergangenen Monaten hatte er ihr diese Frage nicht mehr gestellt. Jetzt aber, da seine Träume jäh zu zerplatzen drohten, war ihm offenbar viel daran gelegen, ihre frühere Vertrautheit wiederherzustellen.

Theophanu sah ihn eindringlich an. »Kehr zurück in das Land deiner Väter. Sorge dort für Ordnung und lass diejenigen verstummen, die dir vorwerfen, jegliches Augenmaß verloren zu haben.«

»Diese Menschen haben keine Visionen«, murmelte er verzweifelt, fügte sich aber letztlich den Erfordernissen der Gegenwart. »Im Frühjahr kehren wir nach Deutschland zurück.«

Ohnehin stand der Winter unmittelbar bevor, was eine Überquerung der Alpen zur Tortur gemacht hätte. Theophanu war froh, dass Otto der Vernunft den Vorrang gab, anstatt abenteuerlichen Träumen hinterherzujagen.

Tags darauf erkrankte Otto plötzlich. Zunächst verspürte er Übelkeit und Unwohlsein, und sein Darm versagte ihm den Dienst. Der herbeigerufene römische Arzt, ein gedrungener alter Mann mit einem echsenartigen Aussehen, verordnete ihm Aloe und Bettruhe.

»Wie kann Gott mich jetzt mit Krankheit strafen?«, lamentierte der Kaiser in Theophanus Gegenwart.

»Nicht so ungeduldig, Imperator. Wenn du dich an die Anordnung des Arztes hältst, bist du bald wieder gesund.«

»Die Welt gerät aus den Fugen – und ich muss im Bett liegen.«

»Es gibt nichts, was du tun könntest, außer wieder zu Kräften kommen.«

»Aber das muss rasch geschehen. Dieser Arzt – ich traue ihm nicht.«

»Unsinn. Man sagte mir, er sei der beste der Stadt. Also tu, was er dir sagt. Und gönne dir die Ruhe, die du so lange entbehren musstest.«

Sorgenvoll nahm Theophanu zur Kenntnis, dass Otto mehr denn je wie ein Getriebener wirkte, was möglicherweise auch an dem Fieber lag, das ihn allmählich in Besitz nahm.

»Verflucht, mein Bauch! Nie hatte ich solche Schmerzen!«

Theophanu beugte sich über ihn, küsste ihn auf die schweißnasse Stirn.

»Besser, ich lasse nach dem Arzt rufen, Liebster. Mach dir keine Sorgen, es wird dir bald besser gehen.«

Zwei Tage darauf ließ der Arzt sich zur Kaiserin führen, die mit ihrer Dienerin in den Gärten des Palatin spazierte und die herrlich erfrischende Luft genoss, ein eher seltenes Gut in der sonnenglutgewohnten Ewigen Stadt. Theophanu war überrascht über seinen unangemeldeten Besuch, doch als sie in sein verängstigtes Gesicht sah, schwante ihr Böses.

»Herrin, Euer Gemahl …« Der alte Mann gluckste und wusste nicht, wohin er schauen sollte.

Theophanu war bleich geworden. »Was ist mit dem Kaiser?«

»Nun, er bestand darauf, dass ich die Dosierung der Medizin erhöhe. Selbstverständlich riet ich ihm dringend davon ab, aber er …«

»Ihr lasst Euch von Euren eigenen Patienten ins Handwerk pfuschen? Was ist geschehen?«

»Ach Herrin, da der Kaiser mir mit Strafe drohte, verabreichte ich ihm die doppelte Menge des Aloe-Extraktes.«

»Das dürfte den Kaiser ja wohl kaum ins Jenseits befördern«, mischte Eunice sich schnippisch ein. Mit Kräutern kannte sie sich aus.

Der Arzt wand sich wie ein Aal. »Das ist wohl wahr, aber …«

»Sprecht!«, fuhr Theophanu ihn ungehalten an.

»Offenbar ist es dem Kaiser gelungen, mir den Beutel mit dem Extrakt … äh, zu entwenden.«

Theophanu begriff und wurde noch bleicher. Auch Eunice schlug sich entsetzt eine Hand vor den Mund. Den Frauen war plötzlich klar, was geschehen sein musste. Getrieben von seiner Rastlosigkeit, hatte Otto seine Heilung herbeizwingen wollen.

»Lebt er?«, fragte Theophanu mit heiserer Stimme.

Der Arzt nickte bang. »Ja, aber … es geht ihm sehr schlecht, Herrin.«

»Wie viel hat er von dem Extrakt genommen?«, forschte Eunice. Ihre Stimme glich einem wütenden Bellen.

»Ich fand den Beutel leer«, musste der alte Arzt kleinlaut zugeben.

»Heiliger Pantaleon«, keuchte Eunice.

»Ich muss zu ihm!« Theophanu löste sich aus ihrer Erstarrung.

»Herrin«, schnaufte der Arzt händeringend, »bitte bestraft mich nicht. Glaubt mir, ich tat mein Bestes, aber der Kaiser wollte nicht auf mich hören!«

»Ihr Römer seid ein Volk von Eseln!«, brach es aus ihr hervor. »Und euch wollte mein Gemahl zu neuer Blüte verhelfen, ha …! Kommt mir nie wieder unter die Augen, Medicus.«

Otto litt an heftigsten Durchfällen, die ihm alle Kräfte raubten. Andere Ärzte, die man herbeirief, zeigten sich äußerst besorgt; auch die Nonnen, die den Kaiser pflegten, hatten eine solche Form der Vergiftung noch nicht erlebt. Man verabreichte ihm eiligst das Sterbesakrament, aber als die Durchfälle nach zwei Tagen nachließen, schien der Kaiser auf dem Weg der Besserung.

»Lass mich nicht allein«, flüsterte Theophanu ihm immer wieder ins Ohr.

»Majolus hat sich geirrt, und dabei soll es auch bleiben.« Otto gelang sogar wieder ein Lächeln.

Dann aber setzten heftigste Darmblutungen ein. Die herkömmlichen Mittel der Ärzte zeigten keinerlei Wirkung. »Wenn die Blutungen nicht aufhören«, beschied einer der Heiler der Kaiserin, die aus ihrer Sorge nicht mehr herauskam, »dann wird bald alles Blut seine Adern verlassen haben.«

Blieb nur noch das Gebet. Auch Johannes, der neue Papst, gerade erst durch den Kaiser zu seinem Amt gelangt, eilte zum Aventin, um ihm geistlichen Beistand zu leisten.

In den frühen Morgenstunden des 7. Dezember ließen die Nonnen die Kaiserin wecken, da Otto entschieden nach ihr verlangte. Im Nachtkleid suchte Theophanu das Lager des Kranken auf. Und erschrak, als sie den Gatten sah: Weiß wie Schnee war nun sein Antlitz, eingefallen lagen die Augen in ihren Höhlen. Immerhin schimmerte noch ein Rest von Leben darin.

»Geliebteste«, hauchte er.

Sie setzte sich zu ihm, griff zärtlich nach seiner Hand, die ihr knochig und wie mit dünnem Pergament überzogen schien.

»Hören wir auf, den guten Majolus auszulachen«, sagte er. »Er hatte recht.«

Widerspruch wäre eine Lüge gewesen. Des Kaisers Leben neigte sich unübersehbar dem Ende zu. Theophanus Augen wurden feucht. Sie entließ die anwesenden Nonnen mit einem Wink.

»Du bist stark, Geliebteste. Nie wieder wird das Reich eine so starke Frau wie dich haben.« Leise kamen ihm die Worte über die ausgezehrten Lippen.

»Wie kann ich stark sein ohne dich?«, klagte sie.

»Ohne mich wirst du noch viel stärker sein. Schon deinetwegen wird man mich hoffentlich nicht als Gescheiterten betrachten.«

»Was redest du da bloß?«

»Die Wahrheit.«

Eine Weile herrschte Schweigen.

»Weißt du noch, was meine ersten Worte zu dir waren, Geliebteste?«

»Wie könnte ich die vergessen? Du sagtest: ›Ich hoffe, du hattest eine gute Reise!‹«

Sein Lachen ging in ein qualvolles Röcheln über. Als er wieder Luft bekam, küsste er Theophanus Hand.

»Es war der schönste Tag meines Lebens«, flüsterte er.

»Du warst so schüchtern, dass du mir kaum in die Augen schauen wolltest.«

»Es war deine Schönheit, die mir in den Augen stach. Zwar hatte man mir bereits viel über dich berichtet, aber als ich dich dann sah …« Seine Augen blickten in die Ferne, als erlebe er dort ihre damalige Begegnung von Neuem. »Du sprachst von den beschwerlichen Wochen auf See«, fuhr er mit schwachem Lächeln fort. »Und von der anstrengenden Fahrt im Reisewagen.«

»Und du warst sehr verständnisvoll. Nach ein paar Tagen

auf dem Pferd, so hast du behauptet, fühltest du dich ähnlich malträtiert.«

»Ja, und weißt du noch, was du daraufhin erwidert hast?«

Sie lächelten einander zu und antworteten gleichzeitig. »Ich weiß genau, welches Körperteil dir nach dem Ritt besonders schmerzt.«

»Zum Glück hat deine Mutter mich damals nicht gehört«, fügte Theophanu hinzu.

Otto wurde wieder ernst. »Meine Mutter – du musst mit ihr Frieden halten, solange unser Sohn noch nicht selbst regieren kann.«

»Ich weiß nur zu gut, dass ich auf ihre Unterstützung angewiesen bin. Wir werden gut miteinander auskommen.«

»Willigis wird unseren Sohn zu Weihnachten zum König krönen. Sieh nur zu, dass die Boten, die die Todesnachricht überbringen, nicht früher in Aachen eintreffen. Otto muss bereits König sein, wenn man von meinem Tod erfährt. Und mein Vetter Heinrich, der Zänker – gewiss wird er dir wieder Schwierigkeiten machen.«

Sie dachte an die Worte des alten Gero, und ihre Augen begannen mit einem Mal zu funkeln. »Er wird es mit einer Löwin zu tun bekommen, Liebster.«

»O ja, das wird er. Wenigstens kann ich beruhigt sterben. Nur werde ich leider nicht mehr aus meines Vaters Schatten treten können.«

»Die Nachwelt wird dich als tapferen Mann in Erinnerung behalten.«

»Die Nachwelt wird mich vor allem als den Gemahl der Kaiserin Theophanu sehen. Ich habe dich sehr geliebt.«

»Und ich werde nie wieder einen Mann so lieben wie dich.«

Sie schwiegen, die Hände miteinander verflochten. Otto wirkte immer kraftloser.

»Schlaf, mein Liebster, schlaf«, sagte Theophanu zu ihm.

»Sobald ich einschlafe, ist es der Todesschlaf, der über mich kommt. Ich will dich aber noch eine Weile bei mir wissen.«

»Ich bleibe bei dir, bis Gott dich zu sich ruft.«

»Das nenne ich eine Gnade ... Wenn ich bei Gott bin, werde ich ihn bitten, auch dir einst in der Stunde deines Todes eine treue Seele zur Seite zu stellen.«

»Versprichst du mir das, Liebster?«

»Ich schwöre es!«

Sie küsste ihn auf die schweißnasse Stirn.

»Da gibt es noch etwas, das unerledigt ist, obwohl ich ein Versprechen gab«, keuchte Otto mit neuerlicher Unruhe. »Nach der unseligen Schlacht gegen die Sarazenen ... Es gab da einen Mann, der mich rettete ... Ach, wenn mir doch bloß sein Name einfiele ... Dieses verdammte Fieber, es raubt mir die Erinnerung ...«

»Lass es nur gut sein.«

»Aber ... ich versprach ihm ...«

»Was auch immer, es ist keine Sünde, vor der Einlösung eines Versprechens zu sterben. Niemand kennt die Stunde seines Todes.«

»Er war Jude ... ja, das weiß ich noch genau ... Aber sein Name ... Ein Weib und vier Kinder nannte er sein Eigen – oder waren es gar fünf?«

»Quäl dich nicht damit, Liebster. Vertrau darauf, dass Gott es schon richten wird.«

Kaiser Otto II. starb in den frühen Nachmittagsstunden in der Anwesenheit Theophanus, des Papstes, einiger Edler, Ärzte und Nonnen. Theophanu selbst schloss dem Toten die Lider. Schwer lag der Geruch von Weihrauch und Kerzen in der Luft.

Graf Sikko, der kaiserliche Statthalter, trat nah an Theophanu heran. »Vergebt mir, meine Kaiserin«, raunte er ihr zu,

»aber wir müssen uns sputen, seinen Leichnam herzurichten, damit wir ihn ohne Verzug heimwärts bringen können.«

Theophanu schüttelte den Kopf. »Hier, in Rom, werden wir ihn bestatten, Graf«, sagte sie mit Nachdruck, sodass alle Blicke sich erstaunt auf sie richteten. »So lautet sein Wunsch. Es ist das Land seiner Träume, die Stadt, die er zu altem Glanz führen wollte. Was liegt näher, als seine sterblichen Überreste hier ruhen zu lassen!«

In der Peterskirche wurde der Kaiser, der nur achtundzwanzig Jahre alt geworden war, bestattet. Feierlich zelebrierte der Papst das Requiem. Ein alter Römersarkophag aus Marmor diente Otto als letzte Ruhestätte.

*

Am Abend des Neujahrstages – aus einem grauen Himmel rieselte unaufhörlich Schnee – kehrte Lupus in Helmprechts Kate ein. Groß war die Wiedersehensfreude. Sogar Jutta, die sich normalerweise wenig aus Geselligkeit machte, hing an den Lippen des Wolfsjägers, der immer etwas zu berichten wusste. Zunächst jedoch staunte er über den Nachwuchs in Helmprechts Haus. Die kleine Guda war gerade fünf Monate alt.

Jutta war eifersüchtig. Früher hatte Lupus ihr wesentlich mehr Aufmerksamkeit geschenkt, heute musste sie diese mit Magda, Brun und jetzt auch noch mit Guda, ihrer Halbschwester, teilen. Jutta legte Wert auf diese Bezeichnung. Obwohl Guda doch noch ein Säugling war, mochte Jutta sie nicht leiden. Vielleicht würde sie die Halbschwester eines Tages so sehr hassen wie Brun. Allein zu Magda verspürte sie geschwisterliche Zuneigung.

Ursel bewirtete den Gast mit Hirsebrei. Die Kinder wurden zum Schlafen geschickt, doch Jutta lauschte still und neugierig den Worten der Erwachsenen, die sich um die Feuerstelle geschart hatten.

»Nun erzähl schon, Wolfsquäler, was gibt's Neues in der Welt?«, wollte Helmprecht von seinem alten Freund wissen.

»Ich hätt's mir denken können: Ihr Hinterwäldler habt's noch nicht gehört.«

»Und das wäre?«

»Der Kaiser ist tot!«

Überrascht starrten Helmprecht und Ursel den Wolfsjäger an. Jutta spitzte die Ohren.

»Ohne Leute wie mich würdet ihr wahrscheinlich denken, der große Karl regiere immer noch das Reich.«

»Tot ist er? Dabei war er doch noch so jung.«

»Das hat er nun davon, dass er das Land der Welschen mehr schätzte als sein Vaterland.«

»Juchhu!«, schrie Brun, der gleichfalls lauschte. »Jetzt kann ich selbst Kaiser werden. Kaiser Brun! Alle sollen mir huldigen!«

»Ruhe da hinten!«, mahnte Helmprecht.

»Idiot!«, zischte Jutta ihrem Stiefbruder zu.

»Schleimige Kröte«, gab Brun zur Antwort.

»Was geschieht nun?«, wollte Ursel wissen. »Sein Sohn ist doch noch ein Kind.«

Lupus setzte eine wichtigtuerische Miene auf. »Tja, das ist eine andere Geschichte. Den kleinen Otto haben sie Weihnachten erst in Aachen zum König gekrönt. Am Tag nach der Krönung platzte ein Bote aus Rom mit der Nachricht vom Tod des Kaisers in die Festversammlung. Könnt ihr euch das Entsetzen vorstellen, das die vornehmen Herrschaften da befallen hat? Tja, der liebe Gott ruft sie alle zu sich, ob reich, ob arm, ob edel oder hörig.«

»Aber der Knabe ist zum Regieren noch viel zu jung«, warf Ursel ein.

»Das wird wohl seine Mutter, die Byzantinerin, für ihn übernehmen. Zumindest bis der Junge volljährig ist.«

»Eine Frau als Regentin?« Helmprecht lachte höhnisch auf. »Noch dazu diese hochmütige Fremde? Lieber Gott, in was für Zeiten leben wir bloß!«

Jutta konnte nicht länger an sich halten. »Sie wird es allen zeigen! Keiner kann ihr das Wasser reichen.«

»Wer hat dich denn gefragt?«, rief Helmprecht verärgert. »Schlaf, sonst leg ich dich übers Knie.«

»Mir scheint, die Byzantinerin hat eine große Verehrerin in deinem Haus«, schmunzelte Lupus.

»Hör nicht auf sie. Nicht zum ersten Mal redet sie so dumm daher. Wahrscheinlich bin ich nicht streng genug mit ihr.«

»Lass die Kleine. Sie ist nicht die Einzige, die Kaiserin Theophanu verehrt. Entweder man schätzt die hohe Frau oder man verachtet sie. Dazwischen gibt es merkwürdigerweise nichts.«

»Bleibt nur zu hoffen, dass man diese Griechin nicht gewähren lassen wird.«

»Hm. Ich könnte mir vorstellen, dass der Zänker sich nun aus seiner Verbannung traut.«

Jutta hatte nicht die geringste Ahnung, wer der Zänker war. Sie wusste nur, dass sie ihn abgrundtief hasste.

Mehr noch als Brun.

Dritter Teil
984–991

Die Löwin

16

Draußen blies der eiskalte Wind. Noch nie hatte Jutta einen so harten Winter erlebt. Am Abend hatte sie zusammen mit Vater und Brun das strohgedeckte Dach vom Schnee befreien müssen, damit es der Last standhielt. Schlaflos lag sie nun in ihrem Bett und dachte an Lupus, der am Vortag weitergezogen war. Ob er in dieser furchtbaren Nacht ein Dach über dem Kopf hatte? Jutta konnte es nur für ihn hoffen. Andererseits war ihr bewusst, dass einen Mann wie Lupus, der jahrein, jahraus unterwegs war, nur wenig überraschen konnte. Wahrscheinlich war es unnötig, sich Sorgen um ihn zu machen. Irgendwie beneidete sie ihn um sein freies Leben.

Trotz der Glut, die noch an der Herdstelle glomm, war es bitterkalt im Raum. Vaters Schnarchen und der Wind, der durch die Ritzen pfiff, vermischten sich in einem schaurigen Gesang. Als würde ein Gespenst ein Lied anstimmen, um die Menschen das Fürchten zu lehren. Aber Jutta hatte keine Angst vor bösen Geistern. Was anderen Kindern einen kalten Schauer über den Rücken trieb, entlockte ihr nur ein Schulterzucken. Längst hatte sie begriffen, dass Angst den Menschen bloß Steine in den Weg legte. Nächte wie diese mochte sie sogar. Man konnte herrlich über eine Zukunft nachsinnen, in der alles besser war. In der man vornehmer hauste als neben Hühnern und Mäusen in einer erbärmlichen Kate.

Erstaunlicherweise schien sie die Einzige zu sein, die in dem Getöse noch wach lag, denn der Rest der Familie rührte sich nicht. Dann aber vernahm sie neben sich ein leises Wimmern. Magda! Die Kleine zitterte unter ihrer löchrigen Leinendecke; das geliebte Bärenfell hatte sie jüngst an Guda abtreten müssen.

Jutta robbte mit ihrer eigenen Decke zu der vierjährigen Schwester hinüber, schmiegte sich an sie und flüsterte: »Warum weinst du denn, Magda? Ist dir kalt?«

»Ich will mein Bärenfell wiederhaben.«

Jutta hatte Verständnis für diesen Wunsch. Für Vater und Ursel existierte offenbar nur noch Guda. Dieses hässliche Kind mit dem Froschgesicht, das unverkennbar Bruns Schwester war …

»Eines Tages kaufe ich dir ein neues Bärenfell«, versicherte Jutta der Schwester.

»Wovon willst du das bezahlen?«

»Mach dir keine Gedanken. Du kriegst das Fell.« Sie rieb die Kleine mit ihren Händen, um sie zu wärmen. Aber Magda war noch nicht zufrieden, denn sie schniefte immer noch. »Schlaf jetzt«, hauchte Jutta ihr ins Ohr und streichelte ihr zärtlich durchs Haar. Magda zuckte vor Schmerz zusammen, was zweifellos an der Beule lag, die Jutta an ihrem Hinterkopf ertastete.

»Du hast dich gestoßen?«

»Nein. Das war Brun.«

»Was hat er dir angetan?«

»Er hat mich mit einem Stock geschlagen. Ich hasse ihn.«

Am liebsten hätte Jutta sich auf der Stelle im Namen der Schwester gerächt und wütend auf den Schlafenden eingedroschen. Aber das konnte sie nicht tun, ohne sich großen Ärger einzuhandeln. »Ich hasse ihn auch«, entgegnete sie grimmig. »Brun ist ein dummer Unhold. Daran können wir nichts ändern.«

»Da bin ich zu Papa gelaufen. Aber der hat nur gesagt, ich soll aufhören mit der Heulerei.«

»Glaub mir, eines Tages kriegt Brun seine gerechte Strafe. Darauf kannst du dich verlassen.«

»Von wem kriegt er seine Strafe?«

»Von mir! Du wirst schon sehen, mach dir keine Sorgen.« Sie küsste die Schwester auf die Wange.

»Erzähl mir eine Geschichte«, bettelte die Kleine.

»Du solltest jetzt lieber schlafen.«

»Der Wind! Ich kann nicht schlafen, wenn er so heult. Das macht mir Angst.«

»Ich bleib ja bei dir. Du brauchst keine Angst zu haben.«

»Bitte! Eine Geschichte.«

Jutta seufzte. »Na schön, du kleiner Quälgeist.« Sie dachte kurz nach. »Ich will dir die Geschichte von den beiden Schwestern erzählen, die eines Tages in die weite Welt ziehen wollten. Sie lebten auf einem Hof.«

»So wie wir?«

»Genau. Sie hatten keine Lust, ihr ganzes Leben dort zu verbringen.«

»Aber warum nicht?«

»Warum, fragst du? Findest du es denn so schön, den ganzen Tag auf sumpfigen oder gefrorenen Äckern zu arbeiten? Sich immerzu mit stinkendem Vieh herumzuplagen?«

»Hm ...« Magda schien nicht zu wissen, wie ein anderes Leben aussehen könnte.

»Eines Tages beschlossen die beiden Schwestern, den Hof des Vaters zu verlassen.«

»Wohin wollten sie gehen?«

Jutta schwieg kurz. »Zum kaiserlichen Hof«, erklärte sie dann und lächelte ins Dunkle hinein.

»Wo ist der kaiserliche Hof?«, wollte Magda wissen.

»Mal hier, mal dort. Der Kaiser und die Kaiserin reisen immerzu durch ihr Reich. Sie haben viele Diener und müssen bestimmt nicht zwischen Hühnern schlafen.«

»Die Kaiserin ist wunderschön, nicht wahr?« Schon oft hatte Jutta ihr stolz von ihrer Begegnung damals erzählt.

»Sie ist das schönste Wesen auf dieser Welt. Und es ist jammerschade, dass du damals noch ein Würmchen warst und dich an nichts erinnern kannst. Aber der Tag wird kommen, an dem auch du sie sehen wirst.«

»Ich?«

»Du – oder die jüngere Schwester in unserer Geschichte. Das läuft auf dasselbe hinaus.«

Magda war verwirrt, was ihrer Neugier jedoch keinen Abbruch tat. »Was wollten die beiden Schwestern am kaiserlichen Hof?«

»Ein besseres Leben führen. Schöne Kleider tragen. Immer genug zu essen haben. Und dabei die Schönheit der Kaiserin bestaunen. Ihr jeden Tag Rosen bringen.«

»Rosen?«

»Gewiss doch. Einer Kaiserin schenkt man Rosen!«

»Aber ... bestimmt würde der Vater seine Töchter niemals ziehen lassen.«

Helmprechts Schnarchen setzte just in diesem Augenblick aus, als hätte er das verwegene Geflüster der Mädchen vernommen. Eine Weile war nur noch der Wind zu hören. Als das Schnarchen wieder einsetzte, fuhr Jutta fort.

»Du hast recht, Magda. Freiwillig würde er sie gewiss niemals ziehen lassen. Die beiden Schwestern in meiner Geschichte sind deshalb auch ausgerissen.«

»Oh!«

»Keine Sorge. Sie haben es klug angestellt. Niemand hat sie je wieder eingefangen. Unterwegs mussten sie keine Not leiden.« Juttas Flüstern wurde noch leiser. »Denn sie besaßen einen kostbaren Schatz.«

»Einen Schatz?«

»Psst! Wirst du wohl leise sein. Ja, einen Schatz. Mit vielen, vielen Silbermünzen.«

»Woher hatten sie diesen Schatz?«

»Nun, sie hatten einen dummen Bruder, der ihn irgendwem

gestohlen hatte. Aber die Ältere der Schwestern hat ihm den Schatz einfach abgeluchst.«

»Wirklich?« Selbst in der Dunkelheit konnte Jutta Magdas aufgerissene Augen sehen. Und schon im selben Moment bereute sie, ihr darüber erzählt zu haben. Magda war noch ein kleines Kind, und es war nicht auszuschließen, dass sie sich eines Tages in ihrer Arglosigkeit verplapperte.

»Hör mir gut zu, du darfst mit niemandem darüber sprechen, hast du verstanden?«

»Klar. Ich sage nichts. Es ist *unsere* Geschichte.«

»Gut.« Abermals küsste sie die kleine Schwester. »Und jetzt wird geschlafen. Ich bleibe bei dir, bis du aufwachst.«

*

Pavia, Januar 984

Die Begegnung mit der Schwiegermutter, die die Nachricht vom Tod des Sohnes schon vor Wochen durch einen Kurier erhalten hatte, verlief ohne große Herzlichkeit. Eine kurze Umarmung, ein flüchtiger Wangenkuss, der Austausch der üblichen Höflichkeiten.

Später, nachdem Theophanu ein ausgiebiges Bad genommen hatte – ein Bad in heißem, nach Rosenessenz duftendem Wasser war nach einer langen Reise stets das Erste, wonach ihr der Sinn stand –, machte sie sich auf den Weg zu Adelheids Gemach. Die Schwiegermutter hatte sie zu sich gebeten, um gewisse Dinge mit ihr zu besprechen.

Adelheid selbst öffnete die Tür. Eine Dienerin war nirgends zu sehen. Die Kammer war so karg, wie Theophanu sie in Erinnerung hatte. Eine Klosterzelle, in der es bitterkalt war! So kalt, dass der Atem kondensierte. Hier hatte Adelheid ihr von der Prophezeiung des Majolus berichtet. Mit einem beklommenen Gefühl trat Theophanu ein. Adelheid wies auf die Stühle hinter dem Holztisch. Sie rümpfte die Nase, als Theophanu, die den Duft von Badeölen verströmte, an ihr vorüberschritt.

Als sie saßen, begann Theophanu leise: »Der Abt von Cluny …«

Adelheid hob abwehrend eine Hand. »Bitte, wir wollen nie wieder darüber reden. Nie wieder!«

Theophanu nickte dankbar.

»Der Schmerz einer Mutter, die den Sohn verliert, ist unermesslich«, fuhr Adelheid seufzend fort, »niemand, der es nicht selbst durchlebt hat, kann nachempfinden, wie sehr eine liebende Seele darunter leidet. Allein der Trost, ihn in Gottes Händen zu wissen, gibt der trauernden Mutter Kraft.«

Adelheids Selbstmitleid machte Theophanu ärgerlich, dennoch blieb sie beherrscht. »Nicht nur Ihr habt einen großen Verlust erlitten, Schwiegermutter. Ich habe Euren Sohn sehr geliebt, sein Verlust schmerzt mich keineswegs weniger. Es vergeht keine Stunde, wo ich nicht mit Trauer an ihn denke.«

Adelheid entging Theophanus anklagender Ton nicht. »Ihr haltet mich für selbstsüchtig, nicht wahr?«

Theophanu schwieg.

»Glaubt mir«, fuhr Adelheid mit einem neuerlichen Seufzen fort, »jeglicher Eigennutz liegt mir fern. Wir beide müssen bereden, wie es nun weitergeht. Otto ist noch ein Kind, und wenn er auch zum König gesalbt wurde, gilt es, ihm die Krone zu erhalten, bis er selbst regieren kann. Dazu bedarf es unserer Einigkeit. Was immer jemals an Unstimmigkeiten zwischen uns war, wir wollen sie hinter uns lassen.«

Es gab keinen Grund, ihr zu widersprechen. Mehr denn je war Theophanu auf Adelheids Mithilfe angewiesen. Nicht nur in Italien besaß die Witwe Ottos des Großen hohes Ansehen. Theophanu aber war für viele Fürsten noch immer die Fremde aus Byzanz. Die Tatsache, dass sie die Witwe des zweiten und die Mutter des dritten Otto war, machte sie zwar unantastbar, doch ohne Adelheids Unterstützung drohte ihr ein immerwährender Kampf gegen Gegner, deren Zahl im Dunkeln lag.

Gleichwohl war es jetzt an der Zeit, der Schwiegermutter zu demonstrieren, dass es nicht an ihr war, die Richtlinien vorzugeben. Sie hatte keineswegs vor, Adelheid das Heft des Handelns zu überlassen. Eine Frau, die Krongut dem Klerus überließ, mochte glauben, ihrer Seele damit Frieden zu verschaffen, doch zum Herrschen bedurfte es anderer Fähigkeiten. Theophanu war nicht gewillt, Adelheids Vorschläge abzuwarten.

»Ihr habt vollkommen recht, werte Schwiegermutter. Die Herausforderungen der Zukunft können wir nur gemeinsam meistern. Deshalb möchte ich Euch bitten, weiter in Italien die Interessen des Kaiserhauses als Regentin zu vertreten.«

Adelheid runzelte die Stirn. »Auch und gerade in Deutschland könnte ich unserem Geschlecht von Nutzen sein«, erklärte sie abfällig.

»Zweifellos. Und sobald ich Eurer bedarf, werde ich Euch rufen lassen.«

»Ihr seid mutig und selbstbewusst, aber Ihr seid auch eine junge Frau. Nicht selten werdet Ihr guten Rat nötig haben.«

»Wie wahr. Glücklicherweise mangelt es mir nicht an Ratgebern. Auch Euer Sohn vertraute Leuten wie Willigis; ich habe vor, es ihm gleichzutun. Auf meine Menschenkenntnis vertraue ich.«

»Die Euch sicher noch nie getrogen hat. Obwohl mir doch über Euren Vertrauten, den Kalabresen Johannes Philagatos, schon manches zu Ohren kam. Er soll verschlagen und habgierig sein.«

»Sagt man das hierzulande nicht über alle Griechen? Ihr solltet nicht alles glauben, was man Euch zuträgt.«

Die beiden Witwen maßen sich mit einem langen Blick. Theophanu dachte zurück an ihre erste Begegnung mit Adelheid. Ein schwärmerisches Mädchen, das mit klopfendem Herzen einer großen Frau entgegentrat, einer Heldin, die einst dem Kerker ihrer Feinde auf abenteuerliche Weise entflohen war und alsbald – wie in einem Ammenmärchen – das Herz des deutschen Königs erobert hatte.

Doch Adelheid hatte die künftige Schwiegertochter mit kühler Distanziertheit behandelt, ihr unverhohlen offenbart, dass sie nicht die Braut war, die sie sich für ihren Sohn gewünscht hatte. Schon damals hatte sie von einem Zweckbündnis gesprochen, das sie beide eingehen mussten, und dass hierfür keine gegenseitige Zuneigung nötig sei.

Nicht eine Spur von Herzlichkeit – was für eine herbe Enttäuschung. Später hatte Theophanu bitterlich geweint – um sich hinterher selbst zu geloben, nie wieder Tränen zu vergießen. Die Welt, in der sie sich fortan zu behaupten hatte, duldete keine Schwächen. Heute galt dies mehr denn je.

Die Heldin ihrer Kindheit war jetzt nur noch ein frömmelndes Weib, das sich aufs Jenseits vorbereitete und dennoch nicht von der Welt lassen konnte. Es war unmöglich, ohne sie zu regieren, deshalb lag es nahe, ihr einen Teil der Vormundschaft für den jungen Otto anzutragen.

Theophanu reichte ihr eine Hand. »Zum Wohle des Reiches und des jungen Königs!«

»Und zum Ruhme Gottes!«, fügte Adelheid hinzu.

»Entschuldigt mich jetzt, Schwiegermutter, ich fühle mich ein wenig unpässlich. Ich hätte kein heißes Bad nehmen dürfen, bevor ich diesen kalten Raum betrat.« Hüstelnd erhob sich Theophanu.

»Gewiss, geht nur und ruht Euch aus. Unser Bündnis ist geschlossen und bedarf keiner weiteren Konversation.«

Als Theophanu Adelheids Kammer verließ, war sie davon

überzeugt, sich ein Fieber zugezogen zu haben. Überhaupt, ihre ohnehin nicht sonderlich robuste Gesundheit war in diesem traurigen Winter besonders angeschlagen.

Einige Tage hütete Theophanu das Krankenbett. Auch Adelheid zeigte sich besorgt und schickte mehrmals ihren eigenen Leibarzt. Schließlich wich das Fieber und Theophanus Kräfte kehrten zurück. Schon bald aber gesellte sich zu all ihren Sorgen eine neue hinzu – die um Eunice. Theophanu fiel auf, dass die sonst so redselige Dienerin in letzter Zeit recht schweigsam geworden war. An einem Sonntag Ende Januar aber geschah etwas, das Theophanu sehr nachdenklich machte.

Milde Luft hatte die Winterkälte unversehens verdrängt. Die Kaiserin beschloss, einen Spaziergang durch die Gärten des Palastes zu unternehmen, wie die Ärzte es ihr empfohlen hatten. Froh, der Enge der Mauern für eine Weile zu entkommen, wünschte sie sich nichts sehnlicher, als dass ihre Kinder sie begleiten könnten.

Die Töchter, wie mochten sie sich entwickeln? Hielt Sophia die Stiftsdamen immer noch auf Trab? Hatten dagegen Adelheid und Mathilde inzwischen etwas Temperament angenommen? Den höflich förmlichen Briefen der Ordensfrauen, in deren Verwahrung sich die Mädchen befanden, waren solcherlei Dinge nicht zu entnehmen. Und der kleine Otto, nunmehr König, ob er sich nach der Mutter sehnte? Hatte er begriffen, dass er seinen Vater nie wiedersehen würde? Dass er nun der alleinige König des Reiches war? Was mochte in ihm vorgegangen sein, als der ehrwürdige Willigis ihm in Aachen die Krone aufs Knabenhaupt gesetzt hatte? War sich der Knabe der Bedeutung der Zeremonie bewusst gewesen – oder hatte er alles nur als Spiel empfunden? Die träumerische Veranlagung, die sich bereits in seinem zarten Alter zeigte, ließ jedoch erahnen, dass er die Weihe durchaus mit der gebührenden Ernsthaftigkeit erlebt hatte.

Theophanu hätte viel darum gegeben, die Kinder bei sich zu wissen. Seit Ottos Tod fühlte sie sich einsam. Auch dachte sie wieder oft an das Kind, das sie einst verloren hatte. Es war schon seltsam, dass dieses arme kleine Wesen sie immer noch beschäftigte, obwohl seine Seele, wie die Priester ihr versicherten, doch längst im Himmelreich weilte. Vermutlich lag es an dem Traum, den sie damals gehabt und der sich ihr so eingeprägt hatte. Jenem Traum, in dem die kleine Irene überlebte, umhütet von einem engelhaften fremden Mädchen. Es lag wohl im Wesen glücklicher Träume, in der Erinnerung zu verhaften, vor allem wenn sich hinterher alles als Illusion erwies.

Versunken in solcherlei Gedanken hörte Theophanu mit einem Mal ein Wimmern. Suchend ließ sie den Blick schweifen und entdeckte hinter einem winterkahlen Gebüsch den vierjährigen Luitger. Kauernd hockte Eunices Sohn auf der kalten Erde. Theophanu schritt auf ihn zu.

»Luitger! Du wirst dich noch erkälten.«

Luitger sah zu ihr hoch und wischte sich die Tränen aus dem Gesicht, machte aber keinerlei Anstalten, sich zu erheben.

»Hast du denn keinen Spielgefährten?«

Der Junge zuckte mit den Schultern. Mit dem kleinen Otto hatte er manche Stunde im Spiel verbracht, doch der war nun weit fort. »Ich hab Hunger«, schniefte er.

»Dann solltest du etwas essen«, erwiderte Theophanu schmunzelnd.

»Die Mama gibt mir nichts.«

»Sie würde dich doch nicht hungern lassen.«

»Sie gibt mir nichts zu essen.«

Theophanu legte die Stirn in Falten. »Hast du sie vergrämt?« Sie reichte ihm eine Hand. Luitger ergriff sie zögernd. Sie führte ihn mit sich fort.

»Wo gehen wir hin?«, fragte er, während sein Trübsinn allmählich wich.

»Zur Küche. Wäre doch gelacht, wenn der Küchenmeister nicht etwas Leckeres für ein hungriges kleines Maul wie dich hätte.«

Die Küchenbediensteten, überrascht vom unvermuteten Erscheinen der Kaiserin, versprachen Abhilfe für den Hunger des Knaben. Theophanu machte sich anschließend auf den Weg zu ihrer Dienerin. Sie fand Eunice in der Kleiderkammer, wo sie, auf einem Hocker sitzend, stumpfsinnig vor sich hin starrte. Erst nach zweimaligem Zuruf hob sie den Kopf, stand aber nicht auf, wie es sich eigentlich geziemt hätte.

»Oh! Herrin!«

»Mir scheint, du fühlst dich unwohl.«

Die Leere in Eunices Augen verlor sich ein wenig. »Es geht mir gut. Verzeiht, ich ahnte ja nicht, dass Ihr meiner Hilfe bedürft.«

»Nein, so ist es nicht, Eunice. Es ist dein freier Nachmittag, und ich wollte bloß nach dir schauen. Dein Sohn klagte nämlich, du habest ihm nichts zu essen gegeben.«

Eunice wurde rot, aber sie winkte ab. »Er neigt zur Übertreibung, der Schlingel.«

»Tatsächlich?«

»Es mangelt ihm an Spielgefährten.«

»Dennoch, irgendetwas bedrückt dich doch. Wie lange kennen wir uns? Warum vertraust du dich mir nicht an?«

Eunice atmete tief und stieß die Luft seufzend aus. »Ach, alles ist so finster um uns herum, Herrin. Über allem scheint ein Fluch zu liegen. Ich fürchte, dass Gott die Gebete der Menschen nicht erhört, die in diesem schrecklichen Land weilen.«

»Es kommen wieder bessere Tage, glaub mir.«

»Warum lässt Gott die Menschen sterben, um deren Wohlergehen man ihn bittet? Will er uns strafen? Manchmal glaube ich, er verhöhnt uns.«

Theophanu trat an sie heran, nahm ihren Kopf in beide Hände, sah ihr tief in die Augen. »Es ist Schwermut, die dich in ihren Klauen hält und dein Herz mit Leid erfüllt, meine Liebe.«

»Keine Schwermut, Herrin. Kein Herzleid. Es ist nur … dieses schreckliche Land …«

»Meinem Gemahl war es das Land seiner Träume.«

»Euer Gemahl ist tot, Herrin. Verführt von den Dämonen, die hier an jeder Ecke lauern.«

Theophanu verbarg den Schrecken, den Eunices mutlose Worte in ihr auslösten. Wie eine Fremde erschien ihr die Dienerin, die ihr viele Jahre lang Zofe und Freundin zugleich gewesen war. Auch wirkte sie um Jahre gealtert, dunkle Ringe umrandeten ihre brachen Augen, die früher so lustig oder auch verschmitzt oder grimmig hatten dreinblicken können.

»Sprich nicht so, das steht dir nicht zu.«

»Verzeiht mir, Herrin.«

»Wende dich wieder dem Leben zu und gib dich nicht länger zerstörerischen Gedanken hin. Du hast einen Sohn, Eunice, der deine Liebe braucht. Und was dieses Land angeht – wir werden hier nicht ewig bleiben. Noch vor Beginn des Sommers werden wir die Alpen überqueren.«

»Ja, Herrin. Und dann kommen wieder bessere Tage, nicht wahr?«

Theophanu nickte. »So ist es, Eunice. Dann kommen bessere Tage.«

17

In den folgenden Wochen waren es zwei Begegnungen, die Theophanu nachhaltig beschäftigen sollten – sowie ein aus Deutschland eingetroffener Brief von Kanzler Willigis.

Gerbert von Aurillac hatte um eine Audienz gebeten; Theophanu empfing den Abt von Bobbio mit Wohlwollen. Ihn zu sehen, erinnerte sie an eine Zeit, da alles noch eine andere Wendung hätte nehmen können.

»Seid Ihr nach Pavia gekommen, um abermals gelehrte Dispute zu führen?«, fragte sie ihn lächelnd. »Nun, Ihr werdet Euch wohl einen neuen Kontrahenten suchen müssen.«

Der alte Ohtrich, Gerberts damaliger Widerpart, war nur wenige Wochen nach ihrem Streitgespräch gestorben.

»Als ich von seinem Tod erfuhr«, erwiderte Gerbert ernst, »da tat es mir fast leid, ihn derart vernichtend geschlagen zu haben.«

Theophanu hob eine Braue. »Ihr seht Euch als Sieger der Disputation? An Bescheidenheit mangelt es Euch jedenfalls nicht.«

»Mit Verlaub, jeder der Anwesenden sah mich wohl als Sieger, meine Kaiserin. Warum nicht Ihr?«

»Ich enthielt mich damals eines Urteils. Zum Sieger erklärte ich weder Euch noch Ohtrich. Was Ihr mir als fehlenden Mut auslegtet, Gerbert.«

»Nun, hoffentlich seht Ihr mir diese List nach, mit der ich Euch aus der Reserve locken wollte. Ihr sagtet, dass Ihr Euch sowohl Othrich als auch mich gewogen halten wolltet.«

»Ist es mir gelungen?«

»Für den guten Ohtrich – Gott sei seiner Seele gnädig! – vermag ich nicht zu sprechen, obwohl er sich gefreut haben dürfte, dass Ihr ihn nicht bloßstelltet. Was mich betrifft, so ist die Antwort auf Eure Frage nicht schwer. Ihr haltet mich hoffentlich nicht für kriecherisch, wenn ich sage, dass es nicht viele Herrschende gibt, die ich schätze wie Euch. Ein Narr, wer nicht nach Eurer Gunst strebt.«

Theophanu lachte herzhaft und lauter, als es sich geziemt hätte. »Habt Ihr eine Ahnung, wie viele Narren es auf dieser Welt gibt?«

»Ja, die habe ich, Herrin. Leider.«

»Bischof Dietrich von Metz, dessen Schutz ich unterstellt war, kann mich inzwischen nicht mehr sehen. Ich habe den guten Mann zu sehr verdrossen, und meine Gunst dürfte ihm einerlei geworden sein. Er hält mich für hochmütig und eitel. Vielleicht ergeht es jedem so, der mich zu lange ertragen muss.«

»Glücklicherweise bin ich nicht der Bischof von Metz.«

»Nein, Ihr seid der Abt von Bobbio. Ich bin gespannt, zu erfahren, was Euch zu mir führt.«

Gerbert räusperte sich; offenbar war sein Anliegen von eher leidiger Natur. »Nun, ich fürchte, dass meine Mitbrüder in Bobbio mich nicht mehr als ihren Abt haben wollen.«

»Ihr habt Euch mit ihnen überworfen?«

»So muss man es sagen.«

Theophanu neigte den Kopf zur Seite. »Ihr habt sie wohl zu sehr mit Disputen malträtiert?«

»Nicht jedem ist es gegeben, die Waffen des Geistes einzusetzen und die Hiebe zu ertragen.«

»Wäre es möglich, dass Eure Mitbrüder sich wenig aus geistreichen Gefechten machen?«

»Leider, meine Kaiserin, leider. Doch vor allem gibt es Probleme mit der Klosterdisziplin.«

»Womöglich seid Ihr allzu streng mit Euren Mitbrüdern.«

»Mit Verlaub, die Abtei war in desolatem Zustand, als ich sie übernahm. Wie anders als durch strenge Disziplin ließen sich Misswirtschaft und Korruption beseitigen?«

»Der Teufel ist nicht von Natur, sondern aus freiem Entschluss böse geworden, nicht wahr?«

Gerbert schmunzelte. »Es schmeichelt mir, wenn Ihr aus meinen Schriften zitiert.«

»Verzeiht, es lag mir fern, Euch zu schmeicheln. Wie kann ich Euch helfen?«

»Es war Euer Gemahl – Gott sei seiner Seele gnädig –, der mich in dieses Amt einsetzte. Nun bitte ich Euch, mich von dieser ehrenvollen Pflicht wieder zu entbinden.«

»Ihr wollt das Feld räumen, weil einige Mönche sich überfordert fühlen?«

»Sie ertragen keine Strenge.«

»Sie ertragen nicht *Eure* Strenge, will ich vermuten.«

»Deshalb bitte ich Euch ja, mich ziehen zu lassen. Ich fühle, dass Gott mich nicht für ein solches Amt geschaffen hat.«

»Und wohin gedenkt Ihr zu gehen?«

»Nach Reims, wenn Ihr erlaubt. Erzbischof Adalbert ist mein guter Freund. Er bat mich, ihm zu Diensten zu sein und meine Lehrtätigkeit wieder aufzunehmen. Nichts würde ich lieber tun, als seiner Einladung Folge zu leisten.«

»Mir scheint, Ihr habt Eure Flucht schon seit Längerem vorbereitet.«

»Wenn Ihr es befehlt, dann bleibe ich.«

»Damit wäre vermutlich niemandem gedient.«

Gerbert von Aurillac breitete die Arme aus, ein Flehen lag in seinem Blick. Theophanu dachte lange nach und sah den Gelehrten aus schmalen Augen an. »Wenn ich Euch ziehen lasse«, erklärte sie schließlich, jedes Wort betonend, »erwarte ich, dass Ihr in Frankreich die Interessen des Kaiserhauses vertretet. Seit dem Tod meines Gemahls sammeln sich dort die Krähen, um die Fleischstücke aus meinem Reich zu picken.«

Gerbert verneigte sich tief. »In mir werdet Ihr einen loyalen Mitstreiter haben, meine Kaiserin.«

Theophanu lächelte. »Daran zweifle ich nicht.«

Zufrieden mit sich selbst, verabschiedete sie den Gelehrten, der aufgrund seiner Autorität beträchtlichen Einfluss besaß und fortan in ihrer Schuld stand. Seiner Bitte war sie nachgekommen, hatte dies jedoch mit einer deutlichen Forderung verbunden. Nur so ließ sich Politik betreiben; Theophanu beabsichtigte, diesen Grundsatz nie wieder außer Acht zu lassen, bis er ihr in Fleisch und Blut übergegangen war. Wer glaubte, dass das Reich nach Ottos Tod unter schwacher Regentschaft stand, der sollte sich gründlich irren und es zudem bitter bereuen.

Eine andere Begegnung war für Theophanu so aufwühlend, dass sie sich hinterher in ihr Gemach zurückzog und für niemanden mehr zu sprechen war.

Eines Morgens teilte man ihr mit, ein verwahrloster Mann wünsche sie zu sprechen, allem Anschein nach ein Jude. Zwar habe man ihn fortschicken wollen, aber er sei von ungewöhnlicher Hartnäckigkeit und ließe sich einfach nicht abweisen. Es sei sein Recht als Untertan, um eine Audienz nachzusuchen, und das, was er der Kaiserin mitzuteilen habe, so seine dreiste Behauptung, betreffe den verstorbenen Kaiser.

Theophanu befahl, ihn vorzulassen. Bald darauf führten zwei Männer ihrer Leibgarde einen Mann von etwa dreißig Jahren in den Audienzsaal. Seine zerfetzte Kleidung starrte vor Schmutz, er war unrasiert und sah aus wie ein Flüchtling, der seit Wochen umherirrte. Doch wenn seine Augen auch von den Strapazen kündeten, die er durchgemacht haben mochte, so blitzten dennoch Entschlossenheit und Courage darin auf. Er verneigte sich tief vor der thronenden Kaiserin. Theophanus Leibwächter, die ihn am liebsten zum Teufel gejagt hätten, rissen ihm die lederne Kippa vom Kopf.

»Du stehst hier vor der Kaiserin, du jüdischer Flegel.«

Theophanu hob eine Hand. »Gebt ihm seine Kopfbedeckung.«

Der Jude erhielt sie zurück, behielt sie aber in seinen Händen. »Habt Dank, hohe Herrin. Mein Name ist Kalonymus ben Muschullam«, begann er mit heiserer Stimme, die von ausgestandenen Entbehrungen kündete. »Verzeiht, dass ich derart verlottert vor Euch trete.«

»Pah!«, machte einer der Wächter. »Er weigerte sich, in das frische Wams zu schlüpfen, das wir ihm reichten, damit er nicht wie ein stinkender Strauchdieb vor Euch träte.«

»Das ist wohl wahr«, räumte Kalonymus ein. »Zu dem, was ich Euch berichten werde, passt keine saubere Kleidung, Herrin.«

»Ihr behauptet, es betreffe meinen verstorbenen Gemahl, den Kaiser«, sagte Theophanu kühl.

»So ist es.« Er machte einen tiefen Atemzug. »Ich traf den Kaiser nach dem Gefecht am Kap Colonne.«

»Es war wohl eher ein Gemetzel«, erwiderte Theophanu bitter, forderte ihn aber durch ein Nicken zum Weitersprechen auf. Es kostete sie Kraft, Würde und Fassung zu bewahren.

»Ich begegnete dem Kaiser am Strand«, fuhr der Mann fort. »Er befand sich auf der Flucht vor seinen Feinden. Zwei Ritter begleiteten ihn, doch sie waren ohne Pferde unterwegs und somit ihren Verfolgern hoffnungslos ausgeliefert.«

Einer der älteren Hofgeistlichen war hinter Theophanu getreten. Sie lauschte den Worten, die er ihr zuflüsterte, um dann zu fragen: »Gehörtet Ihr zu seinem Heer, Kalonymus ben Muschullam? Hattet Ihr den Kaiser jemals zuvor gesehen?«

»Nein, Herrin. Aber ich kann durchaus verstehen, dass Euer Kaplan Euch zur Vorsicht rät.«

»Nun? Woher wusstet Ihr also, um wen es sich handelte, wenn Ihr doch meinem Gemahl noch nie begegnet wart? Auf seiner Flucht trug er nämlich das Wams eines Waffenknechtes.«

»Einer der Ritter sprach ihn an, deshalb brauchte ich nicht lange zu rätseln, um wen es sich handelte. Außerdem ergab es Sinn, dass ein flüchtender Kaiser sich tarnen musste. Welchen Waffenknecht flankieren wohl zwei bis auf die Zähne bewaffnete Ritter?«

»Sprecht weiter.«

»Ich bot ihm mein eigenes Pferd an, um seiner Flucht zu einem glücklichen Ende zu verhelfen. Reitend gelang es ihm, seinen Häschern zu entkommen. Später nahm ihn dann, wie zu erfahren war, eine griechische Galeere auf.«

»Also wart Ihr sein Retter.«

»Ich bin nur ein einfacher Tuchhändler, Herrin, den die Umstände an diesem Tag zu diesem Ort führten. Vielleicht war es der Wille des Herrn, dass ich zur Rettung des Kaisers meinen Beitrag leisten durfte.«

»Ihr gabt ihm Euer Pferd ohne jeden Eigennutz?«

»Ich bat ihn, für meine Familie in Mainz zu sorgen, wenn ihm die Rettung gelänge. Denn selbst für Leute wie mich war die Lage gefährlich. Die ausschwärmenden Sarazenen machten sich nicht die Mühe, zwischen fremden Kriegern und Zivilisten zu unterscheiden. Der Kaiser versprach, meiner Bitte nachzukommen, sobald er die Alpen wieder nordwärts überquert habe. Tatsächlich geriet ich noch am selben Tag in Gefangenschaft. Diese Ungläubigen machten mich zu ihrem Sklaven, und das war ich bis vor Kurzem, bis mir auf abenteuerliche Weise die Flucht gelang.«

Der Kaplan und die beiden Wächter zischten verächtlich. »Nicht ein einziges Wort würde ich ihm glauben, Herrin«, raunte der Geistliche Theophanu zu.

»Warum denkt Ihr, dass er lügt?«

»Er ist ein Jude und will sich Ruhm und Reichtum erschwindeln. Die Geschichte, dass Eurem Gemahl auf seiner Flucht ein Pferd zuteilwurde, ist inzwischen allgemein bekannt.«

»Und dennoch glaube ich diesem Mann«, erklärte Theophanu mit belegter Stimme.

»Ihr glaubt ihm?«

»Ich habe guten Grund, das zu tun.«

»Für mich ist er ein betrügerischer Lump.«

»Euch stört vor allem seine jüdische Herkunft, wenn Ihr ehrlich seid.«

»Aber …«

Mit einer gebieterischen Handbewegung brachte sie ihn zum Schweigen. »Mein Dank, dass Ihr meinem Gemahl aus tiefster Not geholfen habt, ist groß, Kalonymus ben Muschullam«, verkündete sie laut. »Das Versprechen des Kaisers wird selbstverständlich eingelöst. Ich werde veranlassen, dass Ihr reichen Lohn erhaltet. Auch will ich dafür sorgen, dass Ihr, sobald Ihr Euch von den durchgestandenen Strapazen erholt habt, unversehrt nach Mainz zu Eurer Familie zurückkehren könnt. Wie viele Kinder warten neben Eurem Weib auf Euch? Vier?«

Kalonymus' Augen rundeten sich überrascht. »Ihr wisst es? Allerdings hoffe ich inständig, dass es inzwischen fünf sind, denn meine Gattin war in gesegneten Umständen, als ich mich auf die Reise begab. Ich bete, dass alle heil und gesund sind.«

»Auch ich will dafür beten. Einige meiner Männer werden Euch heimwärts geleiten und Euch Schutz gewähren.«

Die Wächter wechselten einen verstörten Blick. Was veranlasste die Kaiserin, diesem dubiosen Fremden Glauben zu schenken und ihm überdies reiche Entlohnung zuzusichern? Dem Bittsteller aber rollte eine Träne über den Wangenschmutz und hinterließ dort eine Spur.

»Herrin, ich danke Euch!« Ergriffen neigte er das Haupt.

»Entschuldigt mich jetzt. Ich fühle mich unpässlich und möchte mich zurückziehen. Gehabt Euch wohl und grüßt mir Euer Weib und Eure Kinder.«

Theophanu erhob sich rasch und schritt davon. Heftig wütete der Schmerz der Erinnerung in ihr und wollte sich zwei Tage nicht lindern lassen.

*

Willigis, Erzbischof zu Mainz, Kanzler des Reiches, an Kaiserin Theophanu, Regentin, Königsmutter und Mehrerin des Reiches.

Herrin! Ich grüße Euch und hoffe, dass Ihr Euch guter Gesundheit erfreut. Es ist von hoher Dringlichkeit, dass Ihr und die Kaiserin Adelheid Euch unverzüglich auf den Weg über die Alpen macht. Denn es geschahen Dinge, die Eure Anwesenheit erfordern, damit sie nicht aus dem Ruder laufen.

Wie ich erwartet hatte, erhebt der Vetter des verstorbenen Kaisers, Heinrich, Anspruch auf die Vormundschaft des jungen Königs und beruft sich dabei auf altes Recht. Folkmar von Utrecht, dem Heinrich einst zur Haft übergeben wurde, veranlasste seine Freilassung, nachdem die Nachricht vom Tode des Kaisers eintraf. Dann begaben sich beide nach Köln, um von Erzbischof Warin das königliche Kind zu fordern. Warin übergab den Jungen seinem Onkel. Auch die Reichsinsignien nahm der Unverschämte an sich. Heinrich *Rixosus* versucht seitdem, die Reichsfürsten auf seine Seite zu ziehen. Einige Bischöfe haben sich bereits für ihn als Regenten ausgesprochen, darunter Dietrich von Metz, dem meine besondere Verachtung gilt, da er das Vertrauen der kaiserlichen Familie so schmählich missbraucht. Doch noch keinen der Herzöge hat Heinrich bislang für seine Sache gewonnen, auch wenn er zu Magdeburg einen Landtag einberief. Zu meiner Genugtuung sollen die Geladenen sich dort äußerst zurückhaltend gezeigt haben. Dennoch besitzt Heinrich ausgerechnet in Sachsen eine größere Anhängerschaft, vor allem in den Klöstern. So sah sich Eure Schwägerin, die Äbtissin zu Quedlinburg, gezwungen, Eure Tochter Adelheid dem Zänker zu übergeben, der sie zweifellos als wichtiges Unterpfand betrachtet. Adelheid befindet sich, wie meine Spione mir mitteilten, auf der Burg Ala bei Goslar, die der Zänker zuvor mit Waffengewalt in Besitz nahm. Zu Eurem Trost sei gesagt, dass sowohl Adelheid als auch ihr Bruder mit Gewissheit die Behandlung erfahren, die ihnen als Mitgliedern der kaiserlichen Familie zusteht.

Da Heinrich in Magdeburg nicht die von ihm erwartete Zustimmung erhielt, will er zu Ostern einen neuerlichen Anlauf wagen, sich zum König wählen zu lassen. In Quedlinburg erhofft er sich größeren Zuspruch. Möglicherweise werde ich militärisch gegen ihn vorgehen müssen, doch will ich vorläufig noch abwarten, wie die Dinge sich entwickeln. Mein Schreiben wird Euch nicht mehr rechtzeitig erreichen, Herrin, und wenn Ihr diese Zeilen lest, wurde der Würfel bereits geworfen. Doch was immer auch geschehen sein mag, Eure Rückkehr aus Italien ist, wie Ihr Euch denken könnt, zwingend erforderlich. Die Präsenz beider Kaiserinnen wird jeden Wankelmütigen an den Eid erinnern, den er dem jungen König, Eurem Sohn, und zuvor schon seinem Vater geleistet hat. Einen Krieg unter Vettern, wie es ihn in den ersten Regierungsjahren des großen Otto gab, gilt es zu vermeiden, doch dürfen wir uns dabei nicht zaudernd zeigen.

Auch sei Euch letztendlich mitgeteilt, dass es an den Ostgrenzen wieder ruhiger geworden ist. Wie von Euch befohlen, ließ ich noch vor dem Ende des Winters Truppen dorthin entsenden, um dem räuberischen Treiben slawischer Horden Einhalt zu gebieten. Doch bleibt fraglich, wie lange diese Ruhe anhalten wird. Eine größere Strafexpedition wird in naher

Zukunft unumgänglich sein, doch wollen wir zunächst den Zänker bändigen, was uns mit Gottes Hilfe auch gelingen wird.

In Mainz will ich Euch feierlich empfangen. Auf einem Reichstag, den ich voraussichtlich nach Rohr einberufen werde, sollen Eure Gegner dann vor Euch und dem König niederknien und Abbitte leisten.

In meine Gebete schließe ich Euch beständig ein. Der Herr sei mit Euch und möge Euch und der Kaiserin Adelheid eine unversehrte Heimkehr gewähren.

Mit zitternden Händen legte Theophanu den Brief ihres Kanzlers aufs Pult. Das Herz klopfte ihr bis zum Hals. Obwohl sie mit solchen Nachrichten schon seit Längerem gerechnet hatte, war die Gewissheit, dass es im Reich rumorte, wie ein Schlag. Die Sorge um ihre entführten Kinder drückte schwer auf Theophanu, auch wenn Willigis behauptete, dass es ihnen an nichts mangle. Dietrich von Metz – wie konnte er bloß solchen Verrat begehen?

Der Gedanke an Krieg bereitete ihr Übelkeit. Aber auch namenloser Zorn stieg in ihr auf. Wie hatte Erzbischof Warin den ihm anvertrauten jungen König ohne Weiteres dem Zänker übergeben können? Sie schwor sich, dies den Kölner mit dem Verlust seines Amtes büßen zu lassen. Willigis' Zuversicht, alles werde ein gutes Ende nehmen, hätte sie gern geteilt, aber im Augenblick war sie überwältigt von der Vielzahl der Gefühle, die in ihr tobten. Klar war ihr nur, dass sie schon bald wieder Herrin über ihre Empfindungen werden musste. Denn sie war die Kaiserin, sie war Regentin und Vormund, und kein Rebell sollte ihr das streitig machen.

»Gibt es schlechte Neuigkeiten?«, fragte Eunice, die ihrer Herrin gegenübersaß und träge an einer Stickerei arbeitete.

»Im Gegenteil, Eunice. Bereits morgen, in der Frühe, wollen wir uns aufmachen und dieses Land, das du so hasst, verlassen. Hast du dieser Nachricht nicht schon lange entgegengefiebert?«

Eunice strahlte; zum ersten Mal seit vielen Monaten hoben sich ihre Mundwinkel. Zumindest kam es Theophanu so vor.

»Ja, Herrin. Das ist in der Tat eine erfreuliche Nachricht.«

18

Zehn Wochen später, Reichstag zu Rohr im dortigen Benediktinerinnenkloster, 29. Juni 984

Er naht mit kleinem Gefolge!« Rasch machte die Nachricht die Runde. Von Heinrich war die Rede, der vergeblich die Königskrone hatte an sich bringen wollen. Die Tatsache, dass er ohne Heer erschien, überzeugte auch die letzten Zweifler: Der Zänker gab auf!

Willigis selbst meldete Theophanu vom Nahen des Kontrahenten. »Er kommt, um sich zu unterwerfen«, verkündete er. Der sonst so nüchterne Mann konnte sein Triumphgefühl kaum verbergen.

»Hat er den Jungen bei sich?«

»Wie könnte er es wagen, ohne den König zu erscheinen? Seid unbesorgt, Ihr werdet den Knaben noch heute in die Arme schließen.«

»Wann wird er hier sein?«

»In einer Stunde.«

»Gebt der Kaiserin Adelheid Bescheid. Zusammen mit ihr will ich Heinrich im Kapitelsaal empfangen. Sorgt dafür, dass alle Geladenen sich dort versammeln.«

Willigis verbeugte sich und schickte sich an, den Raum zu verlassen.

»Wartet!«, rief Theophanu.

Ihr Kanzler sah sie fragend an.

»Es ist in erster Linie Euer Verdienst, dass alles ein gutes Ende nimmt, Willigis«, sagte sie, indem sie ihm fest in die Augen blickte. »Mein Dank ist längst überfällig. Von Anfang an war meine Achtung für Euch groß. Vergebt mir, wenn ich Euch das nie merken ließ.«

Er schüttelte den Kopf. »Ich erledigte nur meine Pflicht, Herrin. Und es ist falsch zu sagen, dass es vor allem mein Verdienst war. Ein Mann wie ich vermag nur einer würdigen Herrscherin zu dienen.«

Als er gegangen war, rief Theophanu nach Eunice. »Ich werde Diadem und Purpurmantel tragen«, erklärte sie der Dienerin.

Nicht ohne Demut und dennoch stolz ging der Rebell vor den thronenden Kaiserinnen auf die Knie. Heinrichs Barthaar war grau geworden, sein lichtes Haar trug er nun kurz, und ein dichtes Netz von Falten durchzog sein wettergegerbtes Gesicht – was wohl bewies, dass er bei Folkmar von Utrecht keine Kerkerhaft hatte ertragen müssen. Der Zänker war alt geworden, doch das Blau seiner Augen schimmerte immer noch klar wie ein Bergsee. Er wirkte müde, aber nicht gebrochen. Während sie ihn musterte, erinnerte Theophanu sich an ihr letztes Gespräch. Sechs Jahre lag diese Begegnung in dem finsteren Verlies zurück. Ihrem Gedächtnis war nichts davon entfallen.

»Seid Ihr immer noch der Ansicht, dass Euch das Königsein im Blut liegt, Heinrich?« Trotz der Frage klangen Theopanus Worte weder anklagend noch provokant, sondern nüchtern, unvoreingenommen sogar.

Alle Anwesenden – es befanden sich weit über hundert Edle im Saal – schienen die Luft anzuhalten. Zu ihrer Überraschung lächelte der Zänker.

»Selbst das Blut eines Rebellen kann irgendwann zur Ruhe kommen, meine Kaiserin.«

Es war seltsam, sie empfand Mitleid mit ihm und versuchte, es zu unterdrücken. Seine Ansprüche waren keineswegs aus der Luft gegriffen gewesen. Als des jungen Otto nächster männlicher Verwandter hätte ihm nach Ansicht einiger Advokaten durchaus das Recht auf das Amt des Reichsverwesers zugestanden. Und nach dem Tod des Kindes gar die Königskrone.

»Ist es die Unterlegenheit Eurer Truppen, Vetter, die Euer Blut zur Besinnung bringt?«, fragte Theophanu sanft.

»Es wäre heuchlerisch, das zu leugnen. Doch muss ich mich fragen, warum Gott Euch und dem Kanzler das Glück schenkt, das er mir selbst verwehrt. Nun weiß ich die Antwort: Es ist sein Wille, dass *Ihr* das Reich regiert. Auch wenn es meinen Stolz verletzt, Gott gibt *Euch* den Vorzug«, er nickte jetzt auch Adelheid zu, »so wie Er *Eurem* Gemahl den Vorzug gab, als mein Vater mit ihm um die Krone rang. Ich will weise sein wie einst König Konrad, der auf dem Sterbebett meinem Großvater Heinrich die Krone antrug, weil dieser das Glück besaß, das ihm selbst fehlte.«

Adelheid senkte den Blick vor ihm; offenbar fühlte sie sich nicht wohl in ihrer Haut. Hatte sie nicht einst den Wünschen des Sohnes und der Schwiegertochter entgegengehandelt und Heinrich neben seinem bairischen auch zum schwäbischen Herzogtum verhelfen wollen? Eben jener Heinrich kniete nun als reuiger Rebell vor ihnen – war dies nicht ein deutlicher Fingerzeig, wie schlecht es um ihre Menschenkenntnis bestellt war? Möglich auch, dass Adelheid nichts dergleichen dachte und lediglich ihren frommen Gedanken nachhing, wie Theophanu vermutete.

»Umso besser, dass der Kampf nun beendet ist«, erklärte sie laut.

Heinrich nickte ernst. »Zumal es mir zuwider war, gegen Euch zu kämpfen. Nie wieder soll dies geschehen, das gelobe ich. Meine Anhänger habe ich von ihrem Treueeid entbunden.«

Offenbar setzte er voraus, dass man ihn begnadigte. Er hob eine Hand und gab einigen vornehm gekleideten Dienern aus seinem Gefolge einen Wink. Die Männer traten hervor; ein jeder von ihnen trug ein samtenes Kissen in den Händen, darauf die Kleinodien des Reichsschatzes, Krone, Reichsapfel, Zepter. Ein junger Geistlicher hielt feierlich die Heilige Lanze des Longinus. Otto der Große hatte sie getragen, als er auf dem Lechfeld die Ungarn besiegte.

Ein Raunen ging durch die Menge.

»Diese heiligen Dinge will ich nicht länger bei mir führen«, verkündete Heinrich. »Allein die Regentinnen und der junge König haben ein Anrecht, sie zu besitzen.«

Tosender Applaus brandete auf. Kaum jemand hatte sich vorstellen können, dass der Zänker sich beugen würde. Theophanu hob eine Hand, damit wieder Ruhe einkehrte. »Allein das Wertvollste fehlt mir noch, Vetter.«

Heinrich, der nach wie vor kniete, hob fragend die Brauen. Theophanu aber war überzeugt, dass er genau wusste, wovon sie sprach. Sie tat ihm den Gefallen, zu sagen, was er ohne Zweifel hören wollte, und mit ihm alle versammelten Edlen. Ohnehin hatte sie vorgehabt, ihm zurückzugeben, was ihm einst genommen worden war.

»Erhebt Euch, Heinrich, gewesener und künftiger Herzog von Baiern. Und schafft mir auf der Stelle meinen Sohn herbei, den König!«

»Ich wüsste nicht, was mir mehr Freude bereiten könnte.« Er stand auf und verließ unter allgemeinem Jubel den Saal.

Willigis, der in der vordersten Reihe stand, verschränkte die Arme vor seiner Brust und wechselte mit Theophanu einen zufriedenen Blick.

Mit dem vierjährigen Otto an der Hand kehrte Heinrich zurück. Theophanus Herz machte einen Satz. Otto war ein gutes Stück gewachsen. Rosige Wangen leuchteten in seinem Gesicht. Sein lockiges Haar erinnerte in seiner rötlichen Färbung mehr denn je an seinen Vater. Otto wirkte nicht im Geringsten verängstigt oder eingeschüchtert. Als er seine Mutter erblickte, ließ er die Hand des Onkels los, rannte ungestüm auf sie zu. Theophanus Sorge, der Junge könne sie nach einem Jahr der Trennung wie eine Fremde betrachten, löste sich augenblicklich in Wohlgefallen auf.

»Mutter!«

Sie erhob sich, bückte sich zu ihm herab, damit sie einander umarmen konnten. Abermals fröhlicher Beifall.

»Wie sehr habe ich dich vermisst«, flüsterte sie ihm ins Ohr. Er trug den Duft von Süßigkeiten an sich.

»O Mutter! Endlich seid Ihr da!«

»Vorsicht, mein Junge. Mein Diadem!«

»Wisst Ihr, dass auch ich jetzt eine Krone besitze? Sie haben eine geschmiedet, nur für mich, und sie passt genau auf meinen Kopf.«

»Mal sehen, wie lange sie dir noch passen wird, kleiner Mann. Sag, willst du nicht auch deine Großmutter begrüßen?«

»Guten Tag, Großmutter.« Er verbeugte sich artig vor Adelheid, wandte sich aber rasch wieder der Mutter zu. »Ist es wirklich wahr, dass mein Vater gestorben ist?«, fragte er nunmehr traurig.

»Ja, es ist leider wahr, mein Junge. Dein Vater ist von uns gegangen.«

»Aber er weilt nun in Gottes Himmelreich«, fügte Adelheid tröstend hinzu.

»Darf ich nun Onkel Heinrich meinen Vater nennen?«

Die Frage verblüffte Theophanu. »Aber er ist nicht dein Vater, Otto.«

»Und wenn schon – ich nenne ihn doch bloß so. Nur zum Spaß, versteht Ihr?«

»Besser, du nennst mich weiter Onkel«, erklärte Heinrich, der inzwischen hinter ihn getreten war und ihm die Hände auf die Schultern legte. »Eines Tages wirst du begreifen, weshalb das so sein muss.«

»Onkel Heinrich hat mir viele Geschichten erzählt, Mutter.«

»So?«

»Vom Kaiser Karl zum Beispiel, der in Aachen unter dem Dom begraben ist. Aufrecht sitzt sein Leichnam auf einem Marmorthron, während sein Bart weiterwächst und immer länger wird. Ich wollte in seine Gruft hinabsteigen, um zu sehen, ob das wirklich stimmt, aber man hat es mir nicht gestattet. Aber ich bin doch der König, oder?«

»Auch ein König darf nicht tun und lassen, was ihm gefällt«, lachte Theophanu.

»Es ist frevelhaft, die Ruhe eines Toten zu stören«, fügte Adelheid hinzu.

»Wenn ich groß bin, werde ich trotzdem zu ihm in die Gruft steigen!« Hinter einer Säule entdeckte er plötzlich Eunices Sohn Luitger. Damals, in Italien, hatten die Knaben viel Zeit miteinander verbracht. Otto winkte ihm zu, und Luitger winkte schüchtern zurück.

»Nur zu, geh und begrüße deinen Freund«, ermunterte Theophanu ihren Sohn. Otto nickte und machte sich auf den Weg. Theophanu bemerkte, wie sehr er sich mühte, nicht in kindlicher Freude zu hüpfen. Man hatte ihm wohl eingeschärft, wie wenig vornehm das wirkte.

»Er ist jetzt König. Ihr solltet seinen Umgang mit den Söhnen der Bediensteten auf das Nötigste beschränken«, sagte Adelheid missfällig. »Das könnte seiner Erziehung abträglich sein. Ist es nicht so, Herzog Heinrich?«

»Vermutlich, ja.« Er dachte nach. »Vielleicht aber auch nicht. Der Knabe besitzt Klugheit und Rückgrat zur Genüge; seinen edlen Kern wird auch der gröbste Einfaltspinsel nicht zerschmettern können. Er wird einmal ein bedeutender Herrscher sein.«

»Euer Wort in Gottes Ohr«, sagte Adelheid und seufzte.

*

Theophanu, von Gottes Gnaden erhabene Kaiserin, an Gerbert von Aurillac, den gelehrten Freunde.

Ich grüße Euch, mein geschätzter Gerbert. Hoffentlich erfreut Ihr Euch bester Gesundheit.

Es ist an der Zeit, Euch von Herzen zu danken. Unermüdlich habt Ihr Euch im Westreich für die Belange des Kaiserhauses eingesetzt, als Heinrich nach Vormundschaft und Krone griff. König Lothar, den trotz aller Verträge noch immer nach Lothringen gelüstet, ging ein Bündnis mit ihm ein, um auf diese Weise doch noch sein Ziel zu erreichen. Seinem Streben aber blieb der Erfolg versagt, da es Euch gelang, einflussreiche Männer für meine und meines Sohnes Ansprüche zu gewinnen und eine Opposition gegen König Lothar zu formieren. Seid gewiss, dass ich Euch dies niemals vergessen werde.

Hier im Ostreich war es mein Kanzler Willigis, der dem Machtstreben Heinrichs einen Riegel vorschob. Der Zänker – ich bin überzeugt, dass man ihn künftig nicht mehr so bezeichnen muss – hatte sich in Quedlinburg zum König wählen lassen, wenngleich dort nur wenige Reichsfürsten versammelt waren und die Wahl einer Posse glich. Dennoch hätte alles eine andere Wendung nehmen können, wäre es Heinrich gelungen, seine Anhängerschaft zu vergrößern. Aber Willigis war nicht untätig geblieben und hatte ein Heer versammelt. Bei Worms trafen sich die Gegner zum Entscheidungskampf, doch als Heinrich Willigis' Übermacht erblickte, gab er nach. Es ist ihm hoch anzurechnen, dass er ein Blutbad unter Stammesbrüdern vermied. Heinrich war schon immer ein mutiger Mann, und sein Nachgeben ringt mir Respekt ab. Deshalb gab ich ihm auf dem Reichstag zu Rohr, wo er sich mir unterwarf, sein Herzogtum zurück.

Auch konnte ich dort nach langer Entbehrung wieder meinen Sohn an die Brust drücken. Otto ist aufgeweckt und mit viel Fantasie gesegnet. Die Herzen der Menschen weiß er leicht zu gewinnen. Ich wünschte, Ihr könntet sein Lehrer sein. Seid Ihr Eurer Tätigkeit in Reims noch nicht überdrüssig? Ihr seid mir jederzeit willkommen, geschätzter Freund.

Nun also herrscht wieder Friede. In Rohr, so behaupten manche, war während des Reichstages am helllichten Tag ein leuchtender Stern am Himmel zu sehen. Als auch ich hinausging, um ihn zu bestaunen, war er verschwunden. Ich frage mich, ob die Menschen in diesen wirren Zeiten nach Zeichen und Wundern lechzen und dabei Dinge sehen, die in Wahrheit Trugbilder sind.

Die Kaiserin Adelheid ist inzwischen nach Pavia zurückgekehrt. Ich weiß, wie sehr Ihr sie schätzt. Vielfach wird behauptet, es herrsche wenig Einigkeit zwischen ihr und mir. Dies mag oft auch der Fall sein, aber als es galt, ihrem Enkelsohn den Thron zu sichern, konnte ich stets auf sie zählen. Allerorten genießt sie immer noch Respekt, den meinen eingeschlossen, wenn ich auch nicht gutheißen kann, dass sie viele ihrer Krongüter der Geistlichkeit vermacht. Möge es nicht dazu kommen, dass man das Reich der Frau Adelheid mit einer Hand umspannen kann.

Fraglich bleibt, wie lange wir uns des Friedens erfreuen können. Die slawischen Stämme im Osten bleiben eine Bedrohung. In den Grenzmarken ist nichts mehr, wie es war. Die Bedrohung Magdeburgs, des Zentrums der Slawenmission, hinterließ eine schmerzliche Wunde im Stolz der Kaiserin. Geheime Bünde rüsten weiter zum Widerstand, und alles, was mein Schwiegervater jenseits der Elbe einst gewann, droht verloren zu gehen. Auch Herzog Mieszko gehörte zu jenen, die Heinrichs Königtum anerkannten, obwohl er meinem Gemahl den Treueeid leistete. Wenn Mieszko sich auch inzwischen wieder auf unsere Seite geschlagen hat, macht Willigis mir wenig Hoffnung, dass es an den Grenzen friedlich bleibt. Ein neuer Kriegszug wird unvermeidlich sein. Schon jetzt graut mir davor. Herzog Mieszko will mich mit Truppen unterstützen, was ich begrüße, denn trotz früherer Diskrepanzen vertraue ich ihm. Der Pole ist ein unbequemer, aber ehrlicher Mensch.

Zuletzt möchte ich Euch bitten, mich und den jungen König in Eure Gebete einzuschließen. Was Euch selbst betrifft, so wisst Ihr ja, wohin der Weg Euch führen sollte, falls Ihr Euch wieder einmal mit Euren Mitbrüdern überwerft.

Gerbert, Diener des Herrn, an Theophanu, von Gottes Gnaden erhabene Kaiserin.

Euer Dank, hohe Herrin, macht mich stolz und zugleich verlegen, war ich es doch, der Euch zuerst Dank schuldete. Was ich für Euch und das Kaiserhaus erwirkte, war nur die Einlösung des Versprechens, das ich Euch gab, als Ihr mir erlaubtet, nach Reims zu gehen. Eure Großzügigkeit, die sich auch in der Begnadigung des Zänkers zeigt, bringt hundertfache Frucht. Letztlich ist es weder mein Verdienst noch der Eures Erzkanzlers, dass die Welt sich vor Euch verneigt. Ihr selbst seid es, meine Kaiserin, die mit ihrem Wesen das Schicksal lenkt, sodass der Herrgott nicht umhinkann, Euch mit Seiner Gnade zu beschenken.

Euer Angebot, dem König Mentor zu sein, ehrt und freut mich; es wäre wahrhaftig eine glorreiche Aufgabe. Doch halten mich zahlreiche Pflichten hier in Reims, und es wäre ehrlos, ließe ich meinen Freund, Erzbischof Adalbert, im Stich. Wer weiß, vielleicht kann ich Eurem Sohn eines Tages dennoch zu Diensten sein. Ich bin überzeugt, dass er zu Großem berufen ist.

Was die Zeichen und Wunder angeht, von denen Ihr schriebet, so würde ich sie nicht ohne Weiteres als Trugbilder abtun. Wir leben in einer Zeit, die dem Jüngsten Tag vielleicht nicht mehr fern ist. Heißt es nicht in der Offenbarung, der Satan werde aus seinem Gefängnis losgelassen, wenn die tausend Jahre vollendet sind? Ihr wisst, wie sehr Zahlen mich, der ich auch leidenschaftlicher Mathematiker bin, beschäftigen. Immer wieder hört man neuerdings von wundersamen Himmelszeichen. Es stünde der Menschheit gut an, sich auf die Rückkehr Christi vorzubereiten. Vielleicht ist es ja Euer Sohn, der dann unserem Herrn im Namen aller Christenmenschen entgegentreten darf.

Eure Sorge über kommende Kriege ist verständlich, doch bedenkt, dass der Herr zu seinen Jüngern sagte, dies müsse geschehen. Auch solltet Ihr Euch tröstend vor Augen halten, dass viele Slawen das Wort Gottes erst noch erfahren müssen. Dazu bedarf es aller Erfahrung nach des Schwertes. Schon Carolus Magnus führte dreißig Jahre lang Krieg gegen die Sachsen, die in unserem Jahrhundert bekanntlich zu Königen und Kaisern wurden. Es geschahen damals viele Grausamkeiten, doch hat es sich gelohnt, im Namen Gottes Krieg zu führen, denn aus Heiden wurden Christen. Ist es nicht recht und billig, dass auch die Slawen Gott schauen dürfen, wenn der Jüngste Tag anbricht? Sollen sie weiter ihre gottlosen Rituale pflegen und den Herrn verhöhnen? Es ist gar unsere christliche Pflicht, sie zu missionieren. Betrachtet es aus dieser Warte, wenn Ihr schweren Herzens in den Krieg ziehen müsst.

Dass der Herzog von Polen Euch unterstützt, begrüße ich. Ich selbst bin ihm nie begegnet, weiß aber, dass er ein Mensch mit vielen Kanten ist. Sein Christentum aber ist von festem Fundament, sagte man mir, und obwohl er sich erst dreißigjährig zu Christus bekannte, ist seine Frömmigkeit vorbildlich. Heidnischen Schnickschnack duldet er nicht, Feinde des Glaubens bekämpft er mit ehrlicher Inbrunst. Es ist gut, diesen Mann zum Verbündeten zu haben.

Eurem Wunsch, Euch und den jungen König in meine Gebete einzuschließen, komme ich schon seit Langem nach. Und wage mich mit der Bitte an Euch heran, dass auch Ihr für mich betet. Denn bei all meiner Gelehrsamkeit, derer Ihr mich rühmt, bin auch ich vor Sünden nicht gefeit.

19

Pfalz Merseburg, Mai 986

Graf Hoikos Gesicht verriet Unbehagen, als er sich vor Theophanu verbeugte.

»Der Polenherzog nähert sich der Pfalz. Neben seinen Fußtruppen führt er mindestens zweitausend Reiter an. Das sind weitaus mehr als die, um die wir ihn baten!«

Theophanu schüttelte den Kopf. »Wittert Ihr etwa Verrat, Graf?«

»Wer weiß. Er ist ein Pole. Mit dem Zänker ging er einst ein Bündnis ein.«

»Weil es aus seiner Sicht das Richtige war. Jetzt ist er mir und König Otto treu. Es ist unnötig, Eure Männer in Alarmbereitschaft zu versetzen. Herzog Mieszko ist nicht König Lothar von Frankreich. Ich will mich jetzt auf das Treffen vorbereiten. Ihr dürft gehen. Schickt mir meinen Sohn.«

Hoiko verneigte sich abermals, hielt aber noch einmal inne. Theophanu hob eine Braue.

»Nun?«

»Das Heer des Herzogs führt ein merkwürdiges Tier mit sich.«

»Ihr macht mich neugierig, Graf. Was denn für ein Tier?«

»Es ist größer als ein Pferd und trägt zwei Buckel. Die Unterlippe hängt ihm beinahe bis zur Brust.«

»Das ist ein Kamel, Graf.«

»Was bezweckt er damit, dieses seltsame Tier mitzubringen?«

»Nun, wir werden sehen.«

Stirnrunzelnd sah sie Hoiko hinterher. Seit geraumer Zeit kümmerte dieser sich um des jungen Königs körperliche Ertüchtigung und unterwies ihn im Waffengebrauch. Willigis hatte ihr den sächsischen Grafen wärmstens empfohlen. Zwar fand Theophanu, dies sei alles noch zu früh für einen Sechsjährigen, andererseits lag ihr daran, dass der Knabe nicht verweichlichte. Den Grafen Hoiko mochte sie nicht besonders; viel zu rau kam er ihr vor. Ihr feinsinniger Vertrauter Johannes Philagathos war ihr da natürlich lieber. Philagathos lehrte den jungen König die griechische und lateinische Sprache. Doch dem bevorstehenden Feldzug war der Grieche ferngeblieben. In den kommenden Wochen würde allein der Krieg und somit Graf Hoiko Ottos Lehrmeister sein.

Lange hatte Theophanu überlegt und gezögert, den Jungen mitzunehmen. Da er aber eines Tages Herrscher sein musste in einer erbarmungslosen Welt, hatte sie schweren Herzens zugestimmt. Je früher er sah, was mitunter zum Wohle des Reiches getan werden musste, umso besser war das für einen künftigen Kaiser. Otto hatte, ähnlich wie sein Vater, einen Hang zur Träumerei, vielleicht mochte der Kriegszug gegen die aufsässigen Slawen seinen Realitätssinn schärfen. Doch würde sie dafür sorgen, dass er den Kampfhandlungen fernblieb, wusste sie doch selbst nur zu gut, wie sehr erlebte Grausamkeiten einen Menschen bis in den Schlaf verfolgten. Was sie selbst betraf, so hatte sich Theophanu geschworen, dass dies der letzte Feldzug sei, den sie begleitete. Allein ihrem Sohn zuliebe raffte sie sich noch einmal dazu auf.

Was der Polenherzog wohl mit dem Kamel bezweckte?, fuhr ihr durch den Kopf, während sie auf den Jungen wartete. In Byzanz waren Kamele keine Seltenheit, im kalten Polen dagegen gab es solche Tiere nicht. Aber Theophanu hatte bereits eine Ahnung, wie Mieszko daran gelangt war und was er damit vorhatte … Die Erwähnung des Kamels hatte unweigerlich Erinnerungen an Byzanz in ihr geweckt, doch der von Eunice begleitete Otto holte sie in die Gegenwart zurück.

»Otto, komm her zu mir!« Sie breitete die Arme aus, und der Junge lief ihr ungestüm entgegen. Nur wenn niemand zugegen war – Eunice war die einzige Ausnahme –, begrüßten sie sich auf solch herzliche Weise.

»Der Polenherzog kommt!«, krähte Otto nach der Liebkosung. »Ich hab's schon gehört.«

»Und was heißt das für dich, junger Mann?«

»König sein!«

»Und kein Gequengele.«

»Verlasst Euch auf mich. Darf ich meine Krone tragen?«

»Das wäre reichlich übertrieben.«

»Dann sollt auch Ihr keine tragen.«

»Sei nicht frech, sonst wirst du ihn im Büßerhemd begrüßen. Eunice, warum ist der Junge bloß so aufgeregt?«

»Ich glaube, er hat vorhin mit meinem Luitger gespielt.«

»Wir haben mit Holzschwertern gefochten. Ich war der Kaiser und Luitger der Herzog von Polen.«

»Erzähl das bloß nicht unserem Gast. Das wäre nicht besonders höflich.«

»Keine Sorge, Mutter. Ich bin klug genug, um den Mund zu halten.«

»Das kann ich nicht leugnen.« Stolz streichelte sie ihm über den Kopf.

»Mutter, stimmt es, dass der Herzog erst getauft wurde, als er schon erwachsen war?«

»Ja, das ist wahr.«

»Wie kann es denn sein, dass er vorher nicht an Gott glaubte? Das ist doch … unfassbar!«

»Er ist deshalb kein schlechter Mensch, Otto. Auch deine Vorfahren waren vor wenigen Generationen noch Heiden.«

»Hm. Nun gut, dann will ich ihm das nachsehen.«

»Sehr gütig von dir. Und jetzt verschwinde. Eunice, sorg dafür, dass man ihn wäscht und kleidet. Für den Herzog und seine Truppenführer soll man die Tafel bereiten. Und dann hilf mir beim Ankleiden.«

»Ihr wollt ihn wohl mächtig beeindrucken.«

»Nun wirst auch du noch unverschämt. Was soll der Junge bloß denken?«

Eunice grinste. »Wenn Ihr lieber wollt, dass ich schweige, dann schweige ich eben.«

»Spute dich gefälligst.«

Seit ihrer Rückkehr aus Italien war Eunice wieder ganz die Alte. Gleich einer Ladung Schnee, die man sich vom Wintermantel klopft, war die Schwermut von ihr abgefallen.

»Im Grunde hattest du recht, Eunice«, erklärte Theophanu ihr hinterher mit einem Lächeln. »Ich muss den Polen beeindrucken. Er zählt zu meinen wichtigsten Lehnsmännern, auch wenn mancher Adlige diesseits der Elbe das nicht wahrhaben mag.«

»Wenn das so ist, werde ich mir besonders viel Mühe mit Euch geben«, erwiderte Eunice, während sie ihrer Herrin die Haare kämmte.

Herzog Mieszko schien zu jenen Menschen zu gehören, die nie alterten. Er sah genauso aus, wie Theophanu ihn von früheren Begegnungen her in Erinnerung hatte: ein frisches rotes Gesicht, ein an den Enden zugespitzter Schnurrbart, wache Augen und dichtes rotblondes Haar, das er ungebändigt trug und nicht unter einer Kopfbedeckung verbarg. Ein deutscher Herzog wäre wohl kaum so vor die Kaiserin getreten, aber widersinnigerweise zeichnete ihn aus, was den meisten seiner Neider fehlte: Weltläufigkeit und Noblesse. Willigis hatte immer dazu geraten, diesen Mann nicht zu verprellen. Auch Kaiserin Adelheid hatte niemals schlecht über ihn gesprochen, selbst wenn Spannungen zwischen ihm und dem Kaiserhaus aufgetreten waren. Weder unterwürfig noch respektlos trat er vor die Kaiserin und den kleinen König. Seine Verbeugung hätte tiefer sein müssen, wie die seiner beiden Begleiter im Hintergrund, aber Theophanu störte sich nicht im Geringsten daran. Sie hatte es vorgezogen, den Herzog stehend zu empfangen.

»Seid mir gegrüßt, Kaiserin Theophanu!«

»Ihr seid pünktlich, Herzog, auf den Tag genau.«

»Wie könnte ich Euch warten lassen?«

Er sprach mit hartem Akzent, aber fehlerfrei. Stets ließ der Schnurrbart sein Gegenüber glauben, dass der Pole lächelte, auch wenn er es nicht tat. Jetzt aber war sein Lächeln echt, dessen war Theophanu sich sicher. Und sie erwiderte es.

»Nun, ich hoffe, Ihr tragt mir mein Bündnis mit Herzog Heinrich von Baiern nicht länger nach, Kaiserin Theophanu.«

Mieszko war dafür bekannt, dass er nie lange um den heißen Brei herumredete.

»Herzog ist er erst wieder, seitdem ich ihn dazu machte.«

»Gewiss. Doch die Rechtslage war damals unklar. Und Eurem Sohn hatte ich bis dahin keinen Treueeid geleistet.« Verschwörerisch zwinkerte er Otto zu, den die Mutter an der Hand hielt. Neugierig hatte Otto den Herzog beäugt; jetzt senkte er mit einem verlegenen Grinsen den Blick vor ihm.

»Wir wollen nicht mehr darüber sprechen, Herzog«, sagte Theophanu sanft. »Die Dinge sind nun geklärt, und ich verstehe, warum man sich lieber einen Mann zum Regenten wünscht statt eines Kindes oder Weibes. Sprechen wir über den bevorstehenden Feldzug gegen Eure Nachbarn. Man teilte mir mit, dass Ihr weit mehr Männer mit Euch führt, als Ihr mir zusagtet.«

»Für deren Verpflegung sorge ich selbstverständlich selbst.«

»Das war nicht meine Sorge, Herzog. Wie kommt es, dass Ihr mir solche Hilfe erweist, die Ihr mir nicht schuldig seid?«

»Es ist ein Gefallen, Kaiserin Theophanu.«

»Einer mit Hintergedanken, wie ich annehme.«

»Aber gewiss doch, wie sollte es sonst sein?«

»Ihr hofft, eines Tages auch auf meine Hilfe zählen zu können.«

»So ist es wohl.«

»Zum Beispiel gegen Boleslaw von Böhmen, Euren liebsten Feind?«

»Ja, gegen ihn, vielleicht. Es wird der Tag kommen, da sich auch in Böhmen Eure und meine Interessen auf wunderbare Weise vereinen lassen, Kaiserin Theophanu.«

Otto wagte sich aus seiner Deckung hervor. Der schnurrbärtige Mann schien ganz nach seinem Geschmack zu sein. Theophanu kannte ihren Sohn gut genug, um das zu spüren.

»Mein Vater hat Euch einmal in einer Schlacht geschlagen,

Herzog Mieszko!«, sagte er, und es klang wie der Hornruf zu einem Gefecht.

»Oh, das war keine Schlacht, mein junger König, es war allenfalls ein Scharmützel.« Mieszko widmete ihm seine volle Aufmerksamkeit. »Aber Ihr habt recht, er hat mich besiegt, und das ist noch nicht vielen gelungen. Rasch sah ich ein, dass er stärker war, also schloss ich Frieden mit ihm. Euer Vater war ein großer Krieger, junger König.«

»Meine Mutter sagt, das war er eben nicht.«

Theophanu drückte fest die Hand des Sohnes, damit er schwieg. »Sein Feldherrenglück stand unter einem schlechten Stern, wer würde das leugnen«, verkündete sie seufzend.

»Jedermann weiß, wie sehr Ihr ihn liebtet«, sagte Mieszko zu ihrer Überraschung. »Wenn er noch lebte, hätte auch jener Stern, von dem Ihr spracht, sich ihm vielleicht noch zugewendet.«

Zu vertraulich, zu persönlich wurde Theophanu das Gespräch. »Gewiss seid Ihr hungrig nach dem langen Ritt, Herzog! Ich erwarte Euch und Eure Männer in der Halle.«

»Erlaubt, dass ich dem König zuvor ein Geschenk mache.«

»Ein Geschenk?« Otto strahlte seine Mutter an. »Was mag es sein?«

Mieszko wies zur Tür. »Ihr werdet es gleich erfahren, junger König. Wollt Ihr mir folgen?«

Im Vorhof stand wartend ein gutes Dutzend von Mieszkos Leuten versammelt. Einer hielt das Tier am Zügel, von dem Graf Hoiko gesprochen hatte. Gelassen besah es sich die Umgebung. Ottos Augen rundeten sich.

»Das ist – ein Kamel!«, rief er begeistert. »Ja, ich habe es einmal auf einem Bildnis gesehen.«

»Und von heute an gehört es Euch«, sagte Mieszko.

Otto konnte sein Glück kaum fassen. »Mutter, ich besitze ein Kamel!«

Theophanu gebot ihm mit einem Blick, sein Temperament zu zügeln, aber Ottos Entzücken kannte keine Grenzen.

»Darf ich es mit auf den Feldzug nehmen, Mutter?«

»Nein, das ist nicht möglich.«

»Aber …«

»Es ist nicht möglich, hörst du nicht? Wir werden ein Gehege für es bauen lassen.«

»Eure Mutter hat recht, junger König«, schaltete Mieszko sich ein. »Zwar wäre es als Lastentier sehr nützlich, aber die Pferde sind nicht an Kamele gewöhnt.«

»Woher habt Ihr es?«, forschte Otto und konnte den Blick nicht abwenden von dem Tier.

Es war Theophanu, die ihm eine Antwort gab, bevor es Mieszko tun konnte. »Der Herzog von Polen pflegt Beziehungen in die ganze Welt: nach Byzanz, nach Rom, nach Kiew und sogar ins Morgenland, wo er das Tier wohl erworben hat. Nicht wahr, Herzog?«

Theophanu war über die Verbindungen des Polen durchaus im Bilde, und Mieszko sollte das wissen. Sie lächelte ihn an. Falls ihre Kenntnisse den Polen überraschten, ließ er es sich nicht anmerken.

»So ist es, Kaiserin Theophanu.«

»Eure Truppen für mich, ein Kamel für den König – Ihr seid mehr als großzügig, Herzog. Doch sollten wir uns nun zur Tafel begeben, denn das Mahl ist gerichtet.«

»Es wird mir eine Ehre sein.«

Auch bei Tisch erwies sich Herzog Mieszkos Gesellschaft als angenehm. Viele sagten ihm raue Sitten nach, aber nichts von diesen Gerüchten schien zu stimmen. Er war in der Lage, geistreiche Gespräche zu führen. Prahlerische Reden, wie manch anderer Adliger sie bei Tisch zu führen pflegte, waren ihm fremd, obgleich er ein erfolgreicher Kriegsmann war.

Otto hing unentwegt an seinen Lippen, selbst wenn er nicht sprach.

»Ich mag ihn noch mehr als Onkel Heinrich«, flüsterte er seiner Mutter zu.

»So?«

»Er ist so edel. Obwohl er wie ein Barbar erscheint.«

»Was lernst du daraus?«

»Man darf einen Menschen nicht nach seinem Aussehen beurteilen.«

»Kluger Junge.«

»Könntet Ihr ihn nicht heiraten, Mutter?«

Theophanu verschluckte sich fast an ihrem Rebhuhn. Unbefangen wiederholte Otto seine Frage.

»Nein, das geht nicht, mein Junge.« Sie griff nach ihrem Glas und trank einen Schluck Wein.

»Aber er ist doch sehr mächtig.«

»Ja, das ist er.«

»Er hat wohl schon eine Frau, nicht wahr?« Beinahe klang es traurig.

»Ein König sollte nicht geschwätzig sein, Otto. Also iss und halt den Mund!«

Otto seufzte leise. »Ja, Mutter.«

*

Feldzug gegen die Elbslawen, Juni anno 986

Die beiden Wachen vor dem Zelt des Herzogs beugten ehrfürchtig die Köpfe vor der Kaiserin. Theophanu aber machte aus ihrer schlechten Laune keinen Hehl.

»Ich will zu Eurem Herrn!«, verkündete sie. »Na los, worauf wartet Ihr?«, fügte sie barsch hinzu, als man ihr nicht augenblicklich den Weg freigab. Es lag vermutlich nur daran, dass die beiden Polen ihre Worte nicht gleich verstanden, doch nachdem sie ihre Absicht zudem mit einer herrischen Geste verdeutlicht hatte, beeilten sie sich, ihre gekreuzten Speere zu öffnen.

Über eine Karte gebeugt saß der Herzog an einem kleinen Tisch, zwei seiner Heerführer standen beidseits daneben und schauten ihm über die Schulter. Zweifellos beriet man über die nächsten Schritte des Feldzuges. Ein anwesender Diener bemerkte die Kaiserin als Erster und lenkte durch ein Räuspern die Aufmerksamkeit der hohen Männer auf sie. Mieszko erhob sich.

»Welche Ehre …«

Theophanu hob eine Hand. »Ich muss Euch sprechen! Allein!«

Mieszko nickte. Auf Polnisch erteilte er den Männern einen Befehl. Sofort verließen sie das Zelt.

»Darf ich Euch …?«

»Ich ziehe es vor, zu stehen, Herzog Mieszko. Und danke, auch nach einem Trunk steht mir nicht der Sinn.«

Er trat ihr entgegen, auf der Stirn eine Sorgenfalte.

»Ihr seid aufgebracht. Was ist der Grund?«

»Weil ich von Dingen hörte, die gegen unsere Absprache verstoßen.«

Mieszko nickte. Es wäre ihm nicht eingefallen, den Unwissenden zu mimen.

»Das Dorf! War es wirklich notwendig, es in Brand zu stecken?« Sie hatte die Stimme ein wenig gesenkt, aber sie atmete schwer.

»Es versteckten sich dort einige Anführer der Obodriten, müsst Ihr wissen.«

»Ja. Und Frauen und Kinder und Alte. Mir wurde zugetragen, dass selbst diese nicht verschont wurden.«

Mieszko nickte traurig.

»Bestraft die Leute, die dafür verantwortlich sind!«, forderte Theophanu.

»Wie stellt Ihr Euch das vor? Wenn ich für jede brennende Hütte nach Sündenböcken suche, werden meine Männer mir bald den Gehorsam verweigern.«

Theophanu schluckte. »Und dass Unschuldige ihr Leben lassen – stört Euch das nicht im Geringsten?«

»Doch, das tut es, Kaiserin Theophanu.« Er sprach leise und eindringlich. »Aber wenn es Frieden geben soll, dann erfordert das Opfer. Ihr wollt doch auch, dass den hiesigen Menschen das Christentum gepredigt wird. Ihre Anführer aber wollen das nicht zulassen. Mit schönen Worten können wir sie nicht überzeugen, nur mit Kampf, Kampf und noch mal Kampf. Wir müssen ihnen überlegen sein, sonst hat alles keinen Sinn. Ihr seid die Kaiserin und tragt Verantwortung für die Seelen dieser Menschen.«

Seine Worte nahmen etwas von der Wut, die in ihr tobte. »Vergebt mir, aber … Es ist so schwer, sich damit abzufinden.«

»Ja, vor allem für eine Frau. Überlasst den Krieg uns Männern, Kaiserin Theophanu.«

Sie funkelte ihn an, und er begriff, dass er etwas Falsches gesagt hatte. »Kein Mann wäre ein besserer Herrscher als Ihr es seid, *Imperatrix*! Aber Ihr müsst mir vertrauen!«

»Ja, hört auf das, was er Euch rät, Mutter!«, rief plötzlich Ottos kindliche Stimme. Er stand am Zelteingang und schaute zu ihnen herüber. Irgendwie wirkte er verzückt.

»Was fällt dir ein?«, herrschte Theophanu ihn an. »Wer hat dir erlaubt, hierherzukommen?«

»Graf Hoiko hat mir …«

»Der Graf hat dir nichts zu erlauben.«

»Oh«, machte Otto kleinlaut.

Theophanu nickte dem Herzog zu. »Danke, dass Ihr mich angehört habt.«

Mieszko neigte leicht den Kopf. Dem jungen König schenkte er ein wohlwollendes Lächeln. Theophanu machte kehrt. »Du kommst mit mir!«, befahl sie dem Sohn. Er wollte nach ihrer Hand greifen, aber sie huschte an ihm vorüber.

Im Lager herrschte große Betriebsamkeit, und jedermann verbeugte sich vor ihnen. Der junge König hatte mit seiner offenen Art längst die Herzen der Krieger gewonnen. Einmal hatten sie ihn zum Spaß wie einen alten Heerkönig auf einen Schild gehoben und ihm gehuldigt. Otto hatte das Spiel sehr genossen. Theophanu dagegen begegnete man zwar mit dem gebührenden Respekt, doch spürte sie deutlich, dass sie für viele immer noch die fremde Griechin war. Entgegen ihrer Gewohnheit schenkte die bedrückte Theophanu ihnen zudem nur wenig Beachtung. Otto glaubte sie trösten zu müssen.

»Der Herzog hat recht, finde ich. Wenn diese Heiden nicht gehorchen wollen, dann müssen sie eben büßen.«

Die Kaiserin blieb stehen und sah stirnrunzelnd zu ihm herab. »Wie lange hast du schon im Zelt gestanden und gelauscht?« Sie sprach nun griechisch, wie sie es oft tat, wenn er ihren Unwillen weckte. Mühelos antwortete der Knabe in derselben Sprache.

»Ich wollte Euch nicht belauschen, Mutter. Wäre es nicht unhöflich gewesen, Euch ins Wort zu fallen?« Seine Äuglein blitzten trotzig auf. »Warum hegt Ihr Groll gegen mich? Darf ich denn als König nicht meine Meinung sagen? Stellt Euch vor, die alten Römer hätten jedem ihrer Feinde unverdiente Gnade gewährt. Niemals hätten sie ihr Weltreich errichten können.«

»Was fällt dir ein, deine Mutter zu belehren?«

»Verzeiht, ich …«

Theophanu seufzte. »Schon gut, lassen wir es dabei bewenden.« Erst jetzt bot sie ihm ihre Hand dar, die er dankbar ergriff. Auf dem Weg zu ihrem Zelt schritten sie schweigend nebeneinanderher. Es befremdete Theophanu, dass der Junge sich mit den begangenen Grausamkeiten so leicht abzufinden schien. Andererseits war seine Abhärtung das Ziel der Maßnahme gewesen, ihn mit auf diesen Feldzug zu nehmen.

Der junge Otto brachte alle Voraussetzungen mit, einst ein großer Herrscher zu sein. Zumindest dann, wenn seine Fantasie nicht allzu oft mit ihm davongaloppierte, dachte Theophanu grübelnd.

20

Das Gewitter schien vom nahenden Ende der Welt zu künden. Ohrenbetäubend rollte der Donner durch die Nacht, die von grellen Blitzen immer wieder zum Tag gemacht wurde, sodass Jutta einige Sekunden lang klar und deutlich sehen konnte, was um sie herum geschah. Vater und seine Frau lagen steif auf ihrem Lager und starrten in die Höhe, als fürchteten sie, ein Blitz könne die Behausung in ein tosendes Inferno tauchen. Brun zitterte am ganzen Leib und hielt die Augen fest verschlossen. Noch nie hatte Jutta ihn derart verängstigt gesehen. Es war ihr eine Genugtuung, den verhassten Stiefbruder, der sonst immer nur dreist und streitlustig war, so ohnmächtig zu sehen. Guda, die bei ihm Zuflucht hatte suchen wollen, hatte er mit einem Fußtritt verjagt. In ihrer Angst war Guda dann zu Jutta hinübergekrochen, obgleich die Halbschwestern im Alltag einander mieden. Vom Altersunterschied einmal abgesehen, war es Rivalität, die die beiden uneins machte. Guda war Helmprechts Nesthäkchen – Jutta konnte sich nicht erinnern, jemals vom Vater so fürsorglich behandelt worden zu sein wie dieses froschgesichtige Balg. Umso befriedigender war es, die einzige Person im Haus zu sein, die sich in dieser furchtbaren Nacht nicht fürchtete, sodass selbst die kleine Rivalin Zuflucht bei ihr suchte. Gelassen lauschte Jutta dem Donner, der ihr wie eine liebliche Melodie erschien, während Guda und Magda sich beidseits in ihre Arme krallten. Auch Wiljo lag zusammengekauert und winselnd zu ihren Füßen, als sei sie die Trösterin für alle entmutigten Kreaturen.

»Müssen wir jetzt alle sterben?« Magda nutzte die kurze Pause zwischen zwei Donnerschlägen, um ihre angstvolle Frage loszuwerden.

»Wo denkst du hin? Ich bin doch bei dir, kleine Schwester. Soll ich dir eine Geschichte erzählen?«

»Ja, bitte. Eine Geschichte.«

Spätestens als der Morgen anbrach, wurde offenbar, dass die Welt dem Untergang noch einmal entronnen war. Wärmend stieg im Osten eine goldene Sonne über die Wipfel. Legionen von Vögeln sangen vergnügte Lieder. Die Nacht war vorüber, nichts war mehr übrig geblieben von dem Schrecken, der den Fortbestand von allem, was atmete, infrage gestellt hatte. Nach einem kargen Frühstück trieb Helmprecht die Familie zur Arbeit. Das Getreide auf dem Feld hatte das Unwetter zu Helmprechts Erleichterung überraschend gut überstanden.

Gegen Mittag schaute Wirich vorbei, um mit seinem Freund einen Plausch zu halten, aber auch Ursel und die Kinder waren froh über die Abwechslung und versammelten sich um ihn. Ein Gewitter vom Ausmaß der vergangenen Nacht hatte es noch nie gegeben, war man sich einig. Unweit des Forsthauses, so berichtete Wirich, sei der Blitz eingeschlagen, zum Glück sei nur der alte Schuppen abgebrannt. Ein Streifgang durch den Wald habe ihm aber gezeigt, dass nicht nur sein Schuppen den Himmelsflammen zum Opfer gefallen sei.

»Ihr kennt doch die uralte Eiche in der Nähe des Teufelsbuckels«, berichtete er. »Vorhin war ich dort. Ihr glaubt ja nicht, was der Blitz mit dem Baum angestellt hat.«

Nun wurde Jutta hellhörig.

»Als habe ein wild gewordener Riese mit einer feurigen Axt darauf eingehackt, sag ich euch.«

Jutta durchfuhr es siedend heiß. Während Wirich nunmehr von den verkohlten Kadavern einer ganzen Wildschweinrotte erzählte, die er im Wald entdeckt hatte, schlich sie davon. Sobald sie sich unbeobachtet wähnte, rannte sie los, als seien hundert Höllenhunde hinter ihr her. Noch vor wenigen Tagen hatte sie ihr Versteck zum letzten Mal inspiziert. Merkwürdig war ihr dabei vorgekommen, dass der Waldboden rund um die Eiche recht aufgelockert gewesen war, als habe jemand in der Erde gegraben. Vermutlich hatten Wildschweine dort nach Fressbarem gewühlt.

Völlig außer Atem erreichte sie ihr Ziel und stellte erschüttert fest, dass Wirich nicht übertrieben hatte: Die uralte Eiche lag zerschmettert vor ihr. Hier und da stieg noch Rauch empor, und ihre einst so mächtige Krone sah aus wie das geräuberte Nest eines gigantischen Vogels. Jutta stöhnte, nahm sich aber nicht die Zeit zum Verschnaufen. Unverzüglich machte sie sich auf die Suche nach ihrem Schatz. Dabei stieg sie über knorrige Äste, brach Zweige ab, die ihr den Weg versperrten, rang nach Orientierung, um das Baumloch zu finden, in dem sich ihre Zukunft befand. Was, wenn es nicht mehr einzusehen war? Oder wenn die Münzen in der Hitze des Feuers geschmolzen waren? Was das überhaupt möglich? Sie mochte gar nicht daran denken. An einem noch schwelenden Ast verbrannte sie sich die Finger, aber sie achtete nicht weiter auf den Schmerz und suchte weiter.

Endlich wurde sie fündig. Vorsichtig griff sie in die Baumhöhle hinein und hätte am liebsten laut gejubelt vor Erleichterung. Das Stück Bärenfell war unversehrt, und unter dem Leinentuch ertastete sie den Lederbeutel mit den Münzen. Sie nahm alles aus dem Versteck, ging in den Schneidersitz und machte sich ans Auspacken. Bald bedeckte der gesamte Schatz ihren Rock. Der Anblick der silbernen Spange erwärmte ihr Herz, mehr noch als die Münzen, die ihr künftig lediglich als Mittel zum Zweck dienen sollten. Dennoch nahm sie eine davon zwischen Daumen und Zeigefinger, hielt sie hoch, um sie mit Genugtuung von beiden Seiten zu betrachten: das von vier Kreisen flankierte Kreuz; die Rundschrift; der mit kleinen Mustern verzierte Rand – sie hätte den Denar jederzeit in den Staub malen können, auch wenn sie keinen Schimmer hatte, was die Schriftzeichen eigentlich bedeuteten.

Nun denn, ein neues Versteck musste her. Während sie darüber nachdachte, ließ das Knacken eines Zweiges sie zusammenfahren. Hastig wollte sie sich verkriechen, doch es war zu spät: Brun hüpfte mit einer Flinkheit, die sie ihm nicht zugetraut hätte, über einige Baumtrümmer und stand mit einem Mal vor ihr.

»Sieh mal einer an!«, sagte er mit einem wölfischen Grinsen.

Jutta fluchte innerlich; sie hatte in ihrer Panik jegliche Vorsicht außer Acht gelassen, sodass es dem verhassten Stiefbruder gelungen war, ihr zu folgen.

»Gar nicht übel, dein Versteck. Ich war auch schon mal hier, hab den Schatz aber leider nicht finden können. Ganz hoch oben hattest du ihn also versteckt, so so.«

»Du hast hier nach dem Schatz gesucht?«

»Tja, zu dumm, dass Magda munter vor sich hin plappert, wenn sie sich alleine wähnt. Hübsche Geschichten erzählst du ihr.« Er ließ ein bellendes Lachen von sich. »Hättest dein Gesicht sehen sollen, als Wirich von der alten Eiche erzählte.«

Jutta schwieg.

»Ich glaube, das gehört alles mir«, zischte Brun mit gierigem Blick auf den Schatz. »Bis auf die Spange … Wo zum Teufel hast du die denn her?«

»Was kümmert's dich?«

Jutta bemühte sich um Gelassenheit. Immerhin war sie die Klügere, auch wenn sie im Augenblick noch nicht wusste, wie das Problem der Aufdeckung ihres Geheimnisses zu lösen war. Ohne Hast ließ sie die Münzen wieder im Beutel verschwinden, packte den Schatz in das Leinentuch. Brun sah ihr dabei zu, griff aber nicht ein. Seitdem Jutta ihm einmal nach einem Streit in den Unterleib getreten hatte, war er vorsichtiger geworden. Dennoch stand fest, dass er sie nicht kampflos ziehen lassen würde.

»Das gehört alles mir«, wiederholte er; diesmal war die Drohung in seiner Stimme eindeutig.

»Jetzt nicht mehr«, entgegnete Jutta fest und erhob sich.

Brun trat näher und streckte ihr beide Hände entgegen. »Gib das her!«

Jutta überlegte fieberhaft. Sie hätte wegrennen können, und der behäbige Brun würde sie kaum einholen. Nichtsdestotrotz kannte er fortan ihr Geheimnis und würde ihr keine Ruhe mehr lassen.

»Du miese Kröte!« Mehr und mehr wurde Brun bewusst, dass sie ihn seit Langem hinters Licht geführt hatte. »Du hast mir den Schatz gestohlen!«

»Einen gestohlenen Schatz stehlen, ha! Du redest vielleicht einen Unsinn.«

»Was soll das heißen? Ich hab den Schatz gefunden.«

»Ich weiß genau, dass du ihn jemandem weggenommen hast.«

»Na und?«

»Der fremde Händler – lebte er eigentlich noch, als du ihn beraubt hast?«

Er kniff die Augen zusammen, als krame er in seinem Gedächtnis. Juttas Rolle in dieser Angelegenheit schien ihm nicht mehr ganz erinnerlich zu sein.

»Der war tot. Brauchte die Münzen nicht mehr.«

»Trotzdem durftest du sie ihm nicht einfach wegnehmen.«

»Ach nein? Und was ist mit dir? Hast du ihn nicht zuerst bestohlen? Du hattest doch auch einen Denar.«

»Er schenkte ihn mir.«

»Was du nicht sagst. Und die Spange? Hat er dir die etwa auch geschenkt? Die ist aus Silber, oder? Muss einiges wert sein.«

»Geht dich nichts an.«

»Du miese Kröte!«

»Hör zu, ich geb dir eine von den Münzen. Nun gut, ich geb dir zwei, aber dann lässt du mich in Ruhe!«

Sie glaubte nicht wirklich, dass er auf den Handel einging, aber etwas Besseres fiel ihr nicht ein. Brun wirkte immer angespannter; nicht mehr lange, und er würde handgreiflich werden.

»Willst mich veräppeln, was? Gib mir den Schatz, sonst kriegst du die Abreibung deines Lebens.«

Sie bemerkte, dass er trotz seines Ärgers mit seinen runden Glubschaugen auf ihr Oberkleid stierte, unter dem sich neuerdings ihre Brüste abzuzeichnen begannen. Vielleicht war das ja eine Möglichkeit, ihn abzulenken, fuhr es ihr durch den Kopf. Schon mehrmals war ihr aufgefallen, wie sehr er sich für ihre entstehenden Rundungen interessierte. Sie straffte sich, damit diese noch mehr zur Geltung kamen, und spitzte den Mund. »Musst schon kommen, Brun, um dir den Schatz zu holen«, forderte sie ihn mit zuckersüßer Stimme auf.

Möglich, dass Brun einfältig genug war, hier keine List zu wittern. Doch selbst wenn er sie durchschaute, kam er aller Wahrscheinlichkeit nach gegen die Versuchung nicht an. Längst wusste Jutta, dass bei Burschen der Verstand aussetzte, sobald man ihnen schöne Augen machte. Mit Bruns Verstand war es sowieso nicht weit her, das mochte alles noch vereinfachen.

»Wie du meinst! Aber wehe, du trittst mich wieder! Du weißt schon, wohin.«

Vorsichtig trat er ihr entgegen, während sie ihn anlächelte – zum ersten Mal in ihrem Leben. Bestimmt fand auch er das merkwürdig, aber er grinste zurück. Erneut blieb sein Blick an ihrem Busen haften.

Das war der Moment, in dem es zu handeln galt. Jutta holte aus. Für eine Reaktion blieb Brun keine Zeit; schon traf ihn das Geldbündel hart am Kopf. Brun verharrte in der Bewegung, sah sie an wie eine Erscheinung, während sein Blick zunehmend leerer wurde.

Einen Augenblick lang war Jutta unschlüssig; vielleicht reichte der Schlag, um Brun von weiteren Dummheiten abzuhalten. Als er aber mit träger Langsamkeit die Hände hob, um nach ihr – oder dem Schatz? – zu greifen, holte sie erneut aus. Diesmal traf das Bündel seinen Schädel von oben, sodass er schlaff in sich zusammensackte und reglos liegen blieb.

Ungläubig starrte Jutta erst den lahmgelegten Unhold, dann das zur Waffe gewordene Schatzbündel in ihren Händen an. Nie war es so einfach gewesen, sich Brun vom Hals zu halten.

Ein beunruhigender Gedanke durchfuhr Jutta: Hatte sie ihn getötet? Auch wenn sie ihn nicht ausstehen konnte, so wollte sie doch nicht an seinem Tod schuld sein.

Sie beugte sich über ihn. Brun atmete. Erleichtert richtete sie sich auf. Bald würde er aus seiner Bewusstlosigkeit erwachen, bis dahin musste sie verschwunden sein. Ein neues Versteck für ihren Schatz galt es zu finden. Blieb die Frage, wie sie sich Brun gegenüber künftig verhalten sollte, wo dieser doch nun wusste, dass sie den Schatz besaß. Darüber würde sie sich Gedanken machen müssen.

Rasch verließ sie den Ort, an dem ein zerstörerischer Blitz sie beinahe um ihren Reichtum gebracht hätte.

Am späten Nachmittag kehrte Brun zurück und musste Helmprechts Schelte über sich ergehen lassen. Jutta stand abseits und pflückte Beeren an einer Hecke. Wie unbeteiligt lauschte sie dem Wortwechsel.

Wo zum Teufel er denn die ganze Zeit gesteckt habe, wollte Helmprecht von seinem Stiefsohn wissen.

»Im Wald«, lautete die gemurmelte Antwort.

Was er dort zu suchen gehabt habe?

Jutta sah, wie Brun hilflos die Schultern hob. Sein Blick war so verwirrt, als wisse er es tatsächlich nicht. Helmprecht ließ es dabei bewenden, fragte auch nicht nach den Beulen in seinem Gesicht. Brun sah zu Jutta hinüber. Seltsamerweise bemerkte sie keinen Zorn in seinen Augen. Irgendwie wirkte er verstört und nachdenklich.

Am nächsten Tag war Brun wieder dreist und unausstehlich wie ehedem, stellte sie aber, was den Schatz anbelangte, nicht zur Rede. Da sie ihm jegliches mimische Talent absprach, kam sie zu der Überzeugung, dass er sich an ihre Begegnung an der zerschmetterten Eiche nicht mehr erinnern konnte. Die heftigen Schläge hatten ihm offenbar die Erinnerung geraubt.

Umso besser, das Problem hatte sich damit von alleine gelöst. Brun würde ihr nicht das Leben zur Hölle machen, um den Ort des neuen Verstecks zu erfahren. Und was die Geschichten anging, die sie Magda manchmal erzählte, würde sie künftig besser aufpassen müssen. Sie hatte gesiegt. So wie Kaiserin Theophanu über den Zänker gesiegt hatte …

Jutta war nun vierzehn Jahre alt. Sie würde keine Ewigkeit mehr warten, um ihr Vorhaben in die Tat umzusetzen.

21

Gerbert, Diener des Herrn, an Theophanu, Kaiserin von Gottes Gnaden.

Werteste Freundin! Längst ist ein Brief an Euch überfällig; ich bin untröstlich, dass ich erst jetzt dazu komme, da meine Pflichten am Reimser Bischofsstuhl mich so sehr in Beschlag nehmen. Bischof Adalbert, den ich mit Stolz meinen Freund nenne, liegt krank danieder, außerstande, sein Amt auszuüben. So liegt es an mir, seinen Pflichten stellvertretend nachzukommen. Adalbert glaubt an seinen baldigen Tod; möge Gott ihm viel Kraft schenken.

Seit König Lothars Tod vor zwei Jahren dreht das Rad der Ereignisse sich mit atemberaubender Geschwindigkeit. Nur ein Jahr des Königtums war seinem Sohn Ludwig vergönnt, bevor ein Jagdunfall seinem Leben ein Ende bereitete. Die Wahl Hugo Capets zum westfränkischen König im vergangenen Jahr liegt ja auch in Eurem Interesse, meine Kaiserin, und es war weise, seine Kandidatur zu unterstützen. Euer Vasall, Herzog Karl von Lothringen, der gleichfalls Anspruch auf die Krone geltend machte, hätte sein Herzogtum endgültig dem Westreich einverleiben wollen, und alles, wofür Ihr, Euer Gemahl und sein Vater kämpftet, hätte letztlich in einem neuerlichen Krieg behauptet werden müssen. Frankreichs Adel aber erwählte Hugo, obgleich nicht von karolingischem Blut, zum König.

Hugo wird Euch Lothringen nicht streitig machen, doch wage ich zu bezweifeln, dass die Auseinandersetzungen zwischen Hugo und Karl nunmehr beendet sind: Schwerlich wird der Herzog von Lothringen sich mit der Krönung des Rivalen abfinden. Schon rüstet er zum Kampf.

Mit großer Freude vernahm ich, dass Euren Feldzügen im Osten Erfolg beschieden war. In meinen Gebeten war ich stets bei Euch und Eurem Sohn. Möge das Wort Christi sich immer weiter verbreiten, auf dass der Herr bei seiner Wiederkunft auf Erden keine Heiden mehr vorfinde.

Oftmals denke ich an Euer ehrenvolles Angebot zurück, Eurem Sohn, dem König, Lehrer und Mentor zu sein. Und oft, wenn die Last der Pflichten allzu sehr drückt und die Intrigen meiner Widersacher mich schier verzweifeln lassen, wünschte ich mir, ich wäre Eurer Einladung gefolgt. Wie Ihr wisst, bin ich überzeugt, dass Otto zu Großem berufen ist. Doch auch seine Mutter, die ihm so eindrucksvoll und unbeirrt den Weg bereitet, wird der Nachwelt als große Herrscherin in Erinnerung bleiben. Vorläufig bleibt mir der Trost, den Interessen des Kaiserhauses auch hier in Reims gerecht zu werden. König Ludwig gedachte dem Erzbischof ob seiner Kaisertreue den Prozess wegen Hochverrats zu machen; sein früher Tod verhinderte dies. Gottes Gerechtigkeit – könnte sie augenfälliger sein? – macht auch vor dem König der Franzosen nicht halt.

Noch einmal will ich Euch meiner Gebete versichern und hoffe, dass Ihr Euch bester Gesundheit erfreut. Auch dem jungen König gelten meine guten Wünsche sowie Euren Töchtern, die den Kindesschuhen inzwischen fast entwachsen sein dürften.

Theophanu, von Gottes Gnaden erhabene Kaiserin, an Gerbert von Aurillac, den gelehrten Freunde.

Beinahe ein ganzes Jahr ist verstrichen, seit Euer Brief mich erreichte. Verzeiht, mein Freund, dass ich erst heute antworte. Gestern erreichte mich die Nachricht vom Tod des Adalbert, Eures Herrn und Freundes, für dessen Seelenheil ich bete. Er selbst wünschte Euch zu seinem Nachfolger; seid gewiss, dass ich Euch, soweit es in meiner Macht steht, unterstützen werde. Wer könnte das Amt würdiger ausüben als Ihr?

Wohl wahr sind Eure Worte: Das Rad der Ereignisse rotiert mitunter mit atemberaubender Schnelligkeit. Recht behieltet Ihr überdies mit der Prophetie, der westfränkische Thronstreit sei mit der Krönung Hugo Capets noch nicht beendet. Doch ist der Friede an der Westgrenze mir ein großes Bedürfnis. Die kriegerischen Auseinandersetzungen zwischen König Hugo und dem Herzog ließen es ratsam erscheinen, zwischen beiden Kontrahenten zu vermitteln, ohne hierbei Bündnisse einzugehen. Zurückhaltung ist in diesem Thronstreit geboten.

Ich weiß, dass Euer Anteil an der günstigen Entwicklung der Dinge größer ist, als Ihr zugeben mögt. Als ich Euch kennenlernte, war Eure Bescheidenheit weit geringer, werter Freund, der selige Othrich würde mir zustimmen. Ein weiteres Mal bin ich Euch zu großem Dank verpflichtet.

Die Feldzüge im Osten, Ihr erwähntet sie in Eurem Schreiben, erfüllten in der Tat ihren Zweck: Viele der verloren gegangenen Gebiete konnten zurückerobert werden, längst haben Mönche mit Mut und Eifer ihre Mission wieder aufgenommen. Die Ostmarken habe ich mit Männern meines Vertrauens besetzt; sie werden sich klüger und umsichtiger verhalten als ihre Vorgänger, die durch ihr dünkelhaftes Gebaren den Zorn der Einheimischen weckten. Herzog Mieszko, der den Feldzug großzügig unterstützte, erwies sich einmal mehr als Mann, dem ich vertrauen kann, wenngleich er stolz darauf achtet, sich in niemandes Abhängigkeit zu begeben. Den jungen König vermochte er in seinen Bann zu ziehen, nicht nur des exotischen Tieres wegen, das der Herzog ihm schenkte. Einem vielseitig gelehrten Manne wie Euch brauche ich gewiss nicht zu erklären, was ein Kamel ist.

Wenn der Feldzug sein Ziel auch erreichte, so bin ich des Krieges nunmehr so überdrüssig, wie ein Mensch nur sein kann. Oftmals führte ich mir tröstend Eure Auffassung über die Pflichten von uns Christenmenschen vor Augen, damit ich die gesehenen Grausamkeiten zu ertragen vermochte. Gott macht es uns nicht immer leicht. Künftig will ich noch mehr Gebete für den Frieden sprechen.

Mein Augenmerk richtet sich derzeit wieder auf Italien und Rom. Dorthin will ich mich dieses Jahr begeben, gilt es doch neben anderem, einen neuen Statthalter einzusetzen und die Zuständigkeiten in Norditalien neu zu regeln. Die Kaiserin Adelheid hat sich inzwischen wieder an den burgundischen Königshof zurückgezogen, sodass ich rasch handeln muss, drohen die Wirren um den päpstlichen Thron doch jederzeit wieder auszubrechen. Der Gedanke macht mich schaudern, dass Papst Johannes, entmachtet durch den unsäglichen Bonifaz, in der Engelsburg elend verhungern musste. Dass bald auch Bonifaz erschlagen wurde, erscheint mir als gerechtes Zeichen Gottes. Crescentius Nomentanus, der den römischen Adel anführt, machte daraufhin, wie Ihr wisst, einen der römischen Kardinäle zum neuen Papst, mein Einverständnis offenbar voraussetzend. Doch ist Crescentius wenig zu trauen. Mir wurde von seiner grenzenlosen Machtgier berichtet, und der Wankelmut der Römer ist ohnehin bekannt. Es ist notwendig, dass ich mit großem Gefolge in die Ewige Stadt einziehe. Der Anblick gepanzerter Krieger vermag die Römer, die einst die Welt beherrschten, erstaunlicherweise immer noch zu zähmen.

Auch will ich den Boden für die künftige Kaiserkrönung meines Sohnes bereiten, den ich diesmal unter Willigis' Obhut in Mainz zurücklasse. Nicht zuletzt zieht es mich zum Grab meines Gemahls, dessen Todestag sich bis dahin zum sechsten Mal jährt. Seit Langem ist es mein Wunsch, an seiner letzten Ruhestätte in St. Peter für sein Seelenheil zu beten. »Die Liebe hört niemals auf!« – Oft denke ich an die Worte des Apostels Paulus. Somit wird die Reise nach Rom mir nicht nur Pflicht, sondern ebenso Freude sein, wenngleich sie auch wehmütige Erinnerungen und Trauer in mir weckt.

Es ist verwunderlich, wie sehr das Land im Süden unsere Gefühle in Wallung bringt; dem einen ist es Lust und Inspiration, dem anderen Last und Leiden. Meine ergebene Leibdienerin hasst Rom und Italien so sehr, dass sie dort von Schwermut heimgesucht wird. Dennoch will die treue Seele mich unbedingt begleiten.

Anders der junge König, der sich, seinem Vater nicht unähnlich, für alles Römische und Griechische unerschöpflich zu begeistern vermag. Der Knabe ist mit einem aufgeweckten Geist gesegnet und weckt den Stolz der Mutter in mir. Seine Erzieher loben seine breite Begabung. Beim Schach vermag er mich, die ich dieses Spiel vortrefflich beherrsche, immer häufiger zu besiegen. Mein Vertrauter Johannes Philagathos unterrichtete ihn in der griechischen Sprache, die der Knabe fließend zu sprechen vermag.

Ich weiß, Ihr seht ihn zu großen Taten berufen, werter Gerbert, und ich wäre glücklich, wenn Ihr recht behieltet. Doch frage ich mich, ob er nicht allzu sehr seinen Fantasien nachhängt. Auch erschrak ich mitunter über eine gewisse ihm eigene Kaltblütigkeit, die zu seinem Wesen wenig zu passen scheint. So begrüßte er während des Slawenfeldzuges begangene Grausamkeiten, als sei er nicht der unschuldige Knabe, den das Leben erst noch prägen muss, sondern ein gnadenloser Kriegsherr, dem alles Kindhafte abhanden kam. Den rauen Grafen Hoiko, der ihn im Waffengebrauch unterwies, habe ich inzwischen aus meinen Diensten entlassen, da ich seinen Einfluss nicht guthieß.

Vermutlich werdet Ihr, wie auch Willigis, schmunzeln über die Besorgnis einer Mutter, die es als Herrscherin doch besser wissen müsste: Ein Lamm unter Löwen wird nicht lange leben. So mag es sein, dass mir die Sorge um den Sohn die Sicht trübt. Ich will bereit sein, jedes persönliche Opfer zu bringen, um ihm das Reich zu sichern. Bitte hört nicht auf, dafür zu beten, dass alles seinen rechten Weg nimmt.

Was Eure Frage nach meinen Töchtern angeht, so ist es mir leider nicht bestimmt, sie allzu oft zu sehen. Adelheid, die Älteste, denkt als Kanonissin darüber nach, den Schleier zu nehmen. Ein anderes Leben könne sie sich nicht vorstellen, schrieb sie mir neulich. Sophia, die Mittlere, wird den Schleier bereits im Herbst empfangen. Der gute Willigis wird eigens dafür nach Gandersheim reisen, um die Zeremonie der Einkleidung vorzunehmen. Ich drängte Sophia nicht dazu, es ist ihr freier Wille, wenngleich ich meine Zweifel habe, ob ein Leben in Demut und Gehorsam ihr auf Dauer behagt, neigt sie doch zur Aufsässigkeit und ist den weltlichen Dingen nicht abgeneigt. Schließlich Mathilde, die Drittgeborene: Ob sie einst die Gelübde ablegen wird, erscheint mir fraglich; zu sehr scheint sie dem Irdischen zugewandt.

Wie so oft im Leben, kommt alles anders, als anfangs gedacht. Die Jüngste wird es letztlich sein, die ich eines nicht mehr sehr fernen Tages verheiraten muss. Ich erwäge, sie mit dem Pfalzgrafen Ezzo von Lothringen zu vermählen. Es ist unglaublich, wie die vergangenen Jahre verflogen sind. Noch immer glaube ich in die runden Säuglingsaugen der Mädchen blicken zu können.

Ich werde der Zeremonie von Sophias Einkleidung in Gandersheim beiwohnen, bevor ich nach Rom aufbreche. Sind meine Anwesenheit und Anteilnahme nicht das Mindeste, was ich meiner Tochter schulde, der die Mutter bald wie eine Fremde erscheinen muss? Herrschen bedeutet Opfer bringen. Aber das brauche ich Euch, der die Welt mit den Augen des Gelehrten sieht, wahrhaftig nicht zu erklären.

Was die erwähnten Opfer anbelangt, so muss ich feststellen, dass meine Gesundheit in letzter Zeit sehr gelitten hat. Den Herbst des vergangenen Jahres verbrachte ich in Meersburg am Bodensee, wo das milde Klima mir Erholung verschaffte. Meine Lungen, so behauptet mein neuer Leibarzt Fulrad, sind zeitweilig nicht imstande, die bösen Säfte abzusondern, die sich dort bilden. Nicht selten quälen mich auch Fieberträume. Inzwischen geht es mir wieder gut, auch wenn Gerüchte das Gegenteil behaupten.

Die Menschen würden gut daran tun, nicht alles zu glauben, was die Spatzen von den Dächern pfeifen. So sagen manche Widersacher mir arglistig nach, mein Berater Johannes Philagathos, den ich jüngst auf den Bischofsstuhl von Piacenza setzte, stünde mir näher, als es sich für die Kaiserin zieme. Wenn Euch solches zu Ohren kommt, so glaubt es nicht. Philagathos dient mir und dem jungen König – Ihr wisst das – seit Langem treu und verlässlich. Als Grieche, der er ist, sah er sich stets einem Heer von Neidern gegenüber. Mir indes warf man vor, den Landsmann zu bevorzugen. Aber auch künftig werde ich allein den Menschen vertrauen, auf deren Loyalität ich zählen kann.

Mein Brief erreicht Euch aus Köln, wo ich mich seit dem Weihnachtsfest in der hiesigen Benediktinerabtei aufhalte. Jenseits der Stadtmauer erheben sich die Klostergebäude auf einem sanften Hügel über der Landschaft. Vieles erinnert mich hier an meine Heimat. Nicht allein wegen der vielen griechischen Kaufleute, die hier siedeln, es sind nicht die Kirchen der Stadt, nicht der behäbig düstere Rheinstrom, nicht die nahen Wälder, die alt sind wie die Zeit: Die Heiligen sind es, die mich an diesem Ort so gern verweilen lassen. Den in Byzanz hochverehrten Ärzteheiligen Pantaleon, Cosmas und Damian ist das Kloster geweiht. Vor Jahrhunderten erlitten sie den Tod der Märtyrer, da sie Gott in der Bedrängnis treu blieben und die Marter nicht scheuten. Sterbend betete Pantaleon für seine Verfolger. Diesen Männern Gottes fühle ich mich verbunden. Es ist, als wirke aus den ehrwürdigen Gebeinen eine wundersame Kraft auf mich ein, sobald ich vor dem Altar des Pantaleon bete.

Hier will ich dereinst bestattet sein, denn so habe ich es verfügt. Ich spüre, dass ich kein hohes Alter erreichen werde, der Herr ist so gnädig, mir dies durch Zeichen kundzutun. Meine Genesung wird nicht von Dauer sein. Viele Jahre sind mir nicht mehr vergönnt, auch wenn die Ärzte sich winden, mir dies ins Angesicht zu sagen. Mag mein Leib auch kränklich sein, mein Wille ist es nicht. Thron und Herrschaft sollen meinem Sohn gesichert sein, wenn ich den letzten Atemzug mache. Mich bis dahin mit Euch im Gebet verbunden zu wissen, werter Freund, ist mir große Aufmunterung.

Wie Ihr wohl bemerkt habt, habe ich diesen Brief eigenhändig verfasst; zu viele Vertraulichkeiten sind darin notiert, um einen Schreiber damit zu beauftragen.

Der Herr segne Euch!

*

Rom, Dezember anno 989

Nach einer Weile kamen die Tränen. Theophanu konnte nichts dagegen tun, plötzlich rollten sie über ihre Wangen. Damals, an Ottos Totenbett, war sie noch stark gewesen, doch nun brachen alle Dämme. Schluchzend sank sie an seinem Sarkophag in sich zusammen. Die Bilder der Vergangenheit ließen sie nicht los, ihre Gebete verstummten. Nie war ihr so elend zumute gewesen. Mit einem kraftlosen Kopfschütteln bedeutete sie der besorgten Eunice, sich nicht weiter um sie zu kümmern. Leise zog die Dienerin sich zurück, blieb aber in der Nähe. In der päpstlichen Kathedrale war es kühl, woran auch die zahlreichen Kohlebecken, die man für die Kaiserin entzündet hatte, nichts zu ändern vermochten. Kerzenlichter flackerten unruhig in den Wandhalterungen. Und doch, dies war der Ort, wo Otto und sie an einem mildsonnigen Frühlingstag vor langer Zeit inmitten einer glanzvollen Festgesellschaft den Ehebund geschlossen hatten.

»Mein Liebster«, flüsterte Theophanu, mit den Händen den kalten Marmor des Sarkophags liebkosend, »es ist so düster ohne dich.«

Sechs Jahre – wie war es ihr bloß gelungen, in dieser langen Zeit keine Träne zu vergießen?

Sie stellte sich vor, wie der Gemahl sie in der Ewigkeit empfangen würde. Gleißendes Licht umstrahlte ihn. Er streckte lächelnd seine Rechte aus, die sie zitternd ergriff. »Geliebteste, nun sind wir wieder vereint!«, sagte er.

Für immer und ewig und Gott ganz nah! Die Sorgen der Welt waren so fern wie die Sterne. Keine Bürde lastete mehr auf ihren Schultern. Bei dem Gedanken kam sie zur Ruhe. Allmählich versiegten die Tränen. Sie ging in sich, kniete nieder, um ein weiteres Gebet zu sprechen.

Zwei Stunden mochten vergangen sein, als sie sich erhob, den Schwindel missachtend, der sie überkam. Eunice trat näher, zupfte das zerknitterte Kleid der Herrin zurecht.

»Das Wangenrot, es ist zerlaufen unter Euren Tränen«, flüsterte sie.

»Wir wollen heute nicht darauf achten«, entgegnete Theophanu. Ihre Stimme klang heiser, aber sie fühlte sich erleichtert.

»Ihr habt geweint!«

»Ja, Eunice. Ich habe geweint.«

»Es ist nicht gut, wenn Ihr weint.«

»Wegen des Eides? Ach, Eunice, ich glaube, es war ein törichter Eid.«

Eunice erwiderte nichts, doch ihr Blick hieß die Worte keinesfalls gut.

Wie sehr sie leidet, dachte Theophanu und bereute, die Dienerin nicht wie den jungen König in Mainz zurückgelassen zu haben. Sie hätte es ihr einfach befehlen sollen.

»Lass uns einen Spaziergang machen, Eunice.« Ihr stand der Sinn nach freiem Himmel.

Vor der Peterskirche, auf den Stufen zum Portal, warteten ihre Leibwächter. Auch einer der Hofbeamten hatte sich dort eingefunden.

»Der Stadtpräfekt wartet auf Euch im kaiserlichen Palast, *Augusta*«, verkündete er, sich tief vor der Kaiserin verbeugend.

Theophanu unterdrückte ein Stöhnen. Es war ihr gänzlich entfallen, dass sie dem Crescentius für den heutigen Tag eine neuerliche Audienz gewährt hatte.

»Man soll ihn wieder fortschicken«, entgegnete sie nach kurzer Überlegung. »Ich will ihn morgen empfangen.«

»Er wird nicht zufrieden sein, *Augusta*«, wandte der Bote vorsichtig ein.

»Das ist mir gleich. Meinethalben richtet ihm aus, ich fühle mich unwohl.«

Abermals verneigte sich der Beamte, bevor er davoneilte. Theophanu war der Meinung, dass der Stadtpräfekt, auch wenn er sich seit ihrer Ankunft in der Ewigen Stadt kaisertreu gab, keine bevorzugte Behandlung verdiente. Sie traute ihm nicht, daran würde auch eine weitere Unterredung nichts ändern. Gewiss, sie durfte Crescentius nicht verprellen, dafür besaß er zu viel Einfluss, doch dies war nicht der Tag, an dem sie mit dem verschlagenen Römer verhandeln wollte. Sie war es leid, immer stark sein zu müssen. Schon die Zwiesprache mit dem Papst am Vormittag hatte an ihren Kräften gezehrt. Johannes – er war der fünfzehnte Pontifex, der diesen Namen trug – witterte allerorten Intrigen.

»Du bist eine Löwin und wirst allen Widrigkeiten trotzen!« Oft half es, sich die Worte des alten Gero in Erinnerung zu rufen. Aber auch eine Löwin brauchte manchmal ihre Ruhe. Nachdem sie so viel Zeit am Grab des Gemahls verbracht hatte, sehnte sie sich nach Einsamkeit. Während früherer Romaufenthalte hatte sie diese auf dem Palatinhügel gesucht und gefunden. Allein Euncie duldete sie in ihrer Nähe.

Die Leibwächter begleiteten die Frauen bis zur bereitstehenden Sänfte. Wie gewohnt, ließ Theophanu auf dem Weg zum Palatin Almosen an Bedürftige verteilen, die an den Gassenrändern kauerten. Manchmal vernahm sie Schmähungen, anonym, aus verborgenen Winkeln. Es lag den Römern immer noch im Blut, sich als Herren der Welt zu betrachten und fremden Herrschern mit Feindschaft zu begegnen. Auch der große Karolinger und die beiden Ottonen hatten dies erfahren müssen.

Eunice war blass und stierte ins Leere. Nicht einmal die Beschimpfungen aus dem Hinterhalt vermochten sie, wie früher, in Erregung zu versetzen. Das ständige Schaukeln der Sänfte änderte nichts an ihrer Starre.

»Nie wieder werde ich dich mit in dieses Land nehmen«, sagte Theophanu ernst. »Es war das letzte Mal, dass du mich überredet hast. Nie wieder, hast du verstanden?«

Eunice nickte fast unmerklich. »Ja, nie wieder«, hauchte sie. Plötzlich kam wieder etwas Leben in ihre Augen. »Ich möchte Euch etwas fragen, Herrin: Wenn mir etwas zustieße, würdet Ihr dann dafür sorgen, dass man sich um Luitger kümmert? Er wäre doch dann ganz allein, wisst Ihr?«

»Ganz bestimmt würde ich dafür sorgen, wie kannst du fragen. Auf jeden Fall bekommt er eine Ausbildung, die seinen Neigungen entspricht. Aber was sollte dir zustoßen? Mach dir keine Sorgen, wir werden aufs Beste bewacht. Im Frühjahr können wir unsere Söhne wieder in die Arme schließen.«

»Eutropia wird Euch eine gute Zofe sein.«

»Aber sie ist in Mainz zurückgeblieben und somit weit weg von hier. Außerdem ist sie noch jung und unbedarft. Du wirst sie noch vieles lehren müssen, bevor sie mir eine gute Zofe sein kann. Ich habe freilich nicht vor, dich durch sie zu ersetzen, du bleibst meine erste Dienerin. Oder bist du so töricht, etwas anderes zu denken?«

In Eunices Augen kehrte die Leere zurück.

Am Fuß des Palatin entstiegen sie der Sänfte.

»Wartet hier!«, befahl Theophanu ihren Leibwächtern.

Der Hauptmann runzelte die Stirn. »Sollten nicht wenigstens zwei meiner Leute Euch begleiten, Herrin?«

»Weshalb? Hier gibt es nur streunende Katzen und Hunde.« Theophanus Wunsch nach Ruhe war übermächtig.

Den Palatin bedeckten zahlreiche Ruinen; einst hatten hier die Cäsaren ihre Paläste gehabt. Ein Wald von Pinien wuchs zwischen den Mauern und ließ den Ort wie eine verwunschene Insel inmitten der Stadt erscheinen.

Schweigend machten die beiden Frauen sich auf den Weg. Theophanu schritt voran. Sie überlegte, die erschöpft wirkende Dienerin wieder zur Sänfte zu schicken, da die Schwermut ihr offenbar jede Kraft nahm. Aber zweifellos hätte Eunice sich dagegen gesträubt, ihre Herrin allein zu lassen.

Schwer ging beider Atem, als sie die breite Hügelkuppe erreichten. Vom Lärm der Stadt war hier nichts zu hören. Der kniehohe Rest einer alten Mauer trennte sie vom Abgrund, ein Meer von Bauten und Gassen erstreckte sich unter ihnen, fast bis zum Horizont, und über allem stand ein grauer Himmel.

Im Vordergrund der große Circus Maximus – einst hatten dort Wagenrennen und Tierhetzen stattgefunden. Er glich einem Torso, einem kolossalen Steinbruch, aus dem Bäume und Sträucher wuchsen.

»Nun, was sagst du, Eunice? Die Ewige Stadt – da liegt sie dir demütig zu Füßen«, sagte Theophanu aufmunternd, »als würde sie dich um Verzeihung bitten für all das Ungemach, das du durch sie erleidest.«

»Es ist die Stadt, die meine Herrin weinen lässt«, kam es nach einer Weile leise und anklagend zurück.

»Sei nicht länger betrübt, ich will es auch nicht mehr sein.«

»Das letzte Mal standet Ihr hier, nachdem der Kaiser gestorben war.«

»Weil ich mich nach Ruhe sehnte. So wie heute.«

»Damals habt Ihr nicht geweint.«

»Vielleicht hätte ich es tun sollen.«

»Nein. Ihr sollt nicht weinen. Nie.«

»Sprich nicht unentwegt vom Weinen, Eunice. Warum genießt du nicht die Herbstluft?«

Eunice schwieg und blickte über die Stadt, ohne sie wirklich wahrzunehmen. Schließlich fragte sie mit schläfriger Stimme: »Werdet Ihr Luitger einen Kuss von mir geben, wenn Ihr aus Italien zurückgekehrt seid?«

»Ungewöhnliche Wünsche äußerst du. Als seine Mutter musst du ihn schon selbst küssen.«

»Aber wenn ich nicht mehr da bin, dann werdet Ihr es doch für mich tun, oder? Ihm einen Kuss geben.«

»Gewiss, gewiss. Doch ich sagte dir bereits, dass dir nichts zustoßen wird. Hör endlich auf, dich wie ein jammerndes Kind zu benehmen.«

Eunice schürzte die Lippen. Ihr Gesicht verhärtete sich. »Ihr wart die beste Herrin, die man sich vorstellen kann. Habt Dank für alles!« Sie machte einen tiefen Atemzug, setzte einen

Fuß auf den bröckelnden Mauerrest. »Tausend Dank für alles«, sagte sie noch einmal und blickte Theophanu treu, aber unendlich müde in die Augen. »Ach, wie sehr ich Euch liebe! Bis in alle Ewigkeit werde ich Euch lieben!«

Verständnislos sah Theophanu die Dienerin an. Gesellte sich zu ihrer Schwermut jetzt auch noch Wahnsinn? Als das Begreifen dann wie ein Blitzschlag über sie kam und ihre Hand hastig das Kleid der Dienerin zu packen suchte, um sie am Sprung zu hindern, war es zu spät.

Kein Todesschrei entrang sich Eunices Lippen, als sie in die Tiefe stürzte.

*

Am 21. Oktober 990 kam eine Finsternis über das Reich. Zur fünften Stunde des Tages schob sich ein schwarzer Schatten vor die Sonnenscheibe und raubte der Welt das Licht. Für die Dauer von drei Vaterunsern blieb es dunkel, dann verschwand der Schatten wieder. Aber die Furcht vieler Menschen blieb. Hatte Gott ein Zeichen gesandt? Stand das Ende der Welt bevor?

Gelehrte versuchten, zur Beruhigung beizutragen. Schuld an dem Ereignis sei allein der Mond, der sich jedes Zeitalter einmal vor die Sonne schiebe. Schon die alten Griechen und Römer hätten das Phänomen beschrieben.

Hartnäckig aber hielt sich der Glaube, die Finsternis künde von kommenden Umwälzungen – oder vom baldigen Tod eines Herrschers.

22

Jutta war sechzehn Jahre alt, als sie sich zum ersten Mal für einen Burschen interessierte.

Im Frühjahr anno 991 erschien Lupus wieder einmal auf dem Hof. In seiner Begleitung befand sich ein junger Mann. »Das ist Gerwin, mein Gehilfe«, erklärte der Wolfsjäger. »Man ist schließlich nicht mehr der Jüngste, und die Wölfe werden nicht weniger gefräßig, da hielt ich es für angebracht, ihn zu meiner rechten Hand zu machen.« Von Nimwegen her seien sie gekommen, wo auch die Kaiserin, der man eine schwache Gesundheit nachsage, sich derzeit mit kleinem Gefolge aufhalte.

Während Lupus am Essenstisch ausschweifend über Geschehnisse in der Welt berichtete, musterte Jutta den neuen Gehilfen. Sie stellte fest, dass auch Gerwin sie kaum aus den Augen ließ. Er mochte nur wenig älter sein als sie selbst, war groß gewachsen und hatte rabenschwarzes Haar. Jutta spürte ihr Herz pochen. Es war ihr noch nie passiert, dass ein Bursche sie in helle Aufregung versetzte. Außer Brun und ein paar einfältigen Tölpeln aus den benachbarten Weilern war ihr freilich auch noch keiner begegnet.

Später, als sie am Brunnen Wasser holte, traf sie Gerwin dort an. Der junge Wolfsjäger genoss die milden Strahlen der Abendsonne. Jutta, die sich gewöhnlich vor nichts und niemandem fürchtete, musste sich erst ein Herz fassen, um ihn anzusprechen. Dass er sie mit strahlend weißen Zähnen anlächelte, machte es einfacher. Sie bedauerte, sich nicht sorgsam gekämmt zu haben, bevor sie das Haus verließ.

»Keine Wölfe weit und breit, oder?«

Gerwin schüttelte den Kopf. »Sie haben sich vor uns verkrochen. Aber wir folgen ihnen unerbittlich.« Wieder dieses unwiderstehliche Lächeln.

»Ihr wart in Nimwegen? Bist du dort der Kaiserin begegnet?«

Gerwin warf lachend den Kopf in den Nacken. »Natürlich nicht. Oder glaubst du vielleicht, dass die hohe Frau Leuten wie uns Beachtung schenken würde?«

Es ärgerte Jutta, dass er so abfällig über Kaiserin Theophanu sprach. »Jedermann weiß, was für ein großes Herz sie hat.«

Ihre plötzliche Heftigkeit schien Gerwin zu verwirren. »Gewiss. Ich meinte ja nur ...«

»Als Kind bin ich ihr einmal begegnet. Hab sogar mit ihr gesprochen.«

»Wirklich?«

»Sicher. Es liegt mir fern, dich zu veräppeln. Es war an dem Tag, als sie den Thronfolger zur Welt brachte. Wusstest du, dass dies ganz hier in der Nähe passiert ist?«

»Lupus hat mir davon erzählt.«

»Siehst du. Ich hab sie damals ... besucht.«

Er wirkte beeindruckt. Juttas Verärgerung schwand so rasch, wie sie gekommen war, doch sie beschloss, nicht weiter auf das Thema einzugehen. So gut kannte sie Gerwin noch nicht, dass sie ihm ihre Herzensangelegenheiten anvertraut hätte. Aber das mochte sich vielleicht noch ändern.

»Erzähl mir von dir«, bat sie ihn. Inzwischen konnte sie ihm in die Augen schauen, ohne ständig erröten zu müssen. Sie genoss die Gegenwart dieses stattlichen Burschen, setzte sich zu ihm auf den Brunnenrand. Ob sie im Begriff war, sich in ihn zu verlieben?, fragte sie sich im Stillen.

»Tja«, machte Gerwin.

»Nur zu«, ermunterte Jutta ihn.

Und Gerwin erzählte.

Die Eltern waren schon früh gestorben. Sein Oheim, ein Hufschmied in Nimwegen, hatte sich seiner erbarmt und ihn bei sich aufgenommen, dies aber nicht aus reiner Herzlichkeit. Ein Kaplan hatte ihm ins Gewissen geredet, es sei seine Christenpflicht, sich um den verwaisten Neffen zu kümmern. Doch der Oheim hatte ihn schlecht behandelt und den eigenen Sohn in allem bevorzugt. Deshalb hatte Gerwin beschlossen, so bald als möglich eigene Wege zu gehen. Zwar hätte er sich irgendwo als Hufschmied verdingen können, doch als er Lupus begegnete, der ihm das Handwerk der Wolfsjagd schmackhaft machte, kam alles ganz anders. Am Ende waren alle froh: der Oheim, weil er den Neffen los war, Gerwin, weil er den Oheim nicht länger ertragen musste, und Lupus, dem endlich ein tüchtiger Gehilfe zur Seite stand.

Gerwin besaß eine sanfte Stimme. Jutta hörte ihm gerne zu. Zumal sie feststellte, dass sie und Gerwin seelenverwandt waren. Auch sie hatte früh ihre Mutter verloren, auch sie fühlte sich vernachlässigt, und auch in ihr gärte seit jeher der Wunsch, dem heimatlichen Hof den Rücken zu kehren und in der Welt ihr Glück zu suchen.

Sie zögerte kurz, dann sprach sie es aus. »Auch ich würde nicht zögern, von hier fortzugehen«, bekannte sie.

»Irgendwann wirst du heiraten«, sagte Gerwin.

»Das meine ich nicht. Ich würde …«

Sie stockte, und er sah sie mit erhobenen Brauen an.

»Nun ja«, druckste sie, »auch mir steht der Sinn nach einem neuen Leben.«

»Wie meinst du das?«

Sie winkte ab, aber ihre Worte ließen Gerwin keine Ruhe. »Du bist doch ein Mädchen«, meinte er nachdenklich.

»Na und? Glaubst du, dass mein Schicksal unwiderruflich festgeschrieben steht, weil ich ein Mädchen bin?«

Er dachte nach und grinste. »Nein, eigentlich glaube ich das nicht. Auch wenn die meisten Menschen das anders sehen.«

Genau das hatte sie von ihm hören wollen. Sie spielte mit

dem Gedanken, ihre Hand in die seine zu legen. Aber jemand hätte es sehen können.

»Aber was schwebt dir denn vor, Jutta?« Zum ersten Mal nannte er sie beim Namen. Ihr wurde warm ums Herz. Sie wusste, sie schuldete ihm eine Antwort, aber es war noch nicht die Zeit, ihm ihr Herz auszuschütten. Und so wischte sie sich eine Haarsträhne aus dem Gesicht und legte die Stirn in Falten.

»Nun, ich könnte zum Beispiel Wölfe jagen«, sagte sie leichthin. Obwohl sie mit einem Auge zwinkerte, schien er ihre Aussage ernst zu nehmen.

»Hast du denn keine Angst?«

»Nie!«

»Und als sich im vergangenen Jahr die Sonne verfinsterte, hast du da auch keine Angst gehabt?«

»Warum sollte ein wenig Dunkelheit mir Furcht machen?«

»Die Omen ...«

»Zum Teufel damit. Ein jeder ist seines Glückes eigener Schmied, oder etwa nicht?«

»Also, eine Wolfsjägerin wärst du gern.«

»Warum denn nicht?«

»Es ist nicht immer leicht, einem Wesen aus Fleisch und Blut den Tod zu bringen«, erklärte er.

»Als ich noch klein war, hab ich eine Schlange totgeschlagen. Es hat mir nichts ausgemacht.«

»Von einer Wolfsjägerin hab ich nie zuvor gehört.«

»Alles geschieht irgendwann zum ersten Mal. Sieh her, ich trage sogar einen Wolfszahn um meinen Hals.« Sie zog das Lederhalsband aus ihrem Ausschnitt. »Den hat Lupus mir einmal geschenkt.«

»Das sieht ihm ähnlich.« Gerwin lachte und streichelte dem alten Wiljo, der sich neugierig zu ihnen gesellte, über den Kopf. »Dein Vater würde dich niemals ziehen lassen«, sagte er dann leise.

Jutta spürte mit Unbehagen, dass das Gespräch sich allmählich ihrer Kontrolle entzog. Sie mochte Gerwin – womöglich war sie sogar in ihn verliebt! –, und auch der Gedanke, frei wie ein Vogel durch die Welt zu ziehen, gefiel ihr im Grunde. Aber mit dem Traum, dem sie seit Langem nachhing, hatte ein solches Leben nichts gemein. Sie wollte schöne Kleider tragen, köstliche Speisen essen, sich im Umkreis hoher Herrschaften bewegen. Seitdem sie den Schatz besaß, war kein Tag vergangen, an dem sie nicht in solcherlei Vorstellungen geschwelgt hätte.

Gerwin passte nicht in ihre Planungen, er kam mehr als nur ungelegen. Leider. Schon morgen würden er und Lupus weiterziehen. Es war töricht, ihr Herz an ihn zu hängen.

»Vielleicht hast du recht«, murmelte sie deshalb, »es würde mir doch etwas ausmachen, Wölfe zu töten.«

Gerwin nickte ernst. »Wölfe sind keine Schlangen.«

»Nicht die Wölfe haben Eva dazu verführt, von den verbotenen Früchten zu nehmen.«

»Nein, so verschlagen sind sie nicht.«

Sie lauschten dem Singen der Vögel. Wiljo lag zusammengerollt zu ihren Füßen und genoss die letzten Sonnenstrahlen.

»Schlangen sind widerlich«, meinte Jutta nach einer Weile.

»Ja, das sind sie.«

»Es macht mir nichts aus, sie zu töten. Aber Wölfe? Auch wenn sie Lämmer reißen, sie tun's ja nur, um nicht zu hungern.«

»Auch mir fällt es manchmal schwer. Aber es ist jetzt mein Beruf.«

»Vielleicht findest du eines Tages eine Wolfsjägerin, die du heiraten kannst.«

»Ja, vielleicht. Vermutlich aber nicht.«

Vom Haus her erhob sich eine Stimme. Helmprecht stand an der Tür und sah missmutig zu ihnen herüber. »Was schwatzt du denn da so lange? Wo bleibt das Wasser?«

»Wir haben ihn wohl verärgert«, flüsterte Gerwin ihr zu.

»Er kann so widerlich wie eine Schlange sein«, entgegnete Jutta bitter.

Als sie mit dem Wassereimer zum Haus zurückkehrte, stand Helmprecht immer noch breitbeinig im Türrahmen und starrte sie finster an, als habe er sie bei etwas Verbotenem ertappt.

Am Abend des folgenden Tages – Lupus und Gerwin waren in der Frühe aufgebrochen – verhieß Helmprechts Gesicht nichts Gutes. Alle saßen am Tisch versammelt und aßen schweigend Brot und Käse. Helmprecht kaute unentwegt an einem Stück Rinde, als habe er vergessen, es zu schlucken, während sein Blick mit kalter Entschlossenheit das Holz des Tisches fixierte. Auch Ursel mied jeglichen Blickkontakt. Was immer Helmprecht durch den Kopf ging, Ursel war offensichtlich eingeweiht. Brun indessen grinste immer wieder blöd zu Jutta hinüber; dass er es noch häufiger tat als sonst, war gleichfalls merkwürdig. Nur Magda und Guda verhielten sich unauffällig, verschlangen hungrig ihre Rationen.

Schließlich, nachdem alle gegessen hatten, räusperte sich Helmprecht. »Ich hab was zu verkünden!«

Bruns Grinsen wurde noch dümmlicher.

»Kommenden Sonntag werden wir Hochzeit halten!«

Jutta beschlich eine trübe Vorahnung. »Wer heiratet denn?«, fragte sie blinzelnd.

»Dumme Frage, du und Brun natürlich. Der Grundherr ist einverstanden. Pater Roland ist schon benachrichtigt, er wird die Trauung vornehmen.«

Ein Schlag in die Magengrube hätte nicht so schmerzlich sein können wie diese Worte. »Aber ... Brun ist doch mein Bruder.« Jutta wusste, wie nutzlos ihr Einwand war. Schwindel erfasste sie.

»Ihr seid nicht blutsverwandt. Einer Hochzeit steht nichts im Weg, sagt der Pater. Am Sonntag!« Helmprecht betonte jedes Wort und sah der Tochter drohend in die Augen. Offenbar erwartete er Widerspruch. Brun machte einen Kussmund in ihre Richtung. Am liebsten hätte Jutta ihm etwas ins Gesicht geworfen.

Sie fasste sich, überwand ihre Ohnmacht. Mit einem Mal wurde ihr klar, dass es für den Vater schon seit Langem beschlossene Sache war. Nur hatte er nie darüber gesprochen, zumindest nicht mit seiner Tochter. Auf diese Weise blieben ihm vier arbeitende Hände erhalten.

»Ich will Brun aber nicht heiraten. Auf keinen Fall will ich das. Eher wünsche ich mir die Blattern.«

Wieder eine nutzlose Widerrede. Aber wenigstens hatte sie ihren Willen offen kundgetan. Anderenfalls wäre sie daran erstickt.

»Du wirst tun, was ich dir sage.«

»Brun ist ein Widerling.«

»Er ist noch viel zu gut für dich. Ich will nie wieder ein schlechtes Wort aus deinem Mund über ihn hören. Hast du mich verstanden?«

Jutta schluckte. Es machte sie rasend, dass Brun leise vor sich hin kicherte. »Es hat dir wohl nicht gefallen, dass ich mich gestern am Brunnen mit Gerwin unterhielt, nicht wahr, Vater?«

»Hast dir nicht mal die Haare bedeckt. Nur Dirnen sprechen so mit fremden Männern.«

»Du nennst mich eine Dirne?«

»Ich bin dein Vater und darf zu dir sagen, was ich will. Ein Wolfsjäger – was ist das für ein Umgang?«

»Würdest du das auch deinem Freund Lupus so offen ins Gesicht sagen?«

Helmprecht ließ eine Faust auf den Tisch krachen. Ursel

und die Mädchen zuckten zusammen, Brun dagegen amüsierte der Disput.

»Sonntag ist Hochzeit, ob dir das gefällt oder nicht. Ich hab leider versäumt, dir Zucht und Ordnung beizubringen. Aber deine Zuchtlosigkeit werde ich dir notfalls noch ausprügeln, das verspreche ich dir.«

»Zuchtlosigkeit?« Jutta lachte bitter auf. »*Du* sprichst von Zuchtlosigkeit, Vater?« Sie beugte sich vor, sah ihm fest in die Augen. »Glaubst du vielleicht, ich wüsste nicht, dass du und Ursel es schon miteinander getrieben habt, noch bevor du meine Mutter heiraten musstest? Mutter war ja schwanger von dir, stimmt's? Gab es damals eigentlich sonst noch Frauen, die es dir angetan hatten, oder waren es nur die beiden?« Im Lauf der Zeit war es Jutta gelungen, sich manches zusammenzureimen. Ihre Wut auf den Vater war zu groß, um es weiter für sich zu behalten, auch wenn sie wusste, dass ihr das nicht gut bekommen würde.

Helmprecht war bleich geworden. Ursel sah ihn weinerlich an.

»Lässt du dir das gefallen?«

Der Herr des Hauses erhob sich, seine Fäuste waren geballt. Taumelnd ging er um den Tisch herum. Jutta wandte ihm ihr trotziges Antlitz zu. Der Schlag traf sie hart am Jochbein.

»Sonntag!«, bellte der Vater, gleich einem Richter, der einem Halunken das Todesurteil spricht.

»Eine hübsche Braut werde ich sein. Mit einem Veilchen im Gesicht.«

Helmprecht verließ das Haus, gefolgt von Ursel und der kleinen Guda. Auch Brun schickte sich an zu gehen. »Wirst schon lernen, mich zu ehren, Kröte«, raunte er ihr zu. »Vergiss diesen Schönling von einem Wolfsjäger. Ich freu mich schon auf dich«, ergänzte er und leckte sich die Lippen. Ein anzügliches Liedchen summend, folgte er den anderen. Nur Magda blieb bei Jutta zurück.

»Vielleicht wird's ja gar nicht so schlimm«, versuchte die Elfjährige ihre ältere Schwester zu trösten. Aber Jutta schüttelte den Kopf.

»Nichts könnte schlimmer sein, als Brun zu heiraten«, widersprach sie.

Magda ging zu ihr, schmiegte sich an sie. »Aber es gibt nichts, was du dagegen machen kannst.«

»O doch, kleine Schwester.«

»Willst du etwa fortlaufen?«

Jutta fasste sie sanft unterm Kinn. »Erinnerst du dich an die Geschichte, die ich dir einmal erzählt habe? Die von den beiden Schwestern, die einen Schatz besaßen und sich aufmachten, um die schöne Kaiserin zu suchen?«

»Gewiss, ich erinnere mich. Aber was …?«

Jutta brachte sie zum Schweigen, indem sie ihr sanft einen Finger auf den Mund legte. »Wirst schon sehen, Magda, wirst schon sehen.«

Vier Tage blieben ihr noch bis Sonntag. Zeit genug, ihren lang gehegten Plan endlich in die Tat umzusetzen.

Die Schwestern verließen ihre Heimat am helllichten Tag. Helmprecht wähnte sie auf dem Acker, wohin er sie zum Unkrautjäten geschickt hatte. Jutta aber hatte sorgfältige Vorbereitungen getroffen. Ein Bündel mit ihren wenigen Habseligkeiten lag längst bereit; auch den Schatz hatte sie inzwischen geborgen. Damals, nach dem Fall der uralten Eiche, hatte sie ihn in einem ausgehöhlten Baumstumpf versteckt, mitten in einem Sumpfgebiet unweit des Teufelsbuckels, wohin kein Mensch, der noch bei Sinnen war, sich wagte.

Nur wenig Mühe hatte es sie gekostet, Magda die Flucht schmackhaft zu machen. Welches Kind wäre nicht Feuer und

Flamme gewesen, nach allem, was sie ihr erzählt hatte? Nimwegen hieß ihr Ziel. Noch nie war Jutta mehr als einige Meilen von zu Hause fort gewesen, aber sie wusste, dass sie sich nordwestwärts halten musste. Sie war froh, nicht alleine zu sein. Magda wäre die einzige Person gewesen, die sie schmerzlich vermisst hätte.

Ihr Weg führte durch Wald und über Felder. Um Siedlungen machte Jutta einen Bogen, wollte sie doch vermeiden, dass man sie sah und später beschreiben konnte. Bestimmt würde Helmprecht nach ihnen suchen. Als die Schatten länger wurden, klagte Magda erstmals über Müdigkeit.

»Vielleicht sollten wir umkehren«, sagte sie zu Juttas Unmut.

»Bist du verrückt? Unsere Reise hat doch gerade erst begonnen.«

»Wo werden wir schlafen?«

»Das lass nur meine Sorge sein. Ich finde schon ein gemütliches Plätzchen für uns.«

Als es hinter einigen Büschen laut raschelte, sah Magda sich furchtsam um. »Was ist das?«

»Nur ein Tier. Sei nicht so ängstlich.«

Das Rascheln kam näher. Magda klammerte sich an die große Schwester – bis der Urheber des Geräuschs hechelnd und winselnd aus dem Unterholz kroch. Jutta schmunzelte.

»Wiljo! Sieh nur, Magda, er ist uns gefolgt. Auch ihn hält nichts mehr daheim.«

Der gute alte Wiljo. Inzwischen war sein einst pechschwarzes Fell gänzlich ergraut. Jutta fand es rührend, dass er ihnen gefolgt war. Dann durchzuckte sie ein Gedanke: Ob auch Helmprecht und Brun in der Nähe waren? Aufmerksam spähte sie umher. Als sie sicher war, dass niemand da war, beruhigte sie sich. Der alte Hund war ihnen tatsächlich aus Treue gefolgt.

»Also schön, dann sind wir von nun an eben zu dritt«, erklärte sie in der Hoffnung, dass Magda sich von ihrem Frohsinn anstecken ließ.

23

Nimwegen, Juni 991

Die Vorahnungen ließen Theophanu nicht mehr los. Sie spürte, wie ihre Lungen zunehmend schwächer wurden; bald würden sie ihr wohl den Dienst versagen. Kein Arzt, der ihr dann noch helfen konnte. Es war an der Zeit, sich auf den Tod vorzubereiten, auch wenn die Großen des Reiches ihr noch täglich ihre Aufwartung machten. Niemand sollte ihr anmerken, dass das Ende nicht mehr fern war.

Noch wenige Tage zuvor hatte sie den treuen Willigis empfangen. Ihm hatte sie sich anvertraut. Willigis hatte ihr zugehört, ohne ihre düsteren Ahnungen infrage zu stellen. Sie brauchte Willigis, auch und vor allem, wenn sie tot war. Als er wieder abreiste, war beiden bewusst gewesen, dass es ein Abschied für immer war.

Zu Ostern, wenige Wochen zuvor, hatte sie in Quedlinburg einen großen Hoftag abgehalten. So wie es auch ihr berühmter Schwiegervater einst getan hatte, kurz bevor er den Weg in die Ewigkeit antrat. Noch einmal hatten Theophanu und ihr Sohn die Huldigungen der Reichsfürsten entgegengenommen, selbst Herzog Mieszko war aus Polen angereist. Verzückt hatte der junge Otto ihm von seinem Kamel berichtet.

Theophanu war froh, dass sie den Hoftag noch bei guter

Gesundheit abhalten konnte, und sah sich in ihrer Zuversicht bestärkt, dass die Macht des Kaiserhauses weitgehend gefestigt war. Ihre Politik der Versöhnung erwies sich einmal mehr als äußerst fruchtbar. Auf dem Weg nach Nimwegen spürte sie jedoch das Heranschleichen der Krankheit. Diesmal, das wusste sie genau, würde keine Arznei helfen.

Die Nachrichten, die sie in ihrer Pfalz erreichten, trugen zu ihrer Beruhigung bei: Der Thronstreit der Franzosen war endgültig entschieden, Karl von Lothringen inzwischen ein Gefangener König Hugos. Aus Rom traf ein Brief des Papstes ein, der mit huldvollen Worten die baldige Kaiserkrönung des jungen Otto in Aussicht stellte. Auch Crescentius Nomentanus, so hieß es, sei der kaiserlichen Sache weiter gewogen.

Am vierzehnten Tag des Juni befiel die Kaiserin ein hohes Fieber. Man legte sie ins Bett, ein Arzt verabreichte ihr einen Sud, worauf sie in tiefen Schlaf fiel. Stunden später erwachte sie. Otto und Eutropia, ihre neue Zofe, saßen an ihrer Seite. Erleichtert atmete der Junge auf, als sie die Augen aufschlug und ihn anlächelte.

»Mutter! Wir alle haben uns Sorgen um Euch gemacht.«

»Nur ein Fieber, mein Junge. Jetzt geht es mir schon wieder besser. Du kennst das doch. Ich habe schwache Lungen.«

Er nahm ihre Hand und presste sie fest an seine Wange. »Ihr müsst rasch wieder gesund werden, hört Ihr?«, schluchzte er, was ihr in der Seele wehtat.

»Hast du denn keinen Unterricht?«

»Heute ist doch Sonntag, Mutter.«

»Dann geh und spiel ein wenig.«

»Aber ich möchte bei Euch sein.«

»Tu mir den Gefallen und kümmere dich ein wenig um Luitger. Der Arme spielt sicher wieder ganz alleine. Du weißt, er braucht dich als Freund.«

»Na schön. Ganz wie Ihr wünscht, Mutter.«

Seufzend verließ er das Gemach. Ihr Leibarzt Fulrad und zwei Nonnen steckten besorgt die Köpfe zur Tür hinein. Sie fühle sich nun besser, versicherte Theophanu ihnen.

»Dennoch rate ich Euch, das Bett noch nicht zu verlassen«, sagte der Arzt mit ernster Miene.

»Gewiss doch. Bitte seid so gut und schickt mir später einen Schreiber, werter Fulrad. Ich habe einige Briefe zu diktieren.«

Der Arzt versprach es und empfahl sich.

»Eutropia, sag mir frei und offen: Habe ich wieder fantasiert, als ich im Fieber lag?«

»Ja, Herrin.« Der jungen Zofe – auch sie war griechischer Herkunft – fehlte Eunices Temperament. Sie war still und lautlos, und ihr hübsches Gesicht verzog sich nur selten zu einem Lächeln. Deshalb hatte es lange gedauert, bis Theophanu sich an sie gewöhnt hatte. Zwischenzeitliche Pläne, die Dienerin zu ersetzen, hatte die Kaiserin letztlich begraben, da es ihr ungerecht erschienen wäre. Darüber war sie nun froh, denn Eutropia erwies sich als treue Seele.

»Was sagte ich in meinem Fiebertraum?«

»Ihr rieft nach Eurem Gemahl. Und nach Euren Kindern. Seltsam, es waren *fünf* Kinder, von denen Ihr spracht.«

Theophanu wandte ihr Gesicht zum Fenster, durch das goldene Sonnenstrahlen in den Raum fielen. »Ja, Eutropia. Der König hatte eine Zwillingsschwester. Sie starb bei der Geburt.«

»Oh!«

»Ich rede nicht oft darüber. Aber du sollst es wissen, wenn du schon gezwungen bist, mein verwirrtes Gestammel mitanzuhören.«

»Ich diene Euch sehr gern, Herrin.«

»Dann hilf mir beim Anziehen.« Sie setzte sich auf den Bettrand, wo sie erst einmal Luft schöpfte.

»Ihr seid blass. Wohin wollt Ihr gehen?«

»In die Kapelle.«

»Aber Herr Fulrad riet Euch zur Bettruhe.«

»Wem dienst du, Eutropia? Mir oder dem Arzt?«

»Welches Kleid möchtet Ihr tragen?«

Kurz darauf verließen die Frauen das Gemach. Theophanu fühlte sich schwach wie noch nie, ihre Beine waren weich wie Wachs. Wer ihnen auf dem Weg zur Kapelle begegnete, verbeugte sich irritiert, hieß es doch, die Kaiserin läge schwerkrank darnieder.

»Ich ließ die Kapelle nach der Geburt meines Sohnes erbauen«, erklärte Theophanu der Dienerin unterwegs. »Wie du weißt, ist sie dem Nikolaus geweiht. Niemand hier kannte den Heiligen, als ich in dieses Land kam. Eunice, Gott hab sie selig, ließ mir deswegen jahrelang keine Ruhe. Aber sie hat recht damit getan.« Ein Schmunzeln flog über ihr Gesicht.

»Sicher vermisst Ihr sie immer noch schmerzlich«, bemerkte Eutropia.

»Ja, ich vermisse sie. Und heute möchte ich für sie beten.« Als Selbstmörderin hatte Eunice Gebete bitter nötig. Theophanu hatte ihren Tod als Unfall geschildert, damit sie in geweihter Erde bestattet werden durfte. Gott würde ihr diesen Betrug hoffentlich nachsehen.

Die Kapelle besaß, ähnlich wie die Aachener Pfalzkirche, einen achteckigen Grundriss. Seinerzeit hatte Theophanu eigens einen Architekten aus Konstantinopel dafür anreisen lassen. Zahllose Kerzen erleuchteten das kleine Gotteshaus, der Geruch von Weihrauch und halb verblühten Pflanzen lag schwer in der Luft. Rosen, ihre Lieblingsblumen, lagen verdorrt vor der Madonnenstatue. Theophanu nahm sich vor, wegen der Pflanzen dem Kirchendiener, der offenbar dem Müßiggang frönte, ein paar unmissverständliche Anweisungen zu geben.

Vor dem Altar kniete sie nieder und versank im Gebet. Im Hintergrund wartete Eutropia geduldig auf ihre Herrin. Von draußen war das laute, omenhafte Gezeter eines Krähenschwarmes zu vernehmen.

*

Es war zum Verrücktwerden. Ihr Marsch Richtung Nimwegen war ohne Zwischenfälle verlaufen. Kaum jemand, der ihnen in der Einsamkeit des Waldes begegnet wäre … Aber jetzt, da sie den Waldrand endlich erreichten und die Mauern der Stadt in Sichtweite lagen, jetzt versperrten diese beiden verwahrlosten Gestalten ihnen plötzlich den Weg. Ohne Zweifel waren es Strauchdiebe, denn an ihren Gürteln trugen sie rostige Dolche. Der eine war groß und hatte blutunterlaufene Augen, sein Kumpan war von buckliger, gedrungener Statur. Verfilzte Bärte reichten ihnen bis zur Brust, ihre Wämser starrten vor Dreck und ihre grinsenden Münder offenbarten faulige Zahnstumpen. Von Diebesbanden im Ketelwald hatte Jutta schon häufiger gehört, doch sie war zuversichtlich gewesen, diesem Gesindel nicht zu begegnen.

Magda wimmerte vor Angst und klammerte sich an sie. Wiljo ließ ein dumpfes Knurren vernehmen, was die beiden Kerle nicht beeindruckte. Jutta überlegte angestrengt. Unwahrscheinlich, dass sie große Beute witterten, standen ihnen doch nur zwei Bauernmädchen und ein alter Hund gegenüber. Vielleicht wollten sie aus Langeweile nur ein paar derbe Späße mit ihnen treiben. Das hätte man zur Not über sich ergehen lassen können. Auf keinen Fall aber durften sie den Lederbeutel mit den Denaren entdecken, den sie unter ihrem Kleid trug.

»Kleinen Ausflug gemacht, was?«, fragte der Kleine, der offenbar den Ton angab. Unter seinen dicken Lidern lagen berechnende Augen.

Jutta hob die Schultern. »Na und?«

»Was hast du da in dem Bündel?«

»Etwas Proviant und ein paar Kleidungsstücke.«

»Zeig das her!« Er streckte eine grobknochige Hand aus.

Da sie die Wahrheit gesprochen hatte, gab es Grund zur Gelassenheit, doch etwas Trotz schien ihr angebracht. »Das sind unsere Sachen!« Sie presste das Bündel fest an sich.

»Gib schon her!« Er trat vor und entriss ihr das Bündel. Wiljo schnappte nach seinem Bein, aber ein brutaler Tritt ließ den Hund winselnd zurückweichen. Magda begann zu weinen.

»Sieh mal einer an – ein Bärenfell!« Der Strauchdieb hatte den Inhalt des Bündels auf dem Boden ausgebreitet. »Immerhin, das bringt uns ein paar Münzen ein.« Er warf es seinem Kumpan zu, der es auffing und betrachtete. Eine kleine Holzpuppe – Magda hatte darauf bestanden, sie mitzunehmen – landete im Gebüsch. Auch die Ersatzhemden der Mädchen waren für die Räuber nicht von Interesse. Eine Käserinde dagegen wanderte in den Schlund des Buckligen.

»Bitte, gebt uns das Bärenfell zurück«, sagte Jutta. »Es ist das Geschenk eines lieben Oheims.« Ein wenig Entrüstung mochte die Männer vom Wesentlichen ablenken. Mit den Denaren, die sie besaß, konnte sie so viele Bärenfelle kaufen, wie sie nur wollte. Wenn diese Unholde sie ansonsten unbehelligt ließen und sich endlich fortscherten, dann war der Verlust des Felles leicht zu verschmerzen. Aber offenbar war es noch nicht überstanden.

»Dein lieber Oheim schenkt dir ja vielleicht ein Neues.« Während er an der Rinde herumkaute, musterte er sie mit lüsternem Blick. »Auch ich will dir etwas schenken, holde Maid. Nämlich meine Liebe!« Theatralisch fasste er sich erst ans Herz, dann in den Schritt.

Sein langer Kumpan begann schallend zu lachen. Jutta versteifte sich. Der Gedanke, dass diese widerwärtigen Kerle sie anfassen könnten, bereitete ihr Ekel. Das musste ihr deutlich anzusehen sein.

»Oh, keine Sorge. Ich beeil mich, mein Kumpan hier will ja schließlich auch noch ran.«

»Bitte, bitte, lasst uns in Ruhe«, wimmerte Magda.

»Magda, sei still und warte dort hinten an dem Felsstein auf mich«, flüsterte Jutta ihr zu. Auf keinen Fall durften die Kerle auf die Idee kommen, sich auch noch an der Kleinen zu vergreifen. »Na los, geh schon. Denk an die Geschichte mit den Schwestern. Und rühr dich nicht von der Stelle.«

»Aber du …«

»Geh, hab ich gesagt!«

Widerwillig schlich Magda sich davon, den Blick nach rückwärts gerichtet. Der Bucklige grinste. »Ein paar Jährchen weiter, und dein Schwesterchen darf mitmachen.«

»Die Glückliche«, sagte Jutta angewidert.

»Zieh das Kleid aus!«

»Ein Kuss für jeden. Dann lasst ihr mich in Ruhe, einverstanden?«

»Ha! Was du gleich erleben wirst, ist besser als ein Kuss, holde Maid. Das Kleid, zieh es aus!«

Sie hätte schreien können vor Wut und Ekel. Die Kerle würden nicht zimperlich mit ihr umgehen, wenn sie sich noch länger sträubte.

»Worauf wartest du, Täubchen?«

Er trat so nahe vor sie hin, dass sie seinen sauren Atem riechen konnte. Überhaupt, er stank ärger als ein Ziegenbock. Als sie unwillkürlich einen Schritt zurücktrat, packte er sie an der Taille. Jutta erschrak. Weniger seiner Grobheit wegen, sondern weil seine Pranke den verborgenen Geldbeutel ertastete.

»He!«, rief er überrascht, »was haben wir denn da?«

Zum ersten Mal wurde Jutta von Panik geschüttelt. Sie wollte sich losreißen, aber seine dicken Finger hatten sich unerbittlich in ihr Kleid gekrallt, sodass ein langer Riss entstand. Klirrend plumpste der Lederbeutel auf die Erde. Der Strauchdieb bückte sich schnell danach, löste den Riemen und schielte hinein. »Beim Sack des Teufels! Jetzt erzähl mir bloß noch, das sei ehrlich erworbenes Geld.« Er konnte sein Glück kaum fassen.

War dies nun das Ende ihres so lang gehegten Traumes, zerstört durch zwei nichtsnutzige Strauchdiebe? Das durfte einfach nicht sein. Kampflos würde sie den Schatz, der ihre Zukunft bedeutete, nicht hergeben. Sie würde diese beiden Halunken außer Gefecht setzen, wie sie es auch mit Brun gemacht hatte.

Ihr Angriff erfolgte blitzschnell. Mit einem wütenden Aufschrei rammte sie dem Buckligen ihr Knie in den Unterleib. Der taumelte ein paar Schritte zurück, blieb aber auf den Beinen, und auch den Beutel hielt er fest in den Händen. Sein Kumpan versetzte Jutta eine heftige Backpfeife, dass ihr Hören und Sehen verging, und so war sie es, die sich auf der Erde wiederfand. Nicht alle Unholde waren so leicht zu übertölpeln wie Brun.

Wiljo traute sich wieder aus seiner Deckung hervor, bellend baute er sich vor den Männern auf. Dem alten Hund fehlte bereits der eine und andere Zahn, sodass er mit seinen erhobenen Lefzen eher Mitleid als Furcht erregte. Die Männer beachteten ihn auch kaum, sondern linsten gierig in den Geldbeutel. Magda hatte wieder laut zu weinen begonnen, blieb aber folgsam an ihrem Platz. Als das Dröhnen in ihrem Kopf etwas nachließ, rappelte Jutta sich auf. Ihr Zorn war so groß, dass sie nur noch den Wunsch verspürte, mit den Fäusten auf die Kerle einzudreschen, egal welche Folgen diese unselige Tapferkeit für sie haben mochte.

Die Männer lachten amüsiert, als Jutta mit wutverzerrtem Gesicht auf sie losstürmte. Der Große streckte ihr leichthin einen Arm entgegen, der sie daran hinderte, sich auf ihn zu stürzen. Plump rannte sie gegen seine Faust und kam sich vor wie ein dummes Schaf. Nie hatte sie sich so gedemütigt gefühlt. Der alte Wiljo aber entschloss sich zu einer Attacke seinerseits, sprang hoch und verbiss sich ins Handgelenk des Buckligen, der fluchend den Geldbeutel fallen ließ. Der Große zückte den Dolch, um seinen Kumpan von dem lästigen Übel zu befreien.

»Nein!«, schrie Jutta. Erneut wurde sie auf grobe Weise zurückgestoßen. Bevor der Kerl dem Hund den Garaus machen konnte, geschah etwas Seltsames, denn ein schwirrender Schatten flog gleich einem riesigen Insekt über sie hinweg. Alle hielten inne. Einige Schritte entfernt bohrte sich ein gefiederter Pfeil in die Erde. Ein zweiter Pfeil folgte auf der Stelle. Unmittelbar vor den Füßen des Großen blieb er im Boden stecken.

»Verdammt«, schrie er auf. Inzwischen war es dem Bucklingen gelungen, seinen ärgerlichen vierbeinigen Angreifer abzuschütteln.

»Weg hier!« Vermutlich war es nicht das erste Mal, dass man ihnen an den Kragen wollte, wer immer die Pfeile auch abgeschossen haben mochte.

Jutta schöpfte Hoffnung. Die Halunken dachten nur noch an Flucht. Schon rannte der Große in den Wald hinein, der Bucklige aber besaß noch die Geistesgegenwart, sich nach dem Geldbeutel zu bücken. Jutta wollte ihn daran hindern, da traf sein Ellenbogen sie hart im Gesicht. Ein weiteres Mal wurde ihr schwarz vor Augen.

Als sie wieder sehen konnte, waren die Kerle im Wald verschwunden. Hinterher!, dachte sie nur.

»He, bist du lebensmüde? Bleib hier!«

Sie wandte sich um und erblickte zwei näher kommende Knaben, etwa in Magdas Alter. Jeder hielt einen Bogen in seinen Händen, an ihren Gürteln hingen lederne Köcher für die Pfeile. Zwei Kinder waren also ihre Retter gewesen. Ihrer Kleidung nach zu urteilen, mussten sie von edler Herkunft sein. Magda hatte sich ihnen angeschlossen, ihre Augen waren rot verheult.

»Folgt den Kerlen!«, rief Jutta ihnen zu und wies in die Richtung, wohin die beiden Kerle entflohen waren.

»Lieber nicht«, entgegnete der kleinere der Knaben. Er trug einen Leibrock aus glänzender Seide mit aufgestickten goldfarbenen Sternen. »Im Wald haben wir keine Chance gegen sie.«

»Aber sie haben mich beraubt!«

»Dein Leben ist dir immerhin geblieben.«

»Hasenfuß!« Mit ihrem Ärmel fuhr sie sich über die Nase, an der ein Blutstropfen hing.

»He, wie redest du mit dem König?«, mischte der andere Knabe sich ein. »Ist das dein Dank?«

Jutta strich sich das verschwitzte Haar aus dem Gesicht und musterte ihn kurz. Er war vermutlich etwas älter als sein Gefährte und blickte irgendwie traurig drein. Seine Kleidung war schlichter, aber dennoch von bester Güte.

»Du hast recht, verzeih mir. Ich hätte das nicht sagen sollen. Aber ich … Moment mal, hast du eben *König* gesagt?«

»König Otto höchstselbst steht vor dir. Und ich bin Luitger, sein Leibwächter«, fügte er stolz hinzu.

Staunend sah Jutta von einem zum anderen. Alles sprach dafür, dass der Bursche ihr kein Lügenmärchen auftischte. Wer sonst wäre so gekleidet und würde überdies bewaffnet durch die Gegend streifen? Außerdem stimmte das Alter.

Der junge König neigte den Kopf. »Es war mir eine Ehre, dir und deiner kleinen Schwester zu Hilfe zu kommen. Sie ist doch deine Schwester, nicht wahr? Zumindest ähnelt ihr einander sehr.«

Er sprach nicht wie ein Kind, sondern wie jemand mit hoher Bildung. Zudem wirkte er aufgeschlossener und heiterer als sein vorgeblicher Leibwächter.

»Ich heiße Jutta und möchte dir … äh, möchte Euch danken für Euer Erscheinen, König Otto.« Sie kam sich wie ein echter Bauerntrampel vor, zumal sie sich ihres zerissenen Kleides bewusst wurde, das den Blick auf weite Teile ihres Unterhemdes preisgab. Aber der König nahm keinen Anstoß daran, denn er lächelte gewinnend.

»Seid ihr aus dieser Gegend?«

»Nein, wir …« Jutta beschloss, die Gunst der Stunde zu nutzen. Der liebe Gott musste ihr den jungen König über den Weg geschickt haben. »Wir kamen eigens hierher, um mit der Kaiserin zu sprechen.«

Otto hob überrascht die Brauen. »Du willst zu meiner Mutter?«

Jutta nickte entschlossen.

»Nun, das dürfte im Augenblick nicht möglich sein.«

»Warum nicht? Weil ich nur ein Bauernmädchen bin?«

»Meine Mutter ist krank und empfängt derzeit keine Bittsteller.«

»Krank? Was fehlt ihr denn?«

Otto hatte offenbar Geduld mit ihr. »Sie hat hohes Fieber und muss das Bett hüten«, erklärte er nachsichtig.

»Ist es … schlimm?«

»Manchmal hat sie Fieberträume. Dann sieht sie Menschen, die schon lange von uns gegangen sind.«

»Oft sieht sie dann auch meine Mutter. Sie war ihre Kammerdienerin«, verkündete Luitger stolz. »Aber leider ist sie gestorben.«

Jutta dachte nach. Ihre Scheu war verflogen, nun war sie

wieder ganz die Kämpferin. »Hat die Kaiserin denn eine neue Zofe?«

Luitger winkte ab. »Eutropia ist eine Schlafmütze. Kriegt nur selten den Mund auf. – He, da liegt was auf der Erde. Das haben die Räuber wohl verloren.«

Jutta folgte seinem Fingerzeig. Zwei Denare blinkten in der Sonne, daneben die silberne Haarspange. Wenigstens das war ihr geblieben. Noch während sie sich bückte, um alles an sich zu nehmen, kam ihr ein Gedanke. Entschlossen wandte sie sich dem jungen König zu.

»König Otto, es ist wirklich von großer Wichtigkeit, dass ich mit Eurer Mutter rede«, verkündete sie.

»Nun, wenn es ihr in ein paar Tagen besser geht …«

»Es ist wichtig, hört Ihr?«

Es war dem Knaben wohl noch nicht oft passiert, dass eine einfache Frau aus dem Volk ihn derart bedrängte. »Wenigstens könntest du mir sagen, worum es eigentlich geht.«

»Das kann ich nur Kaiserin Theophanu selbst verraten.«

»Wenn dein Vater den Pachtzins nicht aufbringen kann, dann wende dich …«

»Es ist nicht der Pachtzins!« Sie setzte alles auf eine Karte. »Es geht um … Eure Zwillingsschwester«, flüsterte sie.

Otto blieb der Mund offen stehen. Mit einem Mal wirkte er kaum noch majestätisch.

»Ihr habt richtig gehört«, setzte Jutta hinzu und hob beschwörend beide Hände. »Glaubt mir, ich treibe keine dummen Scherze mit Euch. Aber bitte, ich flehe Euch an, sorgt dafür, dass Eure Mutter mir eine Audienz gewährt! Nur ihr kann ich sagen, was es zu sagen gibt.«

»Also gut«, entgegnete Otto nach einer Weile, »ich will sehen, was ich für dich tun kann. Luitger, wir kehren zur Pfalz zurück, bestimmt suchen sie ohnehin schon nach uns. Das bedeutet mal wieder Ärger.«

»Ja, bestimmt. Dabei können sie sich doch denken, dass dein Leibwächter dich begleitet.«

»Völlig zu Unrecht halten sie dich für zu jung für diese Aufgabe, mein Prätorianer. Geleite die beiden Mädchen ins Gästehaus. Man soll ihnen frische Kleidung und etwas zu essen geben.« Er wandte sich wieder an Jutta. »Dort wirst du mit deiner Schwester warten, bis man dich rufen lässt.«

»Habt Dank, König Otto, das will ich tun. Aber sie ist nicht meine Schwester.«

Sie machten sich auf den Weg. Jutta blieb mit Magda ein paar Schritte hinter den beiden Knaben zurück. Wiljo hinkte mühsam neben den Mädchen her; beim Kampf mit den Strauchdieben hatte er sich offensichtlich einen Vorderlauf verstaucht. Jutta entsann sich der Hilfe, die der Hund ihr geleistet hatte. Wiljo war es zu verdanken, dass die silberne Haarspange in ihrem Besitz geblieben war. Die Spange war der Schlüssel für eine bessere Zukunft.

»Gut gemacht, alter Knabe.« Sie tätschelte Wiljos Kopf.

»Wieso hast du gesagt, dass ich nicht deine Schwester bin?«, fragte Magda. Sie war immer noch weinerlich.

»Psst, leise.« Jutta legte ihr einen Finger auf den Mund.

»Ich will nach Hause.«

»Nach Hause, so ein Unsinn. Jetzt, wo wir dem König begegnet sind.«

»Ist er wirklich der König?«

»Aber gewiss, das sieht man doch. Magda, ich muss dir etwas sagen. Und es ist wichtig, dass du mir gut zuhörst.«

Die Kleine schniefte.

»Von heute an trägst du einen anderen Namen. Nie wieder werde ich dich Magda nennen, hast du verstanden? Ab sofort heißt du Irene.«

»Aber warum denn?«

»Weil es besser für dich ist. Und für mich.«

»Das verstehe ich nicht.«

»Du wirst es noch begreifen, das verspreche ich dir. Deine Mutter, du hast sie niemals kennengelernt, weil sie bei deiner Geburt starb. Nun stell dir vor, sie sei in Wahrheit jemand anderes gewesen. Nämlich die Kaiserin! Und der König ist somit dein Bruder. Dein *Zwillingsbruder*!«

»Wäre ich dann eine Königin?«

»Zumindest eine *Prinzessin*. Prinzessin Irene! Du bist von jetzt an Prinzessin Irene. Im Grunde warst du es immer schon, hast du verstanden?«

»Ich weiß nicht.«

»So begreife doch, ich will nur unser Bestes. Du heißt Irene. Das ist alles, was du im Augenblick wissen musst. Wenn jemand etwas anderes von dir wissen möchte als deinen Namen, dann schweigst du. *Ich* werde für uns sprechen, sei unbesorgt. Nun, wie also lautet dein Name?«

»Irene«, war die zaghafte Antwort der Kleinen.

»Gut. Wenn du vor Kaiserin Theophanu stehst, senkst du ehrfürchtig das Haupt.«

»Was ist mit den Rosen? Einer Kaiserin schenkt man Rosen! Das hast du mir selbst erzählt.«

Jutta erinnerte sich. »Ja, du hast recht. Bestimmt kann der junge König uns welche verschaffen.«

24

Während des Diktats hielt Theophanu öfter inne, da das Sprechen ihr den Atem nahm. Die Säfte in ihren Lungen brodelten. Auch spürte sie das zurückkehrende Fieber, doch die Briefe durften nicht warten. Das Ende nahte mit großen Schritten, die Schwingen des Todes warfen schon ihren Schatten auf sie. Binnen eines Tages – sie zweifelte nicht daran – würde sie den Weg allen Fleisches gehen. Jeden Augenblick, den sie noch klaren Verstandes war, galt es zu nutzen.

Auch eine Löwin hat manchmal Angst!

Ja, die Gewissheit, bald zu sterben, ließ sie nicht furchtlos, doch sie konnte sich an Augenblicke in ihrem Leben erinnern, da sie mehr Angst empfunden hatte. Angst hatte sie gehabt, als man sie – fast noch ein Kind – in ein fremdes Reich schickte, um einen Fremden zu heiraten. Als sie und Otto Hals über Kopf vor den Franzosen flüchten mussten. Als Otto starb und sie zurückließ. Auch die Feldzüge, die sie hatte führen müssen, hatten ihr Angst bereitet. Aber nie hatte sie gewollt, dass man ihre Angst spürte. Die Stärke, die sie gelebt hatte, forderte ihren Preis: Ihre Kräfte waren versiegt. Es war an der Zeit, die Leere mit Gottes Seligkeit zu füllen. Später würde sie den Priester kommen lassen, um ihre Sünden zu beichten. Zuvor würde sie verlangen, dass man ihr die Haare scherte und ihr ein schwarzes Ordensgewand anlegte, wie es einer Sitte ihrer Heimat entsprach, die sie vor so langer Zeit verlassen hatte. Dann würde sie beruhigt und voll Gottvertrauen auf das Ende warten.

Mitunter hatte der Schreiber Mühe, ihre dahingehauchten Worte zu verstehen, aber irgendwann war alles zu Pergament gebracht: die letzten Freundschaftsgrüße an Gerbert von Aurillac und Johannes Philagatos; das Schreiben an Adelheid, in dem sie die Schwiegermutter um Vergebung für manches

Scharmützel bat und ihr die alleinige Vormundschaft für den König antrug; abermalige Anweisungen an ihre Kanzler Willigis und Hildebald. Auch einige letzte wohltätige Schenkungen lagen ihr am Herzen. Selten war sie sich ihres persönlichen Reichtums so bewusst gewesen wie auf dem Sterbebett.

Der Schreiber ging; er wirkte betroffen. Der Medicus Fulrad und einige Nonnen strichen sorgenvoll um das Bett der Kaiserin herum, aber Theophanu bat sie darum, sie mit dem König allein zu lassen. Auch Otto hatte nämlich inzwischen ihr Gemach betreten; in seiner rechten Hand hielt er drei rote Rosen. Das Feuer widerstreitender Gefühle in seinen Augen war Theophanu nicht entgangen. Sie streckte ihm eine Hand entgegen; er ergriff sie und setzte sich zu ihr. Die Rosen legte er neben ihr auf das Bett.

»Warum brennt überall Weihrauch, Mutter? Müsst Ihr denn wirklich sterben?« Er kämpfte gegen seine Tränen an.

»Gott will es so, mein Sohn.«

»Ach, die Priester haben recht, Gottes Wege sind in der Tat unergründlich.«

»Mach dir keine Sorgen. Deine Großmutter wird sich um dich kümmern, bis du alleine regieren kannst.«

Er rümpfte die Nase, sagte aber nichts.

»Eines Tages wirst du ein großer Kaiser sein. Versprich mir, dass du dich stets auch um deine Schwestern kümmerst.«

»Gewiss, Mutter.« Sein Kampf gegen die Tränen war verloren. Schluchzend sank er in sich zusammen. Theophanu sammelte ein paar Kräfte, damit sie den Druck seiner Hand erwidern konnte.

»Tröste dich, mein Junge«, flüsterte sie, »denn in der Ewigkeit sehen wir uns wieder. Dein Vater wartet dort bereits auf mich.«

»Und doch, ich wollte, dass Ihr lebt, Mutter. Tut sterben weh?«

»Nur ein wenig. Ärger als die Leiden des Körpers sind die der Seele. Darum tu Gutes als Herrscher, Otto, damit du, wenn Gott dich einstmals zu sich ruft, keine Qual leiden musst.«

»Ich will, dass alle Menschen glücklich sind, Mutter.«

»Ja, ich weiß. Doch nun verrate mir, was dir überdies auf dem Herzen liegt. Ich sehe dir an, wie sehr du mit dir ringst. Was möchtest du mir sagen?«

Otto wischte sich die Tränen aus dem Gesicht und atmete tief. »Wenn ich nur wüsste, ob sie die Wahrheit spricht …«

»Wer, mein Junge?«

»Eine Frau, sie ist noch jung und von bäuerlicher Herkunft. Sie lässt Euch diese Rosen schicken und beschwört mich, dass sie Euch umgehend sprechen muss. Ich wollte sie fortschicken, da Ihr so krank seid, aber …«, er rang nach Worten, da er offenbar fürchtete, die Mutter aufzuregen, »aber sie behauptet, es habe etwas mit meiner Zwillingsschwester zu tun.«

Theophanus Augen waren geschlossen. Sie tastete nach einer Rose und sog behutsam den Blütenduft in sich auf.

»Lass sie zu mir kommen«, sagte sie leise.

Es war die findigste Geschichte, die Jutta jemals ersonnen hatte. Und die unverfrorenste. Der Dank der Kaiserin war nicht durch die Wahrheit zu erwerben. Allein die Notwendigkeit, ihre verstorbene Mutter mit ins Spiel zu bringen, bereitete Jutta Skrupel. Doch Hroswitha hätte gewollt, dass es ihren Töchtern an nichts mangelte. Gewiss gab sie zu alldem ihre Zustimmung, wo immer ihre Seele sich auch befinden mochte.

Während sie die Silberspange mit viel Sorgfalt in Magdas flachsblondem Haar befestigte, ließ Jutta sich die Geschichte noch einmal durch den Kopf gehen. Plötzlich war sie äußerst nervös. »Verdammt, halt still und gib endlich Ruhe«, fuhr sie die Schwester an, die nicht aufhören wollte, zu zappeln und ihr Fragen zu stellen.

Nun denn! Juttas Lippen probten stumm die Rede. Auf keinen Fall durfte sie sich in Widersprüche verwickeln … Hohe Frau, seit vielen Jahren quält mich das Wissen, das ich mit mir trage. Jetzt halte ich es nicht länger aus. Ich bin gekommen, um Euch von der Ungeheuerlichkeit zu berichten, die sich damals, als der König zur Welt kam, zutrug. Der Zufall wollte es, dass auch ich an diesem Tag im Forsthaus war. Meine Eltern führten in der Nähe einen Hof. Ich erinnere mich, als sei alles erst gestern geschehen. Meine Mutter hatte in der Nacht ein Mädchen zur Welt gebracht, doch da ihr Milchfluss ausblieb, eilte sie mit dem Neugeborenen zur Amme des Försters. Ich begleitete sie, und als wir das Forsthaus erreichten, staunten wir nicht schlecht: Das Kaiserpaar war dort mit seinem Gefolge eingekehrt. Die Kaiserin komme bald nieder, erklärte man uns, bevor wir von den Wächtern fortgeschickt wurden. Da aber der Säugling vor Hunger immer schwächer wurde, kehrten wir rasch zurück. Unterwegs stellte meine Mutter fest, dass er bereits tot in ihren Armen lag. Im Forsthaus wurde derweil die Geburt des Thronfolgers gefeiert, und da sich plötzlich niemand mehr um uns scherte, betraten wir das Haus. In einem der Räume stand eine hölzerne Schaukelwiege, darin schlummerten zwei Säuglinge. Die Dienerschaft war unaufmerksam, denn der Kaiser hatte jedem Wein bringen lassen. Als die Säuglinge für ein paar Augenblicke unbeobachtet waren, tauschte meine Mutter den einen gegen ihren eigenen aus. Ich habe es mit eigenen Augen gesehen, hohe Frau, wenn mir das Frevelhafte dieser Tat auch damals nicht bewusst war. Meine Mutter starb nur wenige Tage darauf an einer Blutung; vielleicht war das ja die Strafe Gottes. Ich aber war die Einzige, die das Geheimnis kannte – bis heute! Meine Schwester ist in Wahrheit Eure Tochter, sie ist die Zwillingsschwester Eures Sohnes, des

Königs, und endlich sollt auch Ihr es erfahren. Vergebt mir, hohe Frau, dass ich Jahre verstreichen ließ, doch der Abschied von der geliebten Schwester, die sie ja auch für mich war, hätte mir das Herz gebrochen. Sie trägt sogar den Namen, den Ihr ihr geben wolltet, und ...

»Meine Mutter, die Kaiserin, ist bereit, dich zu empfangen!«

Es war der junge König selbst, der den Raum betreten hatte und sie in ihren Gedanken unterbrach. Jutta fuhr leicht zusammen, dann aber straffte sie die Schultern.

»Komm, Irene«, sagte sie zu ihrer Schwester.

Otto wurde von einem Leibdiener begleitet. Die beiden schritten voran, die Mädchen folgten ihnen über den Hof zur Hauptpfalz. Einmal drehte Otto sich um. »Du darfst sie auf keinen Fall aufregen!«, sagte er mit Nachdruck zu Jutta. Seine träumerischen Augen waren rot, als habe er geweint.

Nun, das kann ich nicht versprechen, dachte Jutta, nickte aber stumm.

Der Anblick der sterbenden Kaiserin änderte alles.

Selbst ein Dummkopf hätte erkennen können, dass es nur noch eine Frage von Stunden war. Hatte der König nicht lediglich von einem Fieber gesprochen? Offensichtlich hatte er ihr das wahre Ausmaß der Krankheit verschwiegen. Erschüttert stand Jutta an dem Sterbebett, an der Hand die in Ehrfurcht erstarrte Schwester. Der junge König, die Zofe sowie der Leibarzt traten zurück – Besorgnis, aber auch Missbilligung ob des ungelegenen Besuches stand in ihren Gesichtern geschrieben.

Ein qualvoller Husten schüttelte die Kaiserin. Eutropia eilte herbei, rückte ihr das Kissen zurecht. Von dem Anfall erholt, wandte sie ihr schweißnasses Gesicht den Ankömmlingen zu. Dem Siechtum zum Trotz, es war ihr noch viel von ihrer unglaublichen Schönheit geblieben. Jutta war schockiert und fasziniert zugleich, aber eines war ihr klar geworden: Nichts von dem, was sie listig ersonnen hatte, würde ihr über die Lippen kommen. Kaiserin Theophanu war ihre Heldin, von einem Leben in ihrem Gefolge hatte sie geträumt, sie war bereit gewesen, dafür zu lügen … Aber sie würde es nicht übers Herz bringen, vor der Sterbenden, die bald schon Gottes Antlitz schauen durfte, das Märchen von einem vertauschten Säugling vorzubringen. Ohnehin machte der Tod der Kaiserin alles sinnlos. Juttas Traum endete hier und jetzt. Schon einmal hatte sie vor dem Bett der Kaiserin gestanden. Diesmal durfte sie nicht auf ein Wiedersehen hoffen.

»Hab Dank für die Rosen«, hörte sie die Sterbende flüstern. »Sie duften köstlich. Du hast mir eine große Freude gemacht.« Jutta nickte zaghaft und schluckte, unfähig, etwas anderes zu tun.

»Ich kenne dich!«, fuhr Theophanu fort. »Wir sind uns schon einmal begegnet. Du bist der kleine Engel, der sich Jutta nannte.«

Am liebsten hätte Jutta auf der Stelle losgeheult.

»Bist du die treue Seele, die mein Gemahl mir zu schicken versprach?«

»Ich … ich weiß nicht, hohe Frau.« Redete die Kaiserin im Fieberwahn?

»Wer ist das Mädchen an deiner Hand?«

»Sie heißt … Magda. Ich hielt sie in meinen Armen, als ich damals an Eurem Bett stand, hohe Frau. Magda ist meine Schwester.«

Kaiserin Theophanu nickte, hustete dann erneut. Die Zofe kam herbei, um ihr die Stirn abzutupfen, aber ihre Herrin winkte ab. »Später, Eutropia, später.« Ihr Blick blieb auf ihre Besucherinnen gerichtet.

»Heilige Jungfrau, wie schön Ihr doch seid!«, entfuhr es

Jutta. Was dachte der liebe Gott sich dabei, sie so früh aus dem Leben zu rufen? Warum ließ er sie nicht alt und grau werden?

»Schönheit? Denk immer daran, wie vergänglich sie ist«, sagte die Kaiserin.

Jutta presste die Lippen aufeinander. Dann holte sie tief Atem und machte sich daran, ihrer Schwester die Spange aus dem Haar zu nehmen. Mit fassungslosem Schweigen ließ Magda es geschehen.

»Diese Spange gehört Euch, hohe Frau!« Jutta reichte ihr das Schmuckstück, aber die Kaiserin nahm es nicht.

»Ich schenkte sie dir damals, also behalte sie.«

»Nicht mir schenktet Ihr sie, sondern ...«

»Sei still, mein Engel. Ich möchte, dass sie auf immer dein bleibt.« Sie winkte Jutta nah zu sich heran, sodass nur sie allein ihr Flüstern vernehmen konnte.

»Du bist eine Löwin, Jutta. Deine Augen verraten es mir. Eine Löwin ...«

Kaiserin Theophanu schloss die Augen, das Sprechen hatte sie allzu sehr erschöpft. Ihr Atem ging schwer, ihre Brust rasselte, aber ihre Mundwinkel schien ein frohes Lächeln zu umspielen. Noch nie in ihrem Leben war Jutta so ergriffen gewesen. Sie beugte sich vorsichtig hinab, drückte die Lippen auf den Scheitel der Kaiserin.

Jemand fasste sie am Arm. Der Arzt. »Was machst du denn da? Genug, Mädchen. Lass sie nunmehr in Frieden.«

Jutta widersprach nicht. Der Arzt führte die beiden Geschwister aus dem Raum. Der junge König folgte ihnen. Vor der Tür wartete eine Schar bedrückter Menschen. Nonnen, Bedienstete, Gardisten, Gefolgsleute und Geistliche starrten bangend den Arzt an.

»Sie erwartet Euch nun«, sagte dieser zu den Priestern.

Otto sah Jutta vorwurfsvoll an. »Sagtest du nicht, dein Erscheinen habe etwas mit meiner Zwillingsschwester zu tun?«

Schuldbewusst senkte Jutta den Blick vor ihm. »Bitte vergebt mir, König Otto. Ich hätte das niemals sagen dürfen. Es war töricht.«

Sie fühlte sich wie betäubt, als sie mit ihrer Schwester die Pfalz verließ. Ein Schwarm von Krähen, der ihr schon bei ihrer Ankunft aufgefallen war, zog nach wie vor seine Kreise am Himmel. Die Luft war drückend. Wiljo empfing sie schwanzwedelnd. Sein Hinken hatte nachgelassen.

»Was hast du denn?«, fragte Magda ihre Schwester besorgt. »Du bist ja ganz bleich.«

»Die Kaiserin stirbt«, entgegnete Jutta, als sei dies Antwort genug.

»Glaubst du, dass sie bald in den Himmel kommt?«

»Der liebe Gott kann es offenbar kaum erwarten, sie zu empfangen.« Mit dem Kopf wies sie auf die schwarzen Vögel. »Vielleicht wollen sie ihre Seele ja himmelwärts begleiten.«

»Du hast ihr meinen alten Namen genannt. Heiße ich denn nicht mehr Irene?«

»Nein. Du bist und bleibst meine Magda, Schwesterherz.«

»Gut. Gehen wir jetzt wieder nach Hause?«

Jutta betrachtete sie nachdenklich. »Du hast großes Heimweh, nicht wahr?«

Magda sah aus, als wolle sie wieder weinen. Sanft legte Jutta ihr eine Hand auf die Schulter.

»Schon gut, ich bringe dich heim. Es war nicht recht von mir, dich mitzunehmen.«

»Du bringst mich heim? Was soll das heißen? Kommst du nicht mit?«

Jutta blieb stumm.

»He, ich hab dich was gefragt.«

»Du willst doch nicht, dass ich den dummen Brun heiraten muss, oder? Sei unbesorgt, ich bringe dich wohlbehalten heim.

Ich selbst werde unsere Kate aber nicht mehr betreten. Niemand darf mich sehen, verstehst du?«

»Wohin willst du gehen?«

Jutta strich ihr über den Kopf und bereute, sie erneut verängstigt zu haben. »Mach dir keine Sorgen um mich. Siehst du meine Augen? Ich bin eine Löwin.« Magda starrte sie verständnislos an. »Gehen wir, kleine Schwester. Diesmal lauern uns keine Strauchdiebe auf, versprochen. Wiljo, alter Knabe, auf geht's!«

Ohne Zweifel würde sie Magda vermissen. Trotzdem würde sie ihr nicht verraten, wohin es sie trieb, damit niemand es aus ihrem unvorsichtigen Plappermäulchen erfuhr. Soeben hatte sie nämlich einen Entschluss gefasst.

»Vielleicht wäre es ja gar nicht so schlimm, den Brun zu heiraten«, schniefte Magda.

»Das ist nicht dein Ernst, oder?«

Magda dachte eine Weile darüber nach. »Zugegeben, es wäre schlimm«, räumte sie ein. »Das Schlimmste, was dir passieren könnte.«

Beide mussten lachten.

Jutta griff tastend nach dem Wolfszahn an ihrem Halsband. Irgendwo da draußen in der Welt wartete Gerwin auf sie. Sie wollte eine Wolfsjägerin sein. Was keiner Frau jemals in den Sinn käme – sie würde es tun, frei wie ein Vogel. Furcht kannte sie nicht, denn sie war eine Löwin.

Nachwort

Theophanus genaues Geburtsjahr ist unbekannt. Als sie am 15. Juni 991 starb, war sie höchstens fünfunddreißig Jahre alt. Ihr Leichnam wurde auf dem Rheinweg von Nimwegen nach Köln überführt und – wie sie es in ihrem Testament verfügt hatte – in der Kirche St. Pantaleon beigesetzt. Sie zählt zu den großen Frauengestalten des Mittelalters. Zu Unrecht ist ihr Name heute weitgehend in Vergessenheit geraten.

Wie ging es weiter? Nach Theophanus Tod kehrte Adelheid aus der Lombardei zurück und übernahm die alleinige Vormundschaft für den jungen König Otto. Unterstützt wurde sie von Erzbischof Willigis. Der Knabe aber fühlte sich von seiner Großmutter am Gängelband geführt. Als er großjährig wurde, wies er sie deshalb von seinem Hof. Gekränkt zog Adelheid sich in das von ihr gegründete Kloster Selz im Elsass zurück. Dort starb die frömmelnde Kaiserin im Jahre 999, nur wenige Tage vor der Jahrtausendwende. In einer Vision soll sie vor ihrem Tod das Ende ihres kaiserlichen Enkels vorhergesehen haben. Papst Urban II. sprach Adelheid ein Jahrhundert später heilig.

Otto, der dritte seines Namens, hinterließ den Geschichtsschreibern ein gespaltetes Bild von sich. Einerseits gebildet, hochbegabt und von gewinnendem Äußeren, neigte er andererseits zu Schwärmerei und mangelndem Realitätssinn. Das Imperium des Trajan wollte er erneuern, stieß aber dabei, wie schon sein Vater, auf wenig Gegenliebe bei den Römern, für die alle Herrscher aus dem Norden stets Barbaren blieben. Seinem sächsischen Vetter und Freund Brun, gleichfalls von schwärmerischer Natur, setzte Otto die päpstliche Tiara aufs Haupt; jener wiederum, der sich nun Gregor V. nannte, krönte den Sechzehnjährigen zum Kaiser. Beide träumten einträchtig von großen Taten, doch der römische Stadtadel lehnte sich immer wieder gegen sie auf. Der selbstherrliche Crescentius erwies sich als treuloser Verbündeter. Er vertrieb den deutschen Papst aus der Tiberstadt, sobald Otto ihr den Rücken gekehrt hatte, ersetzte ihn durch niemand anderen als Johannes Philagathos, den Günstling der verstorbenen Kaiserin Theophanu. Philagathos, einst Lehrer des jungen Otto, war vermutlich nur eine Schachfigur in den Ränken des Crescentius, doch er büßte seinen Opportunismus später mit dem Leben. Bevor man ihn – auch auf Gregors Drängen – hinrichtete, ließ man ihm Nase, Ohren und Zunge abschneiden; auf einem Esel sitzend wurde er durch Rom getrieben. Sein früherer Zögling ließ bei Strafgerichten selten Milde walten. Es war eine Ironie, ja eine Tragik, dass jene Römer, die der junge Kaiser zu neuen Höhen führen wollte, ihm vor allem Ablehnung und Verachtung entgegenbrachten. Berühmt wurde die Rede, die er von den Zinnen der Engelsburg aus an das römische Volk hielt, nachdem ein neuerlicher Aufstand ihn dorthin hatte flüchten lassen. »Das also seid ihr, die ich meine Römer nannte«, rief er ihnen mit empörter Leidenschaft zu. »Aus Liebe zu euch habe ich mein Vaterland und meine Nächsten verlassen, habe ich meine Sachsen, ja alle Deutschen – mein eigenes Blut! – dahingegeben. Ich habe euch in die fernsten Gegenden unseres Reiches geführt, wohin selbst eure Väter, als sie noch den Erdkreis beherrschten, niemals einen Fuß setzten. Euch habe ich als meine Kinder betrachtet, die ich allen vorzog, um mir dadurch den Hass und Neid der anderen zuzuziehen. Und nun, zum Dank für all dies, seid ihr mir in den Rücken gefallen, habt meine Freunde getötet, habt mich aus eurer Gemeinschaft ausgeschlossen, obgleich ich euch niemals aus meiner Liebe entlassen werde …«

Nicht nur dem Römertum, auch dem großen Kaiser Karl galt seine lebenslange Verehrung. Otto III. ließ das Grab des

Karolingers unter dem Aachener Münster öffnen, um dem Toten einen makaberen Besuch abzustatten. Die zerfallene Nasenspitze des Leichnams ersetzte er durch Gold, einen Zahn, Gewandreste sowie ein goldenes Kreuz nahm er als Reliquien an sich. Sein glühender Wunsch war es, einst neben dem Ruhmreichen beigesetzt zu werden.

Schon knapp zwei Jahre nach der Graböffnung, die manchem wie ein hochmütiger Frevel erschien, sollte sein Wunsch sich erfüllen. Am 24. Januar 1002 starb er zweiundzwanzigjährig – sinnigerweise unweit von Rom – an der Malaria. Der Gedanke, gescheitert und von Gott verlassen zu sein, hat ihn vor seinem Ende gequält. Sein Leichenzug in die Heimat musste von Getreuen gegen angreifende Feinde verteidigt werden. Theophanus Sohn blieb unverheiratet und kinderlos, er überlebte seine Mutter um neun, seine Großmutter lediglich um drei Jahre. Als *miraculum mundi* (Weltwunder) hat man ihn bezeichnet. Was beweist, wie sehr er, trotz aller Ohnmacht und Schwächen, seine Mitmenschen zu beeindrucken verstand.

Zu seinen unentbehrlichen Beratern zählte in späteren Jahren auch der große Gelehrte Gerbert von Aurillac. Als Erzbischof hatte sich Gerbert in Reims nicht behaupten können, dem Kaiser aber waren seine Gegenwart und sein Rat hochwillkommen. Gerbert unterstützte Otto in seinem Traum, das Kaiserreich der Römer als christlichen Gottesstaat wiederherzustellen. Als des Kaisers Vetter, Papst Gregor V., starb – vermutlich war hier einmal mehr das Gift römischer Widersacher im Spiel –, machte Otto Gerbert zum neuen Pontifex; als Silvester II. bestieg er den Papstthron. Die Silvesternacht des Jahres 999 soll er betend in der Erwartung des nahenden Weltenendes verbracht haben. Abergläubische Zeitgenossen brachten ihn mit teuflischen Praktiken in Verbindung, da seine Beschäftigung mit den Wissenschaften ihnen suspekt blieb. Gerbert alias Papst Silvester starb 1003.

Erzbischof Willigis von Mainz lebte bis 1011. Ohne ihn, der dem Kaiserhaus ein Leben lang treu diente, wäre manches anders gekommen. Sowohl Theophanu als auch Adelheid wussten, was sie ihm verdankten. Nach Theophanus Tod stand Willigis der Regentin Adelheid mit der gleichen Tatkraft und Loyalität zur Seite; kurz vor ihrem Tod war er es, der der Witwe Ottos des Großen die letzte Beichte abnahm. 1002, nach Ottos Tod, krönte er Heinrich und Kunigunde in Mainz zum deutschen Königspaar.

Heinrich II. war der Sohn des Zänkers. So kam es, dass die Königskrone letztlich doch noch auf seine Familie überging. Der Zänker selbst erlebte diesen Triumph nicht mehr, er war 995 gestorben. Nach dem Treueeid, den er dem König zehn Jahre zuvor auf dem Frankfurter Reichstag geleistet hatte, geriet sein rebellisches Blut nie wieder in Wallung. »Wiedersetze dich niemals deinem König, ich fühle tiefe Reue über meine Vergehen gegen ihn«, soll der Herzog auf dem Sterbebett seinem Sohn mit auf den Weg gegeben haben.

Dieser gute Rat hielt den jüngeren Heinrich aber nicht davon ab, den aus Italien kommenden Leichenzug seines Vetters Otto auf bairischem Boden anzuhalten, um sich der Reichsinsignien zu bemächtigen. Obwohl er größere Anrechte auf die königliche Nachfolge hatte als seine Konkurrenten, beabsichtigte er, kein Risiko einzugehen. So wurde er denn auch bald von den Großen des Reiches zum König gewählt. In der Geschichtsschreibung trägt Heinrich den Beinamen »der Heilige«, eine sicherlich maßlos übertriebene Bezeichnung, wenngleich an seiner Frömmigkeit nicht zu zweifeln ist. Von der *Renovatio* des Römischen Imperiums hielt Heinrich nichts, vielmehr widmete er sich verstärkt der Ostpolitik. Kriege gegen die Polen unter ihrem Herrscher Boleslaw – sein Vater, Herzog Mieszko, war nur ein Jahr nach Theophanu gestorben – zogen sich über viele Jahre hin. Zankapfel war unter anderem Böhmen, dessen der Pole sich bemächtigt hatte. Heinrich sah sich sogar gezwungen, Bündnisse mit slawischen Heiden einzugehen, um gegen die christlichen Polen zu kämpfen. Boleslaw war seinem Volk ein äußerst fähiger Führer, später erlangte er die polnische Königswürde. Er gilt den Polen noch heute als Nationalheld, da er das Fundament für die Unabhängigkeit seines Landes schuf.

Heinrich blieb kinderlos und war somit der letzte Herrscher aus der Dynastie der Luidolfinger. Nach seinem Tod im Jahre 1024 begann das Jahrhundert der Salier.

Und Theophanus Töchter? Nur einer, der Jüngsten, war es bestimmt, sie posthum zur Großmutter zu machen. Die beiden älteren Töchter, Adelheid und Sophia, nahmen den Schleier. Das Quedlinburger Stift wählte Adelheid 999 nach dem Tod ihrer Tante Mathilde zur Äbtissin. Sie lebte bis 1043. Ihre Schwester Sophia starb vier Jahre früher in Gandersheim. Äbtissin war sie seit 1002 gewesen, dem Todesjahr des Bruders. Die zeitgenössischen Chronisten beschreiben sie mit wenig schmeichelhaften Attributen.

Mathilde, die Jüngste, heiratete den rheinischen Pfalzgrafen Ezzo. Zehn Kinder gingen aus dieser Ehe hervor, darunter ein späterer Erzbischof von Köln, Hermann. Mathildes Tochter Richeza wurde Königin von Polen. Von ihr wiederum stammten sowohl Könige Ungarns als auch Großfürsten von Kiew ab, ebenso Staufer und Welfen. Mathilde starb 1025.

In Theophanus Enkeln und Urenkeln scheint sich somit eine Frage zu beantworten: War die Kaiserin Deutsche, war sie Sächsin oder war sie Griechin? Sie war eine Europäerin, wie es Peter von Steinitz in seiner Theophanu-Monografie treffend auf den Punkt bringt. Sie baute eine Brücke zwischen Ost und West, bevor es Jahrzehnte später zum großen Schisma zwischen den Kirchen Roms und Konstantinopels kam. Theophanu brachte etwas Glanz in ein hinterwäldlerisch anmutendes Reich. Sie wurde bewundert und verehrt, zugleich aber auch gefürchtet, beneidet und gehasst, was bekanntlich vielen Großen der Geschichte so ergeht. Romanautoren lieben solche Gestalten.

Als ich an diesem Buch arbeitete, gehörte es selbstverständlich zu meiner Pflicht, nach Köln zu fahren und in St. Pantaleon das Grab der Theophanu zu besuchen. An einem heißen Julitag 2010 machte ich mich mit meiner Frau Agnieszka auf den Weg. Ich hatte überlegt, mich am Sarkophag der Kaiserin fotografieren zu lassen.

In der Kirche empfing uns neben der Stille angenehme Kühle. St. Pantaleon trägt den Namen eines Heiligen, den Theophanu aus ihrer Heimat »importierte«. Ihr Lieblingsheiliger.

Heute hat die Kirche ein anderes Aussehen als vor tausend Jahren, aber es gibt genug, was den Besucher an die Zeit der Ottonen erinnert. Eine monumentale, doppelgeschossige Bogenarchitektur kennzeichnet die Kirche. Romanische Bögen und Arkaden zeigen einen markanten rot-weißen Farbwechsel. Der Mittelraum des Westwerks wurde von Theophanu gestiftet. Es war ihr ausdrücklicher Wunsch, in dieser Kirche bestattet zu werden.

Meine kunstinteressierte Frau Agnieszka liebt es, Kirchen zu besichtigen, und nachdem sie den Kennerblick ausgiebig hatte schweifen lassen, startete sie ihren Rundgang. Mich aber zog es geradewegs zum Grab der Theophanu. Ihr marmorner Sarkophag steht heute im Westwerk der Kirche. Als ich davorstand und mir vor Augen führte, dass darin die Gebeine jener Frau ruhten, die seit Monaten einen Großteil meiner Gedanken beanspruchte, packten mich Rührung und Ehrfurcht. Theophanu zählt zu den großen Persönlichkeiten ihrer Zeit, mehr noch, sie war eine der bedeutendsten Frauen des gesamten Mittelalters. Dass ihr Name heute nicht mehr jedem bekannt ist, lässt sich wohl dem Unbehagen ihrer Zeitgenossen zuschreiben. Eine Fremde, die nach dem Tod des Gemahls anstelle des unmündigen Sohnes regierte, die sich exotisch kleidete, aufsehenerregenden Schmuck trug und fremdländische Sitten einführte, die ihren männlichen Gegenspielern ebenbürtig oder meist sogar überlegen war, die sich niemandem beugte, die ebenso schön war wie klug, so klug, dass es manchem wie Hochmut vorkam – kein Wunder, dass diese Frau den Menschen in einem bäuerlich geprägten Reich nicht immer geheuer war, erst recht nicht den für die Geschichtsschreibung verantwortlichen Mönchen. Eine Art Lady Di des 10. Jahrhunderts.

Ich stand vor dem Sarkophag und fragte mich, worüber wir uns wohl unterhalten würden, wenn sie – durch eine Zeitmaschine in meine Gegenwart versetzt – plötzlich leibhaftig neben mir stünde. Ob sie darauf bestehen würde, mein Skript gegenzulesen, damit ich keinen Unfug über sie, ihre Familie und ihre Zeit verbreite? Wer weiß. Es wäre ihr gutes Recht.

An dem Relief an der Stirnseite des Sarkophags – es zeigt Christus, der das Herrscherpaar Otto und Theophanu krönt und segnet – entdeckte ich eine getrocknete rote Rose. Jemand hatte sie mit liebevoller Sorgsamkeit über dem Kopf der Kaiserin platziert. Also gibt es tatsächlich noch Menschen, die ihr Verehrung entgegenbringen.

Und ich? Ich war eigens nach Köln gefahren, um Theophanus Grab zu sehen, und stand mit leeren Händen da. Geht's noch achtloser? Als Romanautor müsste man eigentlich von selbst auf diesen poetischen Gedanken kommen. *Mea culpa.*

Inzwischen traf auch Agnieszka mit der Digitalkamera bei mir ein. Ich stellte mich in Position, mal links, mal rechts vom Sarkophag und mal dahinter. Agnieszka machte eine Reihe von Fotos.

»Guck doch mal entspannt. Warum fuchtelst du ständig mit den Händen? Leg sie einfach auf den Marmor.«

»Ist das ehrfürchtig?«

»Das hängt ganz davon ab, wie man dabei guckt.«

Die Tatsache, dass ich neben den Gebeinen meiner Romanheldin stand, war Grund genug, angespannt und kribbelig zu sein.

»Lächeln!«

»An einem Sarkophag?«

Als ich zu Hause die Fotos am PC anschaute, musste ich meiner Frau recht geben. Ich wirkte ziemlich verkniffen. Schon bald war es beschlossene Sache: Noch einmal würden wir nach Köln fahren müssen. Und diesmal würde ich nicht vergessen, der Kaiserin Blumen mitzubringen. Rote Rosen natürlich.

Günter Krieger

Günter Krieger

Das Haupt der Anna

Historischer Roman

192 Seiten, Gebunden
ISBN 978-3-7655-1719-8

Mainz und Düren im Jahr 1500. Der junge Steinmetz Leonhard und Klara, die Tochter seines Meisters, sind heimlich ineinander verliebt. Aber noch bevor Leonhard um Klaras Hand anhalten kann, wird er von einem Nebenbuhler übel diffamiert. Als der Baumeister davon erfährt, verliert Leonhard nicht nur seine Arbeit, sondern wird sogar der Stadt verwiesen. Verzweifelt sinnt der zu Unrecht Beschuldigte darüber nach, wie er Klara zurückgewinnen kann. Im selben Jahr ereignet sich in der Mainzer St. Stephanskirche ein ungeheuerlicher Diebstahl. Offenbar wurde bei Umbauarbeiten aus dem Kirchenschatz das Haupt der Anna entwendet.

Ein rätselhafter Diebstahl, der in die deutsche Geschichte des Mittelalters einging, und eine große Liebe mit ihren abenteuerlichen Verstrickungen stehen im Mittelpunkt dieses historischen Romans.

BRUNNEN VERLAG GIESSEN
www.brunnen-verlag.de

Christoph Born

Das Gutenbergkomplott

Historischer Roman

320 Seiten, Taschenbuch
ISBN 978-3-7655-4048-6

Mainz im Jahr 1453. Der Patriziersohn Johannes Gutenberg perfektioniert seine Erfindung, die die Welt verändern wird: Mit Hilfe beweglicher Lettern druckt er die Bibel, wodurch die Heilige Schrift eine weite Verbreitung im Volk finden kann. In dieser Zeit kommt der Jurist Thomas Berger nach Mainz, um ein Richteramt anzutreten. Kurz darauf ereignen sich zwei Verbrechen in der Stadt, die offenbar in Zusammenhang mit Gutenbergs Erfindung stehen. Der Richter leitet die Ermittlungen ein und gerät dabei selbst in Lebensgefahr.

BRUNNEN VERLAG GIESSEN
www.brunnen-verlag.de